ACHO QUE É UM ADEUS

ACHO QUE É UM ADEUS

ALEXIS DARIA

TRADUÇÃO
Laura Folgueira

HARLEQUIN®
Rio de Janeiro, 2022

Copyright © 2021 by Alexis Daria. All rights reserved.
Título original: A Lot Like Adiós

Todos os personagens neste livro são fictícios. Qualquer semelhança com pessoas vivas ou mortas é mera coincidência.

Direitos de edição da obra em língua portuguesa no Brasil adquiridos pela Editora HR LTDA. Todos os direitos reservados. Nenhuma parte desta obra pode ser apropriada e estocada em sistema de banco de dados ou processo similar, em qualquer forma ou meio, seja eletrônico, de fotocópia, gravação etc., sem a permissão do detentor do copyright.

Direitos exclusivos de publicação em língua portuguesa cedidos pela Harlequin Enterprises II B.V./ S.À.R.L para Editora HR Ltda.

A Harlequin é um selo da HarperCollins Brasil.

Contatos: Rua da Quitanda, 86, sala 218 — Centro — 20091-005
Rio de Janeiro — RJ
Tel.: (21) 3175-1030

Diretora editorial: *Raquel Cozer*

Editor: *Julia Barreto*

Copidesque: *Sofia Soter*

Revisão: *Lorrane Fortunato e Julia Páteo*

Design de capa: *Elsie Lyons*

Ilustração de capa: *Bo Feng Lin*

Adaptação de capa: *Renata Spolidoro*

Diagramação: *Abreu's System*

CIP-Brasil. Catalogação na Publicação
Sindicato Nacional dos Editores de Livros, RJ

D233a
    Daria, Alexis
       Acho que é um adeus / Alexis Daria ; tradução Laura Folgueira.
   – 1. ed. – Rio de Janeiro : Harlequin, 2022.
      400 p.

      Tradução de: A lot like adiós
      ISBN 978-65-5970-148-3

      1. Romance americano. I. Folgueira, Laura. II. Título.

22-76224
                      CDD: 813
                      CDU: 82-31(73)

Meri Gleice Rodrigues de Souza – Bibliotecária – CRB-7/6439

Para minhas avós

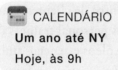

Capítulo 1

📅 CALENDÁRIO
Um ano até NY
Hoje, às 9h

—**M**erda.

Gabriel Aguilar fez uma careta para o alerta na tela do celular antes de deslizar o dedão para fazê-lo desaparecer. Ele detestava lembretes de calendário — aquelas coisas infernais andavam governando a vida dele — e desprezava especialmente aquele. Nova York era a última coisa em que ele queria pensar, naquele dia ou em qualquer outro.

Enfiando o celular no bolso da calça de moletom, Gabe abriu as portas duplas de vidro da academia Agility e entrou a passos largos, como se fosse dono do lugar.

Coisa que, tecnicamente, ele era.

Foi recebido pelo ar gelado e aroma de lavanda, uma mudança bem-vinda do calor escaldante de Los Angeles. Gabe sentia que a academia era sua casa, bem mais que o apartamento minimalista em Venice. Localizada perto da estação

Bergamot, em Santa Monica, a Agility era bem ventilada e espaçosa, com linhas limpas, pé-direito alto e grandes janelas frontais que deixavam entrar muita luz do sol. Por todo lado, treinadores e fisioterapeutas trabalhavam individualmente com clientes, com focos que iam de cenas de dublê a reabilitação de joelho.

Havia altos e baixos em ser um empreendedor, mas Gabe não trocaria aquilo por nada. Ele havia construído o negócio. Era *dele*.

O cheiro de lavanda ficou mais forte quando Gabe se aproximou da recepção, onde Trung, ex-acrobata de ascendência vietnamita que cuidava dos agendamentos de clientes, batia papo com Charisse, uma das melhores personal trainers da Agility. Trung jurava que o difusor de óleos essenciais tinha efeitos relaxantes e, embora Gabe não tivesse opiniões formadas sobre aromaterapia, reconhecia que lavanda era um cheiro melhor que outros odores típicos das academias.

Apesar da insistência do calendário, Gabe foi cumprimentar a equipe.

Charisse, uma mulher alta com cabelo afro curto e pele marrom-escura, cumprimentou Gabe com um soquinho e um sorriso largo. Ela e Gabe estavam se preparando para, juntos, darem uma aula de terapia da mão para os muitos clientes que reclamavam de lesão por esforço repetitivo devido ao uso excessivo de celular e computador.

— Muitas matrículas novas — disse Charisse, antes de se voltar a Trung. — Consegue puxar a lista?

— Opa! — disse Trung, batendo as unhas com ponta roxa no teclado antes de girar a tela e revelar uma planilha organizada por cor. — Aqui.

— Estamos quase batendo a meta — comentou Gabe, com um sorriso. — Pode ser que a gente tenha que abrir mais vagas.

Dar uma olhada na longa lista de nomes fez Gabe sentir um pico de adrenalina. Era o tipo de coisa que ele tinha saudade de fazer, já que a maior parte de seu tempo passara a ser dedicada a tarefas administrativas e gerenciais da academia. Por sinal, ele tinha uma porrada dessas tarefas lhe esperando.

— Vejo vocês depois — disse, indo na direção do escritório nos fundos do prédio.

Quando Gabe se aproximava, seu sócio, Fabian Charles, colocou a cabeça para fora de sua sala.

— É você, Gabe?

Gabe começava a maioria das manhãs numa academia mais perto de casa, onde podia ser só mais uma pessoa suando com os pesos, em vez da cara do negócio. Eles tinham combinado um cronograma em que Fabian chegava mais cedo, mas Gabe ia embora mais tarde.

— Sou eu, sim.

Gabe tinha conhecido Fabian quando jogava beisebol pela Universidade de Califórnia em Los Angeles, a UCLA, e, tantos anos depois, o cara ainda era seu melhor amigo. Fabian era de Boston e tinha origem haitiana, pele marrom-acobreada e dreads escuros que estavam sempre presos para trás com um elástico. Ele era da primeira geração da família nascida nos Estados Unidos, como Gabe, cujos pais tinham nascido no México e em Porto Rico.

Fabian fez um gesto para ele entrar na sala.

— Viu o calendário?

Gabe segurou um rosnado de frustração. Pensar em Nova York o fazia pensar na família, um assunto que sempre acabava com seu bom humor.

— Tinha como não ver?

— Imaginei que você fosse dizer isso. Vem, tenho umas atualizações.

Gabe entrou no escritório atrás de Fabian, tentando ignorar as pilhas de papel na mesa do amigo. E no chão. E na cadeira.

Fabian alegava que deixar tudo onde pudesse ver contava como sistema organizacional e, embora deixasse Gabe nervoso, ele não podia negar que o cara era genial no que fazia.

Eles tinham aberto a Agility juntos aos 26 anos, cheios de fogo para criar algo próprio, uma academia dedicada a fisioterapia e reabilitação. Gabe tinha se interessado por medicina esportiva depois de estourar o joelho e trabalhar na recuperação com o médico da equipe da UCLA. Depois da formatura, Gabe trabalhara como personal trainer e voltara à faculdade para estudar fisioterapia. Fabian tinha feito um MBA depois da graduação. A academia em si era visão de Gabe, mas Fabian tinha as habilidades de torná-la realidade. Assim, a academia Agility nascera. Cinco anos depois, ela era um local de sucesso, frequentada por estrelas de Hollywood.

E, aos 31 anos, Gabe estava cansado para caralho.

Ele também era filho de Deus, mas ainda tinha trabalho a ser feito. Esperou que Fabian tirasse uma pilha de papéis da cadeira antes de se sentar. O amigo assumiu seu lugar atrás da mesa e puxou alguns post-its de cores vivas do monitor do computador. Gabe, que tinha parado de usar papel havia três anos, não comentou nada.

— Ah, aqui está — disse Fabian, levantando um post-it azul. — Hoje falta um ano até termos que abrir uma filial da Agility em Nova York, segundo os termos de nosso acordo de investimento com Powell.

Gabe cruzou os braços e esperou Fabian chegar ao xis da questão. Richard Powell, o primeiro investidor deles, tinha insistido em que abrissem uma filial em Nova York dentro de seis anos, principalmente para o próprio poder usá-la quando estivesse na Costa Leste a trabalho. Eles tinham conhecido Powell por meio de uma competição de investimentos para recém-formados, e ele fora o primeiro a lhes dar uma chance. Na época, tinham ficado animadíssimos por Powell se interessar tanto pela academia. Ultimamente, contudo, o envolvimento dele deixava Gabe se perguntando quem de fato mandava ali.

— Eu sei que você não quer, mas precisa começar a andar com isso, cara — disse Fabian, com um tom de desculpas na voz. — Posso segurar as pontas aqui, mas não posso ficar indo e voltando, como a gente tinha planejado.

O ressentimento borbulhou dentro de Gabe. Quando eles fizeram o acordo, Fabian lhe garantira que lidaria com aquilo quando chegasse a hora. Era ele quem tinha a visão da filial de Nova York e a vontade de fazer acontecer. Contudo, a vida de Fabian se expandira de formas que eles jamais podiam ter previsto. De lá para cá, Fabian se casara e comprara uma casa. A esposa dele, Iris, advogada do ramo de entretenimento, estava grávida de gêmeos, e o projeto de reforma da casa deles tinha virado um monstrengo. Para piorar, os pais de Fabian tinham ido morar com ele, porque o pai ia fazer uma cirurgia cardíaca de grande porte, marcada para dali a algumas semanas.

Gabe estava feliz pelo amigo. Estava mesmo. Fabian sempre tivera vontade de ser pai e, embora Gabe não sentisse o mesmo impulso, conseguia ficar feliz pelo amigo.

Mas Gabe *não estava* feliz com o que aquilo significava para si.

Apesar de toda a sua desorganização, Fabian era um excelente sócio, e um amigo ainda melhor. Ele sabia das questões de Gabe com a família e nunca lhe daria aquela tarefa se tivesse outra escolha. Gabe não voltava a Nova York desde o casamento da irmã, nove anos antes, em que ele e os pais tinham dado um escândalo, que terminara com o pai dele gritando "Acho bom não voltar mais!" enquanto Gabe ia embora.

— Eu sei que preciso fazer isso — respondeu Gabe, afastando a lembrança.

Ele se resignara a administrar o lançamento em Nova York ao perceber que a marca de um ano estava chegando e Fabian não estava em posição de ir a lugar algum.

— Te ajudarei como puder de longe — ofereceu Fabian, e levantou a outra mão, que tinha três post-its cor-de-rosa grudados nos dedos. — Era sobre isso que eu queria te atualizar. Fiz algumas consultas.

Gabe se ajeitou na cadeira, ficando confortável.

— Vamos lá.

Fabian arrancou um post-it do dedo e apertou o olho para o que quer que tivesse escrito lá. Todos os recados pareciam ter sido rabiscados por uma criança de 2 anos que tinha decidido desenhar de ponta-cabeça.

— Falei com um corretor imobiliário para nos ajudar a achar um espaço, um empreiteiro para nos dar um orçamento de reforma e… — Fabian balançou o dedo do meio, que estava com o post-it cor-de-rosa final. — Achei a mente genial por trás da reformulação da Victory Fitness.

A última informação fez Gabe se inclinar para a frente.

— Sério? Você achou?

Victory Fitness era uma rede de academias que operava nas duas costas dos Estados Unidos, cujo cacife tinha decolado três anos antes graças a uma campanha publicitária que viralizara. Na época, Fabian tinha grudado os anúncios de revista no mural de cortiça do escritório, e eles tinham falado sobre a ideia de contratar quem tivesse criado o conceito. Já havia muitas academias em Nova York, mas, se conseguissem contratar aquela pessoa, podia ser exatamente o que precisavam para a expansão ser um sucesso.

Por mais que Gabe não quisesse voltar a Nova York, já que tinha que fazê-lo, queria que fosse um arraso, que o nome de sua academia — uma derivação de seu próprio sobrenome, Aguilar — fosse espalhado por todo lado.

Especialmente onde seu pai pudesse ver.

— Deu um pouco de trabalho, porque agora ela é freelancer. Mas consegui que alguém na agência antiga dela me desse as informações de contato. O nome dela é… — Fabian estreitou os olhos para o post-it. — Michelle… Amato.

O coração de Gabe pulou para a garganta, e sua pele se arrepiou como se alguém tivesse jogado um balde de água gelada em sua cabeça.

— O que você disse?

— Michelle Amato. Ela trabalhava para uma agência de marketing e publicidade…

— Ah, merda.

Gabe levou uma mão à testa e se recostou na cadeira, perdendo as forças. Embora tivessem perdido o contato muitos anos antes, da última vez que Gabe tivera notícias de Michelle, ela tinha conseguido um emprego em marketing.

— É a Michelle. Tem que ser. Inferno.

Aquele realmente era um mundo pequeno para caralho.

— O que foi, cara? — perguntou Fabian, jogando os post-its na mesa e se levantando. — Você está pálido.

— Michelle é minha...

O que eles eram?

— Nós éramos amigos — falou. — Melhores amigos. Ela...

— Espera, essa é *aquela* mulher? *A* garota? Aquela que você... ah, putz.

Fabian puxou o celular enquanto Gabe olhava para o espaço, assolado por lembranças.

De brincar em quintais vizinhos. De jantar com a família dela. Da companhia dela durante os turnos dele na papelaria do pai.

Do gosto dela nos lábios dele da última vez que se viram.

— Foi para ela que você escreveu aquela fanfic de ficção científica?

Gabe apertou os olhos com a pergunta de Fabian.

— Eu escrevi *com* ela, não *para* ela. A gente tinha 15 anos. E eu disse para você nunca mais mencionar isso, *pendejo*.

— Não é culpa minha você desabafar seus segredos mais profundos e sombrios quando fica bêbado. — Fabian levantou as sobrancelhas. — Caceeeeeta. Ela é gostosa para caramba, cara.

Aquilo arrancou Gabe dos devaneios.

— Quê? Como você sabe?

Fabian virou o celular para ele.

— Pelo Instagram.

Gabe agarrou o celular, de repente faminto por um vislumbre de Michelle depois de tantos anos.

Fabian levou as mãos à cintura, boquiaberto.

— Quer dizer que você não stalkeou ela na internet?

— Não... há muito tempo que não.

Ele tinha feito aquilo no passado, mas fora doloroso demais, e passar as fotos sem comentar tinha feito Gabe se sentir um tarado. Fazia mais de cinco anos que ele não a pesquisava. E, caralho, Fabian tinha razão. Mich estava linda.

Ela tinha a pele pálida, mas quente, o que criava um contraste com o cabelo escuro comprido. Seus olhos castanho-claros tinham aquele brilho de que ele se lembrava, como se ela escondesse um segredo e soubesse que você estava doido para que ela contasse.

As fotos no feed dela eram uma coleção de selfies, fotos de família, um gato preto e fotografias de ruas de Manhattan. Gabe deu zoom nas selfies, que mostravam Michelle dirigindo uma variedade de olhares para a câmera, de sensuais a bobos.

Era, em essência, Michelle. Exatamente como ele lembrava.

Ele sempre a achara a menina mais linda do mundo, e a idade só a tinha deixado mais bonita.

— Pare com isso — disse Fabian, e agarrou o aparelho de volta. — Você está se torturando.

— Não, espera...

Gabe estendeu a mão para pegar o celular, mas Fabian segurou acima da cabeça.

— Vou mandar um e-mail para ela pedindo desculpa e dizendo que achamos outra pessoa — continuou Fabian. — Sem prejuízo.

Gabe já estava pegando o próprio celular para entrar no Instagram dela pela conta da academia, tomando cuidado de não curtir sem querer uma das fotos com uma batida errada do dedão.

— Você mencionou meu nome no e-mail?

Fabian hesitou antes de responder:

— Talvez.

Gabe lhe deu um olhar exasperado.

— Sim ou não?

Fabian suspirou.

— Sim, mas me deixa cuidar disso. Para o seu próprio bem.

Gabe balançou a cabeça, de repente cheio de certeza e... de algum sentimento leve que não conseguia nomear.

— Não, preciso mandar um e-mail para ela.

— Meu filho, me escuta. Ela é um amor perdido. Você não está pensando direito.

Fabian tinha razão, mas não importava.

— Preciso fazer isso — disse Gabe, levantando-se. — O jeito como eu deixei as coisas, e agora isso... vou ser um cuzão se nem mandar um e-mail para explicar.

Ele já tinha sumido como amigo. Não ia adicionar um perdido profissional à lista dos seus pecados em relação a Michelle.

Tinha mesmo achado que ia conseguir manter sua antiga vida separada da expansão? Devia saber que não dava. Era só o primeiro dia, e um item gigantesco de sua antiga bagagem já tinha emergido. Ele precisava lidar com aquilo.

Gabe pegou a bolsa de lona que tinha deixado ao lado da cadeira.

— Vou mandar um e-mail para ela.

— Quero deixar registrado que acho uma péssima ideia — respondeu Fabian. — É culpa minha. Você devia me deixar consertar.

— Você já tem trabalho suficiente tentando administrar tudo daqui para eu passar o menor tempo possível em Nova York.

O celular de Gabe apitou com mais uma porra de alerta de calendário.

— Videochamada com os gerentes em dez minutos — informou Fabian, olhando para a tela do computador.

— Aham. — Aquilo queria dizer que Gabe tinha dez minutos para responder Michelle. — Encaminha para mim o e-mail que você mandou para ela — pediu.

Fabian soltou um suspiro exausto até a alma e se jogou na cadeira.

— Tá bom.

Gabe saiu da sala do sócio e foi para a sua.

Ele temia voltar a Nova York, temia enfrentar Michelle. Mas, em algum lugar bem no fundo, também se sentia... contente. Todas as vezes que ela havia entrado em contato ao longo dos anos, ele não soubera o que dizer... então não tinha dito nada. Finalmente tinha um motivo plausível para responder.

Estava nervoso para cacete, mas, além disso... ainda sentia saudade dela. Depois de tanto tempo, uma dor ainda se formava em seu peito ao pensar nela.

Com a boca numa linha carrancuda, Gabe se sentou à própria escrivaninha, que não continha um único pedaço de papel ou post-it, e puxou o teclado ergonômico mais para perto. Então, começou a digitar.

Capítulo 2

Para: Michelle Amato
De: Fabian Charles
Assunto: Consulta sobre campanha de marketing

Cara Michelle,
Estou entrando em contato para falar sobre a campanha da Victory Fitness que você liderou com Rosen & Anders há alguns anos. Meu nome é Fabian Charles, e escrevo em nome meu e de Gabriel Aguilar, como sócios da academia Agility, em Los Angeles, para saber se você estaria disponível para ser consultora da campanha para nossa iminente expansão a Nova York. Estou anexando um documento com mais informações. Por favor, entre em contato comigo assim que possível.

Fabian Charles
Sócio da academia Agility, Los Angeles
ele/dele

Para: Michelle Amato
De: Gabriel Aguilar
Assunto: Fwd: Consulta sobre campanha de marketing

Oi, Mich. É o Gabe.
Há quanto tempo.
Eu não sabia que Fabian tinha te procurado, e vamos entender se você recusar.
Saudade.

— G
Gabriel Aguilar
Sócio da academia Agility, Los Angeles
Pronomes: ele/dele

Michelle Amato teve dificuldade de recuperar o fôlego ao reler os e-mails que tinham chegado em sua caixa de entrada apenas momentos antes.

Não. Na-na-ni-na-não. Como ele podia fazer aquilo? Voltar à vida dela assim, se achando a última bolacha do pacote, como se não tivesse destruído ela completamente ao ir embora? Vai se foder.

E com aquilo? Uma *proposta de trabalho*? O filho da puta queria *contratá-la*?

— Está tudo bem? — perguntou Ava, ao lado do fogão.

Michelle levantou o olhar do celular e tentou controlar sua expressão facial. Ela estava de babá dos três filhos da irmã, Monica, e sua prima Ava Rodriguez tinha ido ajudar. Era verão, então Ava, professora de ensino fundamental, estava de férias, e Michelle, sendo freelancer, fazia o próprio horário. Ava estava preparando uma panela grande de *arroz con gandules* para o almoço, e Michelle deveria estar fatiando banana-da-terra para fazer *tostones*.

Graças a Deus Ava estava lá, porque, depois daqueles e-mails, Michelle precisava de um minuto sozinha. As crianças — Phoebe, de 11 anos; Danica, de 9; e Henry, de 6 — estavam ocupadas na sala com telas de tamanhos variados, mas cada um tinha entrado e saído da cozinha três vezes na última hora.

— Um e-mail de trabalho — respondeu Michelle, mostrando o celular. Tecnicamente, não era mentira. — Já volto.

Michelle abriu a porta do porão e correu escada abaixo, com a intenção de se sentar à escrivaninha que o pai tinha instalado lá. Elas estavam na casa dos pais dela, no Bronx, onde Michelle crescera. Ela se hospedara ali, enquanto os pais estavam passando as férias na casa de praia da Flórida, porque seu apartamento minúsculo em Manhattan estava com uma reforma no banheiro.

Se estivesse pensando direito, o porão seria o último lugar a que iria para processar um e-mail justamente de *Gabe*. Ela parou no meio do caminho até a escrivaninha, baixando os olhos para o carpete sob suas *chancletas*.

De volta à cena do crime, pensou. Ou, pelo menos, ao momento em que tudo havia mudado entre eles.

Era um dia quente de verão, pouco mais de uma semana depois da formatura do ensino médio, e, na época, o porão era o quarto de Michelle. Gabe tinha ido lá para fumar enquanto os pais dela estavam no trabalho. Eles tinham se encolhido no quintal, logo do outro lado das portas deslizantes de vidro, e ficado muito chapados. Depois, tinham voltado lá para dentro para ver algum filme de ação dos anos noventa na TV, rindo e fazendo os tipos de comentários que só adolescentes muito chapados fazem. Michelle estava jogada no chão bem ali, apoiada em almofadas coloridas, e Gabe, sentado na beirada da cama.

Ela ainda não sabia o que a tinha levado a fazer a pergunta. Talvez algo na TV tivesse suscitado a lembrança. Ou talvez estivesse com aquilo na cabeça desde que Lizzie DeStefano, amiga de escola de Ava, tinha mencionado o assunto alguns dias antes. De todo jeito, Michelle estava se sentindo boba e alegre, por causa da maconha e da perspectiva de um verão inteiro diante deles, quando ela se virara para Gabe...

E perguntara se o pau dele era grande.

Pensar naquilo a fazia se encolher de vergonha. Que coisa totalmente inapropriada de se perguntar ao melhor amigo! Mas, na época, ela achava que um pouco de flerte entre amigos era de boa, especialmente amigos cujo olhar às vezes parava no corpo do outro por mais tempo do que deveria. Não precisava significar nada, né?

Ei, Gabe, tenho uma pergunta pra você.

Diga.

Seu pau é grande?

Meu... quê?

Lizzie DeStefano, amiga de Ava da St. Catherine's, disse que acha que seu pau é grande.

Eu mal conheço Lizzie!

Bom, é?

... é o quê?

Seu pau é grande?

Gabe tinha fugido da pergunta, mas Michelle havia percebido a forma como o olhar dele estava grudado nos peitos dela. Ele era tão adorável, e provocações divertidas faziam parte da dinâmica deles, então ela — e era totalmente culpa dela — tinha ido se sentar ao lado dele na cama...

E perguntado se ele estava *duro*.

É grande, não é? Meu Deus. Está de pau duro agora?

Pensando em retrospecto, Michelle queria se dar um chacoalhão. Na época, ela achava que estava sendo muito ousada e descolada. Falar de pênis sem ligar para nada! Como uma adulta de verdade! Mas, antes de conseguir rir ou pedir desculpas, Gabe tinha respondido numa voz que havia ficado grave e profunda.

Tô.

Ele estava duro. Por causa dela? Pensar naquilo a excitara.

Michelle nunca conseguia lembrar quem havia tomado a iniciativa, mas, no segundo seguinte, eles estavam se beijando, e era a coisa mais incrível e sensacional que ela já experimentara. Já tinha beijado alguns garotos, mas aquele era *Gabe* — o Gabe *dela* — e a boca dele era o paraíso. Lábios suaves e beijos frenéticos que tinham gosto do chiclete de hortelã que eles sempre mascavam depois do baseado.

Enquanto as mãos de Gabe passavam pelo corpo dela, Michelle tinha sentado em seu colo com uma perna de cada lado e colocado a mão dentro da calça de moletom dele para descobrir em primeira mão o quanto ele estava duro.

E, no fim, Lizzie DeStefano tinha razão. Ele *era* grande.

Dali, eles tinham sido pegos num ciclone de tesão adolescente. A camiseta e o sutiã de Michelle se perderam no furacão, e aí a boca de Gabe estava nela, deixando-a louca de desejo. Mas, bem quando tinha começado a rearranjar tudo em sua mente — por exemplo, mudando Gabe da categoria de *melhor amigo* para *potencial primeira transa* —, ela vira o pedaço de papel saindo do bolso da calça dele.

Michelle com frequência se perguntava o que teria acontecido se não tivesse visto o papel naquele exato momento. Se ela estivesse fora de si demais para ficar curiosa, ou se simplesmente não tivesse notado. Será que eles teriam transado?

Será que ele teria ficado?

Ela nunca saberia. Porque, naquele momento, tinha achado o papel, e era uma passagem só de ida para Los Angeles na semana seguinte.

Toda a animação de descobrir aquele novo aspecto do relacionamento deles tinha sido drenada quando a verdade que ele havia ido lá contar foi revelada. Gabe não ia fazer faculdade em Nova York, como ela achava. Em vez disso, ele tinha conseguido uma bolsa na UCLA, e ia embora *logo*.

Para piorar tudo, ele tinha *mentido* para ela. Por *meses*. Gabe dissera que ia estudar na Hunter College, em Manhattan. Que ia estar lá, na casa ao lado, quando ela viesse da SUNY Binghamton nos feriados e em alguns fins de semana.

Era para eles passarem o verão inteiro juntos. Eles tinham *planos*, porra.

A raiva vencera as lágrimas. Michelle dissera algumas coisas de que não se orgulhava.

Você disse que a faculdade não ia ser uma despedida, Gabe. Bom, isto com certeza me parece uma despedida daquelas.

De coração partido, ela tinha rasgado a passagem — era só uma cópia, mas Michelle sentira uma pequena satisfação — e mandado ele ir embora, para nunca mais voltar.

E ele obedecera.

Até então.

Michelle ficou sentada ali no chão e abriu o e-mail de novo, vendo as palavras.

Oi, Mich.

O cumprimento trazia a memória do nome dela nos lábios dele, com um *ch* suave, como *Mish*. Ela continuou lendo.

É o Gabe.

O Gabe dela. Seu melhor amigo. Antigamente.

Há quanto tempo.

Jura, Sherlock?

Eu não sabia que Fabian tinha te procurado, e vamos entender se você recusar.

A campanha da Victory era a maior conquista profissional de Michelle, bem como o início do fim de seu tempo no mundo corporativo. De algum jeito, o sócio de Gabe tinha descoberto que Michelle trabalhara nela, mas Gabe estava dizendo que ela podia passar o convite. Ele achava que ela não ia aceitar o trabalho por causa dele.

Mas, aí, tinha aquela última palavra.

Saudade.

— Vai se foder, Gabriel Aguilar — sussurrou para o celular enquanto as lágrimas brotavam.

Como ele ousava ter saudade dela? Era *ele* quem tinha ido embora, ele quem tinha ignorado todos os e-mails e mensagens que ela enviara.

Sim, Michelle reconhecia um pouco da culpa, mas, depois da raiva inicial enfraquecer, ela havia tentado entrar em contato. Criar uma ponte. Mas Gabe nunca respondera. E, treze anos depois, ele aparecia no e-mail profissional dela, do nada, querendo *contratá-la*?

Michelle tinha imaginado aquele momento muitas vezes ao longo dos anos; com frequência à noite, insone, consumida pela ansiedade por coisas que não conseguia controlar, revivendo os momentos finais da amizade deles.

Em algumas de suas fantasias, ela o encontrava por acaso na rua, como ainda encontrava aleatoriamente ex-colegas de classe por toda a cidade de Nova York. Às vezes, ela o via antes e parava, virava-se e dizia "Gabe?" com uma mescla de admiração e surpresa. Uma gargalhada leve e um "Meu Deus, como você está?". E, aí, um abraço, os dois sacudindo a cabeça, uma espécie de momento *uau, que mundo pequeno*. Outra vezes, ela imaginava que ele a via primeiro, o nome dela em seus lábios. Em seus sonhos, sempre era o nome inteiro dela, Michelle, o que não fazia nenhum sentido, porque, depois de entrarem no ensino fundamental, ele tinha passado a chamá-la de Mich quase o tempo todo.

Quando ela estava de mau humor, imaginava encontrar com ele em algum lugar tipo um bar e se aproximar gritando um "Seu babaca!" indignado.

Nunca teria imaginado que Gabe reapareceria daquele jeito.

Michelle piscou com força e olhou para o teto. Quase nunca chorava, e não ia mais derramar lágrimas por *ele* de jeito nenhum. Respirando fundo até a pressão atrás dos olhos diminuir, deu batidas nos cantinhos com as pontas dos dedos para secar a umidade.

Ela devia recusar. Virara designer gráfica freelancer e nem aceitava mais trabalhos de marketing, por mais que alguns de seus clientes atuais dessem indiretas de que adorariam pagar pelo serviço.

Devia ignorá-lo. Afinal, era o que ele tinha feito com Michelle, não era? Ela tinha ficado bem todo aquele tempo sem Gabe. O que ele podia adicionar à vida dela?

Mas então um pensamento mais perturbador lhe ocorreu. Se ela recusasse, o que o impediria de contratar a equipe que trabalhara na campanha da Victory? Claramente, Gabe e seu sócio sabiam sobre sua agência antiga, Rosen & Anders, o que significava que podiam com facilidade chegar a...

Nathaniel.

— Merda — sibilou entredentes.

Nathaniel, não. Qualquer um menos aquele escroto traidor.

Levantando-se, Michelle foi à escrivaninha do pai e pegou um bloquinho e uma caneta. Ela os levou ao sofá e se jogou nas almofadas de couro gastas. Era hora de fazer uma lista de prós e contras. Normalmente, envolveria Ava naquilo, mas ainda não queria contar à prima sobre o e-mail de Gabe.

Depois de escrever os títulos na página e desenhar uma linha no meio, escreveu *"Burnout* por causa do marketing" na coluna de contras. Afinal, tinha se demitido por um motivo.

Abaixo daquilo, adicionou "Trabalhar para Gabe". Eles haviam colaborado em trabalhos escolares e numa fanfic antiga que nunca terminaram, mas tinham ficado mais velhos. Além do mais, Michelle estaria trabalhando *para* ele, e não sabia o que achava daquilo.

Pressionando forte a caneta, rabiscou "Ferrar com Nathaniel" na coluna de prós. Nunca na vida ela ia deixar que ele ficasse com um trabalho que devia ser dela.

De novo.

A ponta da caneta pairou sobre a página e, antes de poder pensar demais, ela escreveu "Conseguir desfecho com Gabe" embaixo.

Porque, depois de todo aquele tempo… é, ela também sentia saudade dele. E, mais do que isso, queria — não, *precisava* — saber por quê. Por que tudo tinha dado tão errado entre os dois. Por que ele tinha ido embora e nunca mais voltado.

Podia ser sua única chance de saber.

Em um acesso de fúria vingativa, escreveu: "Acabar com a vida dele".

Tá, não, aí era demais. Ela riscou.

O que *realmente* queria?

Queria vê-lo. Passar um tempo com ele. Descobrir se ainda havia algo a salvar…

Com um nó na garganta, ela escreveu com uma letra minúscula, relutante: "Amizade 2.0".

A relação deles era complicada, misturada com amor e afeto, raiva e mágoa e desejo não realizado. Contudo, quando ela pensava em Gabe, era como se uma caverna se abrisse em seu peito, um vazio enorme onde deviam estar seu coração e órgãos vitais. Se ela tivesse a oportunidade de substituir mesmo que um pedacinho do que perdera, precisava aproveitar. Quem sabe, se ele pudesse só estar de novo na vida dela, de algum jeito, Michelle não sentisse a dor da solidão tão aguda quanto sentia desde que ele se fora.

Claro, ela tinha outros amigos. Tinha as primas. Mas nada como a amizade que tivera com Gabe. Alguém com quem podia ser boba e dizer todas as ideias esquisitas que lhe passavam pela cabeça. Uma relação que ela sabia que ele nunca…

Bom, ela *achara* que ele nunca a abandonaria. Que eles seriam amigos, melhores amigos, para sempre.

Ela estivera errada.

Michelle piscou forte para a lista. Que coisa. A coluna de prós era maior que a de contras.

Lá no fundo de sua mente, um plano começou a se formar.

A nova academia seria em Nova York, e Gabe teria de voltar em algum momento. Ela podia combinar de encontrá-lo pessoalmente, mas onde? Ele não ia ter um escritório na cidade. Será que se encontrariam numa academia? Num café, onde aconteciam tantas reuniões de freelancers? No lobby de um hotel?

Michelle não se via conseguindo as respostas que desejava num lugar público. Gabe ficava ansioso ao falar sobre seus sentimentos, e ela não duvidava que ele fosse agir como se o silêncio dos últimos treze anos nunca houvesse acontecido. Ela precisava pegá-lo desprevenido, mantê-lo próximo por mais tempo do que uma reunião de consultoria. No passado, tinha deixado outros amigos dormirem em seu sofá durante visitas a Nova York, então seria perfeitamente normal fazer a mesma oferta a Gabe.

O plano se solidificou na mente dela. Pronto: ele ia ficar na casa dela, sobretudo para trabalhar no projeto, mas também para cansá-lo até ele contar por que a tinha abandonado completamente.

A reforma no banheiro ia terminar em breve. O minúsculo apartamento quarto-e-sala era o lugar perfeito para conseguir o encerramento de que ela precisava tão desesperadamente.

Michelle ligou o celular, mas, em vez de responder ao e-mail, pegou o número de Gabe da assinatura e mandou uma mensagem.

Michelle: Eu topo.

Capítulo 3

Michelle: Eu topo.

Gabe: Mich?

Michelle: Quem mais seria?

Gabe: Claro.

Gabe: Hum, oi.

Michelle: Não me vem com "oi". Se eu te ajudar com isso, você tem que atender às minhas exigências.

Gabe: Tá legal. Manda.

Michelle: 1) Quero poder usar pra sempre sem pagar.

Gabe: A academia?

Michelle: Isso, a academia. Sabe quanto custa uma mensalidade de academia hoje em dia?

Gabe: ... sei, sim. Eu sou dono de uma.

Michelle: 2) Você vai pagar meu preço cheio. Sem desconto de amigo.

Gabe: Feito.

Michelle: 3) Você vai ficar na minha casa enquanto estiver em Nova York.

Gabe: Como assim? Por quê?

Michelle: É uma das minhas condições. Se quiser minha ajuda, precisa concordar.

Gabe: Preciso ir em breve, para olhar imóveis. Mas vou ficar num hotel.

Michelle: Não. Você tem que ficar comigo.

Gabe: Por que não podemos só nos encontrar em algum lugar?

Michelle: Gabe. Eu não te vejo há treze anos. Você era meu melhor amigo e desapareceu. Quer minha ajuda? Isso é o mínimo que pode fazer enquanto eu trabalho na sua campanha.

Gabe: Onde você mora?

Michelle: Hell's Kitchen.

Michelle: Fica no oeste da cidade, caso você tenha esquecido.

Gabe: Eu sei onde é.

Gabe: Tá bom. Eu fico na sua casa.

Dezesseis anos atrás

Transcrição do chat do Windows Messenger

Destino celestial: Sessão de Planejamento Inicial

Michelle:
   Aff

Gabe:
   Kct

Michelle:
   Basura total. Finalmente conseguimos latinos no espaço...

Gabe:
   E eles cancelam! Com o final aberto!

Michelle:
   Não posso aceitar. Precisamos saber o que aconteceu com Zack e Riva na segunda temporada.

Gabe:
   O que podemos fazer? Além das estrelas já foi cancelado. Só vai ter uma temporada.

Michelle:
   Pera aí.

Gabe:
   Que foi?

Michelle:
   Eu sou um gênio.

Gabe:

Fala!

Michelle:

E SE A GENTE ESCREVER???

Gabe:

... não entendi. Quer dizer escrever para a série?

Michelle:

Fanfiction, Gabe! Vamos escrever nossa própria fanfic de Além das estrelas!

Gabe:

Claro. Com todo o nosso tempo livre.

Michelle:

Não vai levar tanto tempo. A gente trabalha juntos!

Gabe:

Entre o beisebol e o trabalho na loja do meu pai, já estou me afogando com as lições de casa.

Michelle:

Vai, Gabe, vai ser divertido! Que nem quando a gente fingia que era Luke e Leia lutando contra Stormtroopers nos balanços.

Gabe:

Que saudade daquele balanço.

Michelle:

Eu também. Isso pode ser nosso novo balanço.

Gabe:

Ok. ☺

Capítulo 4

Buscar alguém no aeroporto em Nova York era o maior de todos os favores, e Michelle esperava reconhecimento daquele babaca. Mas nem o trânsito noturno em direção ao Aeroporto LaGuardia, nem o BTS estourando com a positiva energia do K-pop nos alto-falantes do carro podiam distraí-la do nervoso de rever Gabe.

Como ele estaria? Seria estranho estar de novo perto dele, ou seria igual aos velhos tempos? Ela não tinha certeza do que preferia. Talvez doesse mais se eles voltassem logo à velha dinâmica, mas ela também guardava a esperança de que recomeçassem de onde tinham parado. Se bem que, na última vez que se viram, estavam com a língua na boca um do outro. Fingiriam que não tinha acontecido? Qual era a etiqueta para reencontros com um ex-melhor amigo com quem quase tinha transado?

A música foi interrompida quando o *bluetooth* do carro anunciou: "Ligação de Ava".

Apertando o volante, Michelle debateu se devia atender. A barriga dela estava toda embolada, os dentes, cerrados. Ava ia perceber que tinha algo acontecendo, e Michelle não queria explicar o que estava fazendo, principalmente porque nem ela mesma sabia bem.

Recusou a ligação e o BTS voltou a cantar.

— Vê se toma tento — disse a si mesma. — A gente tem 31 anos, não 18. Podemos agir como adultos.

Isso. Eles eram adultos, o que significava que Gabe não ia surtar de jeito nenhum quando descobrisse que o plano tinha mudado e que, em vez do apartamento de Michelle em Hell's Kitchen, iam ficar hospedados na casa dos pais dela no Bronx.

Caramba, quem ela estava enganando? Ele *com certeza* ia surtar.

Se ela contasse, ele ia se recusar a entrar no carro. Talvez até desse meia-volta e pegasse um avião de volta para Los Angeles. O plano todo dependia de mantê-lo por perto, então era o que Michelle faria.

Restava torcer para que ele não notasse para onde ela estava dirigindo.

Era errado enganá-lo, mas o que mais poderia fazer? Apesar de promessas recorrentes de que a reforma do banheiro já estaria finalizada, o apartamento dela continuava sem privada.

Quando a fileira de carros e táxis parou no trânsito, Michelle baixou o quebra-sol e se olhou nos olhos.

— Não deixe ele ver que você está nervosa. Ele não merece.

Melhor seria deixar *ele* nervoso. Michelle soltou o cabelo do coque bagunçado e deixou cair pelos ombros e pelas costas. Então, pegou um batom da bolsa e retocou os lábios. O vermelho profundo se destacava com o bronzeado do verão e, com a maquiagem dramática que sempre fazia nos olhos, criava o que Ava chamava de "look de bruxa".

Quando Michelle já tinha penteado as mechas escuras com os dedos e feito biquinho para o reflexo algumas vezes, o trânsito voltou a andar e ela se sentia um pouco mais confiante.

Por dentro, estava uma bagunça emocionada, claro, mas pelo menos se sentia bonita.

A música parou de novo.

"Mensagem de Gabe", disse o carro, e Michelle ficou tensa quando as palavras dele foram repetidas por uma voz robótica: "Quase chegando".

— Não precisa ser grande coisa — disse a si mesma em voz alta enquanto contornava uma van estacionada. — Ele veio trabalhar. Não precisa ser desconfortável.

Ela batucou o ritmo da música no volante, tentando ignorar a sensação desagradável na barriga.

Quem dera ela pudesse conversar com Ava e Jasmine, em vez de fazer um discurso de motivação sozinha no carro. Suas melhores primas, as Primas Poderosas, eram seu maior sistema de apoio. Mas, por algum motivo, no que dizia respeito a sexo e relacionamentos, Michelle simplesmente não conseguia se abrir com elas.

Não era justo. Ela enchia o saco delas por não contarem quando estavam com problemas românticos, mas ela mesma se fechava.

Mesmo assim, podia imaginar como as primas reagiriam. Diriam para Michelle ficar longe de Gabe. Ela tinha ficado arrasada quando ele fora para a Califórnia. As primas haviam ficado grudadas nela durante as férias inteiras antes da faculdade — o verão que ela planejava passar com Gabe.

O verão que podia ter sido diferente depois de eles se beijarem.

Aquilo não se repetiria. Ela não deixaria que ele a afetasse assim. O plano era encerrar o assunto e amenizar a curiosidade. Só isso. Iria buscá-lo, levá-lo para casa e, amanhã, trabalhariam no projeto dele. Ela se manteria fria e conseguiria as respostas que merecia.

E, talvez, também um pedido de desculpas. Era o mínimo que aquele *pendejo* podia fazer.

Mesmo com o plano, os nervos de Michelle estavam em pandarecos quando ela se aproximou do desembarque. Um carro na frente dela se afastou do meio-fio e então... lá estava ele.

O coração dela deu um solavanco, como se tivesse passado por uma lombada. Ele estava... lindo. E *ali*. Gabe estava ali!

Um Super-Homem latino e musculoso de mais de um metro e oitenta, com as covinhas mais profundas já vistas e os lábios mais macios que ela já beijara.

Michelle ficou literalmente com água na boca só de vê-lo. Era absurdo. Ela tinha pesquisado a conta de Instagram da academia dele para entender a marca e, claro, havia fotos de Gabe e do sócio, Fabian. Olhar para o sorriso doce de Gabe a tinha machucado tudo de novo, mas ela dissera a si mesma que era melhor estar preparada. Ele já era gato aos 18 anos, mas, na época, ainda era só o menino da vizinhança, seu melhor amigo que, de algum jeito, tinha crescido e ficado bonitinho.

Mas vê-lo de novo pessoalmente, depois de tanto tempo...

Caraca.

De calça de moletom preta e uma camiseta branca que, nele, ficava inexplicavelmente estilosa, além do boné para trás que sempre fora sua marca registrada, Gabe estava muito, muito, ridiculamente bonito.

E estava procurando por ela, observando a fileira de carros com os olhos escuros.

O que aconteceria se ela não parasse? Se simplesmente seguisse em frente e voltasse para casa? Não era tarde demais. Gabe poderia chamar um táxi, achar um hotel, contratar outra pessoa — talvez até Nathaniel —, e Michelle poderia voltar à vida normal, como antes de receber o e-mail dele.

E ficar se perguntando "e se" pelo resto dos dias? *No, gracias.*

Michelle buzinou para chamar a atenção dele, e acenou de leve quando ele virou a cabeça. Ela encostou o Fiat no meio-fio e apertou o botão de abrir o porta-malas com dedos trêmulos.

Gabe contornou até a traseira do carro, arrastando a mala rígida cinza de rodinhas.

Dentro do carro, Michelle abaixou a música. Ligou o ar--condicionado. E finalmente, porque não conseguia aguentar nem mais um segundo, saiu.

Não era o que ela havia planejado. O meio-fio do desembarque do LaGuardia estava sempre abarrotado de gente e malas, e era melhor entrar e sair o mais rápido possível. Mas não suportava a ideia de se sentar ao lado dele no carro sem… algo.

Gabe levantou a mala para o porta-malas com facilidade e fechou o capô. Ele se virou quando ela parou ao lado dele e, sem uma palavra, Michelle ficou na ponta dos pés e jogou os braços ao redor do pescoço dele num abraço apertado.

Ela não tinha planejado aquilo também, mas não conseguiu se conter. *Precisava* daquele abraço.

Ele passou os braços ao redor dela. Era tão bom, bom para caramba.

Gabe ainda dava os melhores abraços.

Ele também estava cheiroso — um cheiro limpo e fresco, como de sabonete. E o abraço era forte, quente, seguro.

Mas ele não era seguro. Ela precisava lembrar disso.

Pela sensação do corpo dele apertado contra o dela, Michelle notou como as coisas haviam mudado. Ele tinha crescido alguns centímetros desde a última vez que ela o vira, e ganhado... muitos quilos de músculo. Deus. Era como ser abraçada por um muro vivo, respirando, de carne e osso. Ou uma estátua de mármore, uma daquelas bem sexy, com músculos definidos, um ar de tédio arrogante e uma folha de figo grandona. Algo sem um grama de suavidade, mas em que mesmo assim dava vontade de se aconchegar, por causa da beleza tão impactante e cativante.

Também doía. Ah, céus, como doía. Sofrimento, desejo, excitação, amor, raiva e tristeza rodopiavam dentro dela como um furacão de sentimentos conflitantes, fascinantes e destrutivos.

Ele fora o melhor amigo dela. Ele a *abandonara*.

Mas era difícil ficar brava quando ele a abraçava daquele jeito.

Bem quando Michelle começou a se atentar demais aos seios apertados no peitoral duro dele, ao rosto aconchegado no ombro dele e à respiração dele no pescoço, uma buzina soou alto atrás dela, fazendo-a pular. Ela se afastou, voltando os calcanhares ao chão. E, pela primeira vez, encarou aquele rosto bonito.

Gabe tinha uma mandíbula quadrada, tão afiada que chegava a ser cortante, maçãs do rosto de matar e covinhas que podiam acabar com a vida de alguém. Apertava os olhos escuros com um toque de desconfiança, e as sobrancelhas grossas e retas não traíam sentimento nenhum.

— Oi — disse ela, tentando não parecer tão sem fôlego quanto se sentia.

— Oi. — A voz dele estava mais grave do que antes, e algo naquilo a deixou com vontade de chorar. — Obrigado por me buscar.

— De nada. Vamos, antes que alguém grite com a gente por ficar estacionado tempo demais.

Ela se censurou enquanto se sentava ao volante. *Isso foi idiota pra caralho, Michelle.* Ele não merecia aquele abraço.

Mas ela, sim. Depois de tanto tempo, era o mínimo que merecia.

GABE TENTOU NÃO olhar, mas sem dúvida estava falhando miseravelmente.

Parte dele tinha certeza absoluta de que tudo aquilo era um grande erro — voltar a Nova York, ficar no apartamento de Michelle, caramba, até abrir uma nova academia. A outra parte só queria abraçar Michelle de novo.

No voo, ele tinha tentado se preparar para como as coisas podiam estar diferentes entre eles, antecipando uma viagem de carro constrangedora até o apartamento. Até que ela o surpreendera com um abraço. Fora inesperado, mas, quando ele fechara os braços em torno dela, a sensação tinha sido tão natural quanto respirar.

Gabe sabia como era tê-la em seus braços. Michelle era carinhosa, e eles se abraçavam com frequência quando eram mais jovens. E, claro, houvera aquela vez, a última vez, quando…

Gabe beliscou a coxa para interromper a lembrança. Aquela calça não ia esconder uma ereção, e era aquilo que tinha causado problema, para começo de conversa.

Ele devia ter vestido jeans. Ou uma saqueira. Mas preferia roupas confortáveis para viajar, e não esperava sentir um tesão imediato por Michelle.

Mas ela era espetacular. Não havia como negar. Algumas coisas, ele lembrava: a cascata de cabelo comprido e escuro, olhos cor de mel, o punhado de sardas claras no nariz e nas bochechas. Ele tentou não pensar no volume tentador revelado pelo decote da regata, nem na forma como a calça jeans desbotada abraçava a bunda linda e redonda. Michelle já era sexy antes — e a mente suja de adolescente de Gabe fora notando as mudanças conforme eles cresciam juntos —, mas, mais velha, ele queria arrancar um pedaço dela.

Sempre achara bizarro dizer que alguém tinha *um corpaço*. Olhando para Michelle... finalmente entendia.

Eles ficaram em silêncio enquanto ela contornava o trânsito saindo do terminal de desembarque do LaGuardia, mas, quando entraram na rodovia, Gabe finalmente disse o que estava pensando:

— Você está linda, Mich.

Ela desviou os olhos por um segundo da estrada, olhando-o rapidamente de cima a baixo. Bem quando ele achou que ela fosse dizer "você também", ela voltou a olhar a rodovia e respondeu:

— Eu sei.

Gabe soltou uma risadinha baixa. Era a cara de Michelle falar aquilo. Ela sempre tivera confiança em abundância. Era uma das coisas que ele adorava — e até invejava — nela.

— Como foi o voo? — perguntou ela, mantendo os olhos concentrados à frente.

— Foi bom. Fiquei com a fileira toda para mim.

Ela assentiu.

— Bacana. Você dormiu?

Ele balançou a cabeça.

— Nem. Não estava cansado.

Ele estivera ligado demais para relaxar, quem dirá dormir. Em vez disso, tinha respondido a e-mails atrasados e curtido alguns episódios de *Cabeça no espaço*, a mais nova série de ficção científica da ScreenFlix.

Se ele conseguisse evitar ver a família naquela viagem, consideraria um sucesso, mas pelo menos... pelo menos as coisas pareciam estar indo bem com Michelle.

Quando ela se virou para olhar pela janela traseira, Gabe finalmente enxergou melhor a blusa dela. Tinha estampada a Rainha Seravida, uma das protagonistas de *Além das estrelas*, uma série de ficção científica de meados dos anos 2000, que tinha sido cancelada depois de apenas uma temporada, mas mantivera uma legião de fãs dedicados.

Será que Michelle tinha vestido aquela roupa de propósito? Como lembrete da história dos dois e da fanfic que consumira sua adolescência?

— Pensei em você quando ela morreu — disse ele.

Michelle franziu a testa.

— Quando quem... ah. — Ela baixou o olhar para a camiseta. — Tamara Romero. É, fiquei arrasada.

Eu também, pensou ele. Quando ficara sabendo da notícia da morte da atriz, pensara em falar com Michelle. Mas não o fizera.

— Você ainda tem contato com os outros? — perguntou ele, referindo-se ao grupo on-line de fãs de *Além das estrelas* daquela época.

Michelle balançou a cabeça.

— Sou amiga de alguns no Facebook, mas a gente não interage muito. Não sei o que aconteceu com os outros... nunca soube o nome de verdade deles.

Gabe ficou em silêncio por um momento, lembrando todas as horas que ele e Michelle haviam dedicado à série favorita.

— A gente nunca terminou nossa história.

Ela deu um sorrisinho irônico.

— Não, *você* não terminou.

No fim, Gabe tinha basicamente escrito todos os capítulos da fanfic com Michelle olhando por trás dele, fazendo comentários e sugestões. Tinham sido alguns dos momentos mais felizes de sua adolescência, o que era uma admissão bem nerd, mas verdadeira. Só os dois, cheios de piadas internas, inventando um mundo próprio.

Quando ele fora embora, eles estavam perto do fim. O plano era continuar escrevendo juntos enquanto estivessem na faculdade, mas as coisas não haviam acontecido assim. Só mais uma coisa que Gabe abandonara ao ir embora de Nova York.

Ele olhou pela janela, lendo distraído as placas à beira da estrada. Franziu o cenho. Fazia muito tempo que não ia à cidade, mas tinha certeza de que se lembrava daquela rota.

— Esta é a ponte Whitestone.

Michelle nem piscou.

— Excelente dedução.

— Mas você mora em Manhattan.

— Aham.

— A gente não deveria estar pegando um túnel ou algo assim?

— Deveria... *se* estivéssemos indo para Manhattan.

Gabe olhou a expressão impassível dela.

— Michelle. Por que a gente não vai para Manhattan, se é lá que você mora?

Ela suspirou.

— Porque não estou morando lá.

O estômago dele afundou como uma montanha-russa descontrolada.

— Por que não?

— Não tem privada — respondeu ela, sem rodeios. — A reforma do meu banheiro está demorando o dobro do esperado. Já era para ter terminado, mas você sabe como são essas coisas.

Gabe segurou a respiração, entrando em pânico. Não, eles não podiam estar indo para onde ele achava que estavam.

— Eu pago um hotel. Uma suíte. Para nós dois. Você vai ter seu próprio quarto. Serviço de quarto. Open bar. O que quiser.

Ela riu pelo nariz.

— Não seja ridículo. Por que a gente ficaria num hotel quando eu tenho uma casa perfeitamente boa para usar?

Casa. *Merda*. Aquilo confirmava suas suspeitas.

Michelle o estava levando para a casa dos pais, no Bronx. De repente, o carro pareceu ainda menor, e o desespero acelerou seus batimentos cardíacos.

— Tá bom, então *eu* fico num hotel. Me deixa em algum lugar. Qualquer lugar. No meio da estrada está ótimo. Eu pego carona.

Ela lhe lançou um olhar sombrio, a boca se firmando numa linha.

— Você concordou em se hospedar comigo. E, como eu estou hospedada na casa dos meus pais, é lá que você vai ficar.

Ele estreitou os olhos.

— Você fez isso de propósito.

Michelle soltou um suspiro exasperado.

— É, Gabe. Eu exigi que os pedreiros demorassem mais para reformar meu banheiro só para te obrigar a ficar na casa dos meus pais. Eu *amo* não ter um banheiro funcional no apartamento. É *incrível*.

O suor correu pela testa de Gabe sob o elástico do boné. Ele o ajustou, tentando secar, mas mais suor escorreu.

— Meus pais moram *bem do lado* dos seus.

Ela manteve o olhar na estrada.

— E daí?

Gabe se abaixou no banco o máximo que o cinto de segurança e o espaço medíocre para as pernas permitiam, como se outra pessoa passando na estrada pudesse reconhecê-lo e dedurá-lo.

— Eles não podem saber que estou aqui.

— Então é só não contar.

Michelle sempre simplificava demais os problemas.

— Estou dizendo que não quero que eles *me* vejam.

— Eu quase nunca os encontro. Vai ficar tudo bem. A gente te esconde. Para de se preocupar tanto.

— E sua família? Eles vão contar aos meus pais no segundo em que puserem os olhos em mim.

— Meus pais estão na casa de praia na Flórida. Ninguém mais sabe que você está aqui. Não me mate, tá?

— Você não contou a ninguém?

Aquilo o surpreendia. Gabe tinha certeza de que ela teria contado ao menos para as primas.

— Claro que não. — Ela fingiu um calafrio. — A última coisa que eu preciso é de todo mundo no nosso cangote. Vão supor coisa que não é e, quando a gente menos perceber, minha mãe já vai estar planejando nosso casamento.

Ela fazia aquilo parecer um destino pior do que a morte. Mas tinha razão. Eles já tinham evitado perguntas invasivas o suficiente quando eram mais novos. As pessoas supunham que eles acabariam juntos e, embora Gabe com frequência sonhasse com aquilo, nunca teria dado certo. Michelle tinha uma base firme em Nova York, e Gabe não podia morar lá. Nem por ela.

— Você sabe que eu não teria concordado em me hospedar com você se tivesse me contado que estávamos indo para o Bronx — disse ele.

— Ah, eu imaginava — respondeu ela. — Foi por isso que não contei.

Gabe jogou as mãos para o ar.

— Foi uma armadilha!

— Ok, Almirante Ackbar, relaxa.

— Ainda fazendo piadas de *Guerra nas estrelas*, é?

Ela deu um sorrisinho.

— Mas é lógico.

— Bom, fico feliz de ver que algumas coisas não mudam.

Michelle ficou quieta por um longo momento.

— Não fui eu quem mudei.

Um ataque direto. Fora ele quem mentira e depois fora embora. E ela não deixaria que Gabe esquecesse.

Mas ele tivera motivo para ir embora. E tinha motivo para não voltar. E o motivo morava na casa vizinha àquela em que Michelle esperava que ele passasse quatro dias.

O acordo que se danasse. Não tinha como. Aquilo estava além do que Gabe podia tolerar. Dormiria lá uma noite, mas de manhã? Sairia para achar um hotel.

Independentemente do que Michelle fosse dizer.

Dezesseis anos atrás

Transcrição do chat do Windows Messenger

Destino celestial: Sessão de Planejamento do Episódio 1

<u>*Destino celestial*</u>: uma fanfic da temporada 2 de *Além das estrelas*
Episódio 1
Por BxGamer15 e ChelleBlockTango

Disclaimer: não temos os direitos de *Além das estrelas*, somos só dois fãs putos por finalmente termos colocado latinos no espaaaaaço, mas eles serem cancelados na primeira temporada.

Gabe:
Que diabo aconteceu com seu nome de usuário?

Michelle:
É "Chelle" do meu nome misturado com a música "Cell Block Tango" do musical Chicago. Você viu?

Gabe:
Você sabe que não vi.

Michelle:
Legal. Podemos ver no fim de semana.

Gabe:
Mal posso esperar...

Michelle:
Isso é sarcasmo? De alguém que usa o nome Bronx Gamer 15 anos? Por que não adiciona seu número do RG também?

Gabe:

Retiro o que disse. Seu nome é incrível. Vamos em frente.

Michelle:

Por onde começamos?

Gabe:

Zack escapou quando era jovem, então, devíamos começar onde ele está agora, já que vimos um pouco dele logo antes do final em aberto.

Michelle:

Eles disseram onde ele estava se escondendo?

Gabe:

Não. Será que iam mostrar flashbacks na segunda temporada?

Michelle:

Bom, ok, se VOCÊ fosse um príncipe com um pai assassino e sua mãe tivesse acabado de forjar a própria morte, para onde iria?

Gabe:

Hummm... Para a Cantina de Mos Eisley.

Michelle:

Rs não é Guerra nas estrelas! Eles não estão numa galáxia muito, muito distante!

Gabe:

É, mas algum lugar como Tatooine parece bom para desaparecer. Funcionou para Obi-Wan, né? Todo mundo tem segredos e ninguém vai fazer perguntas demais. Talvez Zack tenha virado barman. Ele ouve todas as fofocas, mas é basicamente invisível para quem está por perto.

Michelle:

Será que Riva pode ser caçadora de recompensas? E a Rainha Seravida, que também está escondida, a contrata para achar Zack.

Gabe:

Zack reconhece Riva?

Michelle:

Talvez não de cara, mas eles eram melhores amigos, apesar de ela ser plebeia. Parte dele a reconheceria, né? Quer dizer, eu te reconheceria, mesmo depois de anos.

Gabe:

Eu também. Riva o encontra, mas ele não vai sem lutar. Ele acha que foi o pai que a contratou.

Michelle:

Aí, Riva o ataca, o atordoa e o arrasta até a nave dela.

Gabe:

Hã, Zack é um lutador treinado. E o ator é uns quinze centímetros mais alto. Como Riva vai fazer tudo isso?

Michelle:

Dã, ela é uma caçadora de recompensas fodona que nunca perde um alvo.
Além do mais, é a melhor amiga dele, então ele abaixa a guarda.

Gabe:

Tá. Então, ele diz tipo: "Fala pro meu pai que eu nunca vou voltar". E ela: "Eu falaria, mas foi sua mãe que me contratou".

Michelle:

E aí ele manda: "AY DIOS MÍO, minha mami está viva?!".

Gabe:
É, talvez não exatamente assim.

Michelle:
E Riva o atordoa mesmo assim!

Gabe:
É claro...

Capítulo 5

Gabe ficou com o olhar grudado na janela durante a saída da rodovia em Pelham Parkway e o trajeto pela avenida arborizada que atravessava ruas do Bronx até seu antigo bairro. Lembranças desbotadas conflitavam com a realidade iluminada pelos postes amarelados. Havia algo desconcertante em estar de volta — uma sensação profunda de conforto, mas também de *inadequação*. Aquele não era o lugar dele.

Quando viraram da Eastchester Road em Morris Park, ele girou no banco para enxergar melhor um logo verde e branco conhecido.

— Aquilo ali era um Starbucks?

Michelle soltou uma risadinha abafada.

— Era, Gabe. Até o Bronx agora tem Starbucks.

Cruzando a Williamsbridge Road, Gabe foi atingido por um baque de luto. Era ali que ficava a papelaria do pai antes de fechar, pouco depois de Gabe ir estudar na Califórnia.

Aquela mudança — bem como a forma que dera a notícia — tinha sido o começo do fim de seu relacionamento com os pais.

Tinha sido logo depois de Michelle rasgar a passagem impressa e expulsá-lo do quarto. Ele tinha voltado para casa para fazer as malas e preparar o jantar. No segundo em que o pai parara de comer, Gabe tinha vomitado as palavras de repente:

Vou me mudar para a Califórnia.

Os pais dele não tinham ficado felizes, para dizer o mínimo. A briga que se seguira, aos gritos, tinha passado por dois idiomas e inúmeras discussões antigas sobre escola, as escolhas de Gabe e obrigações familiares. O pai havia diminuído as conquistas de Gabe — como se formar-se com louvor e conseguir uma bolsa para a UCLA não fossem nada — e a mãe tinha chamado Gabe de ingrato.

E então ele e o pai tiveram a última grande briga sobre a papelaria.

Você faz parte de uma família, Gabriel. Famílias tomam decisões juntas. Você tem que ficar e ajudar com a loja.

Pai, a loja está falindo. É só questão de tempo.

A loja vai ficar bem se você ajudar...

Nada que eu faça vai ajudar a loja!

Ajudaria, se você tentasse!

A loja é seu sonho, pai. Eu vou atrás do meu.

Que sonho? Jogar beisebol? O que você vai fazer, entrar para os Yankees?

Não sei. Mas não vou trabalhar numa loja de cartões no Bronx. Vou embora. E vocês não podem fazer nada para me impedir.

Gabe os tinha visto mais algumas vezes, mas a relação havia piorado. Depois do que acontecera no casamento da irmã, ele tinha rompido com os pais para sempre.

Michelle virou na rua deles, e os batimentos de Gabe aceleraram. Casas conhecidas, quase intocadas na última década, soavam um sino na memória dele, uma após a outra, cada uma delas uma alfinetada de luto.

Não. Não tinha como ele passar quatro dias ali. Aquilo o mataria.

Quem foi que disse "Nunca se pode voltar para casa"? Quem quer que fosse, tinha razão. Aquele não era mais o lar dele. E ele não podia — não iria — voltar.

As famílias Amato e Aguilar moravam num quarteirão com algumas pequenas casas independentes — uma combinação de tijolo vermelho e revestimento de alumínio — que tinham entrada para carro, mas não tinham garagem. Predominantemente um bairro italiano, a demografia tinha mudado um pouco durante os anos que Gabe morara lá. Ele não tinha ideia qual era a situação atual, só que seus pais, uma porto-riquenha e um mexicano, e os de Michelle, uma porto-riquenha e um italiano, ainda moravam lá. A mãe de Michelle era um dos motivos para a mãe dele ter ficado confortável em se mudar para a casa ao lado.

Depois de Gabe ir embora pela última vez, a única pessoa com quem ele mantivera contato era a irmã mais velha, Nicole.

Nikki era mãe de duas crianças — Oliver, de 7 anos, e Lucy, de 9, que havia feito a transição de gênero dois anos antes. Gabe tinha conhecido a sobrinha e o sobrinho pela primeira vez quando Nikki os levara à Disneylândia. Gabe comprara as passagens deles, já que iam pegar o voo mais longo para a Disneylândia, na Califórnia, em vez do Walt Disney World, na Flórida, só para vê-lo. E quando Nikki e o marido, Patrick, fizeram uma viagem de família pelo Colorado, Gabe tinha pegado um avião para se juntar a eles.

Ele fazia FaceTime regularmente com Lucy e Oliver, mas, quando pensava nos próprios familiares, sentia-se negligente com seus deveres de *tío*. *Tío* Marco, padrinho de Gabe, sempre estivera por perto quando ele era criança. Irmão mais novo do pai dele, ajudara os pais de Gabe quando eles se mudaram para o bairro, pegava Gabe no treino de beisebol, ia aos jogos dele e intervinha quando o pai de Gabe o enchia para trabalhar mais horas na papelaria.

Pare de pensar na loja, disse Gabe a si mesmo. Só pioraria a situação.

Quando Michelle estacionou na entrada de carros da casa da família, Gabe se encolheu o máximo que conseguiu. Ele espiou a casa dos pais pela janela, à direita da de Michelle. Era muito perto, o carro e os degraus visíveis demais da janela da frente.

— Não posso fazer isso — murmurou ele numa voz estrangulada.

Michelle desligou o carro.

— Não se preocupe, seus pais dormem cedo.

— A luz do quarto deles ainda está acesa.

— Por que eles olhariam pela janela ao me ver chegar em casa?

— Você não conhece a minha mãe.

— Tenho certeza de que está tudo bem — respondeu ela, com confiança, e saiu do carro.

— Espere. — Ele estendeu o braço e agarrou o punho dela antes de Michelle poder fechar a porta. A pele dela estava gelada. Ele estava queimando de ansiedade. — Vou entrar pelos fundos.

— Como quiser.

Tirando as chaves da bolsa, Michelle contornou o carro e subiu os degraus até a porta de casa. Depois de respirar fundo, Gabe abriu a porta do carro o mais silenciosamente possível e saiu de fininho. Fechando com delicadeza, ele foi abaixado até o porta-malas. Seria mais fácil se não estivesse usando uma camiseta branca, mas ele não estivera esperando ter que se esgueirar pela escuridão, né? Tirou a bagagem, mas o porta-malas fez um *tum* alto quando fechou, e ele se encolheu. Sem ousar arrastar a mala, segurou-a contra o peito, tentando não pensar nos germes do aeroporto enquanto corria agachado até o portão do lado esquerdo da casa.

Naquele ponto, Michelle estava destrancando a porta da frente. Quando Gabe abriu o portão, a dobradiça rangeu alto, e ela lhe lançou um olhar divertido. Ele se abaixou para passar e, enfim, com uma casa inteira bloqueando a vista dos pais, endireitou-se à altura normal.

Pausando para respirar, olhou ao redor, incapaz de acreditar em onde estava. Pela primeira vez em nove anos, estava no mesmo espaço que os pais. Eles estavam em casa, ali tão perto! Ele tinha visto um SUV na entrada, e o carro da mãe — que havia comprado logo antes de ele se formar na faculdade — estava estacionado na rua.

A amargura floresceu no peito dele, e uma tensão estranha o tomou. Por todos aqueles anos, havia tentado não pensar neles. Era doloroso demais. Continuava a ser doloroso, mas… uma pequena parte dele também queria muito vê-los. Queria que eles *o* vissem.

Não daria certo. Ele sabia. As interações com os pais não davam certo desde que ele tinha 14 anos, sempre marcadas por gritos e críticas. Não havia motivo para aquilo ter mudado.

Segurando mais firme a mala, Gabe foi até os fundos da casa. Ali, ele precisava tomar cuidado. O quintal de Michelle só era separado do quintal dos pais por uma cerca baixa de arame, e as portas deslizantes de vidro que levavam ao porão seriam facilmente visíveis por...

Ele parou. A cerca que tinha pulado inúmeras vezes quando criança não existia mais, substituída por uma treliça de madeira estilosa, coberta de plantas trepadeiras.

Aquilo, mais do que qualquer outra coisa, disparou uma nova onda de luto. O que mais tinha mudado em sua ausência?

Ele escutou uma porta se abrir e quase morreu do coração, mas era só Michelle abrindo a porta da cozinha, sobre o curto lance de escada do quintal, que era quase inteiro de concreto.

— Vem logo — sussurrou ela.

Ele tinha esperado que ela fosse abrir as portas de correr do porão, muito mais silenciosas, mas, claro, ela tinha que dificultar tudo. Murmurando um xingamento, Gabe levantou a mala e atravessou o quintal na ponta dos pés até a escada.

Uma luz forte se acendeu de repente, e ele congelou. No minúsculo deque em frente à cozinha, Michelle fez gestos frenéticos para ele seguir. Percebendo que tinha sido só o sensor de movimento, Gabe encaixou a mala embaixo do braço e correu escada acima o mais rápido e silenciosamente possível. Passando por Michelle, entrou na cozinha escura e enfim, com grande alívio, deixou a mala no chão.

— Você podia ter me avisado da luz — disse, com um resmungo.

— Eu esqueci. Faz muito tempo que não trago ninguém escondido para cá. — Ela apontou o tapete logo atrás da porta. — Tire os sapatos. Você conhece as regras.

Na luz baixa que permeava as janelas, Gabe usou os dedos dos pés para tirar os tênis enquanto Michelle tirava as sandálias e calçava *chanclas* de ficar em casa. Algo roçou contra o tornozelo de Gabe, que pulou quando uma figura escura apareceu e começou a cheirar os sapatos dele com entusiasmo.

— Essa é Jezebel — explicou Michelle. — É difícil enxergá-la no escuro.

Ela foi até o interruptor e o acendeu, enchendo o cômodo de luz. Gabe caiu no chão como se estivesse fazendo uma flexão, e uma gata preta macia, que ele conhecia do Instagram de Michelle, enfiou o nariz — que tinha acabado de estar no tênis — na cara dele.

Michelle o olhou fixamente.

— O que está fazendo?

— Feche as cortinas — sibilou, irritado com o olhar de surpresa dela.

A gata, Jezebel, bateu a cabeça contra a têmpora dele, e ele mudou de posição para fazer carinho nela.

— Gabe, sua mãe não vai olhar dentro da cozinha…

— Vai, sim. Ela fazia isso o tempo todo. Feche a porra das cortinas!

Michelle suspirou, mas fez o que ele pediu.

— Melhor?

— Não.

Gabe se levantou do chão, ofegando como se tivesse acabado de correr uma maratona. Ele não podia passar por aquilo toda vez que tivesse que entrar e sair da casa. Também não podia ficar trancado lá dentro. Ele tinha reuniões e visitas a fazer… em Manhattan.

Michelle ficou parada junto ao balcão da cozinha, olhando-o com uma expressão pensativa. Era a primeira vez que ele a via bem, dos pés à cabeça. Uma sensação familiar de desejo surgiu. Ele ainda a desejava, mas, misturado naquilo, havia saudade e angústia, raiva e sofrimento. A força dos sentimentos ameaçou sufocá-lo.

Ele sempre a achara bonita. Quando eram pequenos, eles se divertiam juntos, e era suficiente. A beleza não significava nada, exceto que ele amava ver o sorriso dela.

Conforme cresciam, os dois haviam mudado, e o olhar dele passou a demorar-se nela de outras formas. O corpo deles havia amadurecido, e ele começou a reparar mais nos toques fáceis dela, na forma como ela se apoiava nele quando viam filmes ou se sentava no colo dele quando o ônibus estava lotado. Na época, ele pensava *muito* naqueles toques. Por fim, admitira a si mesmo que estava apaixonado por ela, além da amizade. Amava ouvi-la falar e vê-la dançando pelo quarto quando suas músicas favoritas tocavam no rádio. Amava discutir com ela sobre filmes e comer do mesmo prato.

Amava vê-la sorrir.

Mas, agora, ela não estava sorrindo.

— No que você está pensando? — perguntou ele, as palavras saindo antes de poder se questionar se eram sábias ou não.

O olhar dela recaiu no balcão.

— É estranho ter você aqui de volta.

Gabe olhou a cozinha que antigamente conhecia tão bem quanto a sua.

— É estranho estar de volta.

— Eu estava me perguntando se seria como era antes.

— Não acho que podemos voltar a como era antes.

Ele disse as palavras com gentileza, sabendo que tinham o potencial de magoá-la. Ela era mais emocionalmente frágil do que fingia ser. Mas, para honrar a amizade deles,

Gabe precisava ser sincero. Não era a mesma pessoa daquela época, e ela também não. Eles haviam crescido. Não podiam simplesmente voltar à camaradagem fácil que vinha de se ver todos os dias.

— Acho que não — murmurou ela, antes de abrir a geladeira e o chamar para mais perto. — Enfim, eu fiz isso para você.

Ele parou ao lado dela, tentando ignorar a fragrância amadeirada sedutora colada à pele de Michelle, e olhou dentro da geladeira. Na prateleira principal, Tupperwares estavam organizados, em pilhas uniformes, de quatro em quatro. Michelle escolheu um pote e abriu a tampa. Aromas de limão e pimenta flutuaram até ele. Dentro do recipiente, separado em dois compartimentos, havia um peito de frango assado e um acompanhamento de vegetais variados refogados — abobrinha, cogumelo e pimentão verde.

Gabe ficou paralisado.

— O que é isso?

— Refeições prontas. — Michelle fechou a tampa e guardou o pote na geladeira. — Como imaginei que você provavelmente faz algum tipo de dieta de marombeiro, pesquisei recomendações alimentares e tamanhos de porção. Alguns blogs sugeriram um monte de proteínas magras e vegetais ao longo do dia, então me antecipei na preparação de refeições.

Uma sensação de calor se espalhou pelo peito de Gabe.

— Como você sabia?

Ela dirigiu um olhar significativo ao tronco e aos braços dele.

— Instagram.

Claro.

— Enfim — continuou ela —, obviamente não temos uma academia completa, mas tem um banco de musculação e algumas máquinas lá embaixo.

— Valeu.

Gabe não tinha coragem de contar a ela que não ia ficar mais do que uma noite. Aquilo levaria a uma discussão, e Michelle claramente tinha tido muito trabalho para preparar a estadia dele. As refeições eram mais do que ele jamais teria pedido.

Michelle indicou os Tupperwares.

— Você precisa jantar?

— Não, comi um sanduíche no avião. Só estou cansado.

Não era mentira. E, quanto antes ele fosse dormir, mais cedo podia sair de fininho de manhã.

— Tá bem — disse ela, fechando a geladeira. — Você vai ficar no antigo quarto do meu irmão…

Ele assentiu. O quarto de Junior ficava lá em cima, então Gabe pelo menos ficaria longe do quarto de Michelle no po…

— Ao lado do meu — completou ela.

Gabe franziu a testa.

— ¿*Qué*?

— Eu estou ficando no quarto de Monica.

— O que aconteceu com o porão?

As palavras saíram antes de Gabe se conter. O porão era onde a amizade deles tinha subido de nível e se estilhaçado, tudo de uma vez.

Michelle se ocupou lavando louça.

— O sonho do meu pai era transformar numa grande sala de entretenimento. Televisãozona, um bar, além de uma escrivaninha e equipamentos de exercício. Quando eu me mudei, ele conseguiu o que queria.

— Ah.

Merda. Como ele aguentaria saber que ela estava dormindo no quarto ao lado? Por algum motivo, era ainda pior do que a ideia de dormir no sofá do apartamento dela. Talvez as lembranças da família dela ocupando a casa, ou da família *dele* bem ao lado, fossem o bastante para reprimir quaisquer pensamentos que sua libido tentasse conjurar. Gabe só podia torcer.

Mas, quando Michelle o levou lá para cima, ele viu algo que tinha esquecido. Os quartos dividiam um banheiro.

Gabe parou lá dentro, as paredes e azulejos pêssego refletindo na pele dele e tornando a imagem no espelho amarela e pálida, mas ele só conseguia prestar atenção na explosão de frascos e potes na pia. A maquiagem de Michelle, o hidratante, os produtos faciais. Tudo que ela usava no corpo, na pele e no cabelo quando estava *pelada* naquele cômodo.

Ele fechou os olhos. Sua presença ali o estava revertendo à personalidade adolescente, o que ele não queria. O Gabe de antigamente era inseguro, preocupado com o que outras pessoas achavam dele e de suas escolhas, morto de medo de agir. Ir para Los Angeles tinha sido uma das maiores mudanças de sua vida. Sozinho, longe da família e de todo mundo que o conhecia, ele finalmente havia tido espaço para tomar ações decisivas, ligar o foda-se para a opinião dos outros. Tinha dado certo.

Era por isso que ele estava ali. Tomando uma ação decisiva para abrir a filial da academia em Nova York. Era parte do acordo de investimento, sim, mas Gabe tinha assinado o contrato porque tinha confiança de que a Agility podia entrar em um novo mercado.

Então, por que estava encanado com a simples tarefa de escovar os dentes no cômodo em que Michelle tomava banho? Ele dirigiu um olhar resignado ao reflexo. Sabia o motivo. Porque a desejava. Ainda ou de novo, pouco importava. Fazia muito tempo que não sentia tanto desejo por alguém. Não sabia quanto daquele desejo era velho e remanescente, ou alguma parte zoada dele que queria o que não podia ter. Mas ele a desejava, *naquele momento*. Não tinha como contornar o fato.

Enquanto Gabe se preparava para dormir, exausto depois de um dia de viagem e da montanha-russa emocional que tinha virado sua vida, ele se lembrou de que era aquele o motivo para ter ido embora. Estar lá, perto das pessoas que deixara, o puxava para um furacão de drama e dúvidas. Claro, em alguns momentos ele se sentia sozinho, mas tinha firmeza em suas convicções, o que era mais importante. Melhor estar sozinho e concentrado do que cercado por pessoas que não acreditavam nele.

Com isso em mente, Gabe escolheu as roupas para o dia seguinte, fechou a mala e programou o despertador para cedinho.

Ele não precisava daqueles lembretes de quem fora. Por mais que ainda a desejasse, não podia permitir que Michelle o prendesse ali, tão próximo de memórias dolorosas.

No dia seguinte, iria embora.

Capítulo 6

Michelle acordou cedo na manhã seguinte. Cedo até demais, mas não conseguiu pegar no sono de novo, a cabeça cheia de pensamentos sobre Gabe. Ao lado dela, Jezebel estava enrolada numa bolinha quente.

A luz da manhã de verão entrou através das cortinas do quarto, que antigamente eram cor-de-rosa, como os lençóis, as paredes e o carpete. Ela dividira o quarto com a irmã antes de Monica ir para a faculdade e Michelle acabar se mudando para o porão. Depois disso, tinha passado a ser usado como sala de artesanato da mãe e sido pintado de um amarelo suave com móveis brancos e gavetas plásticas cheias de fitas adesivas coloridas e materiais para fazer bijuterias.

Michelle entendia como Gabe se sentia até certo ponto. Era estranho dormir na casa dos pais, no quarto de infância que já não reconhecia. Devia ser ainda mais estranho para Gabe, que não voltava havia muitos anos.

Quando Michelle concebera aquele plano, parte dela esperava que tê-lo ali a deixasse... feliz. Ela se lembrava de ser feliz quando era jovem, mas, ultimamente, o máximo que podia esperar era uma leve satisfação. Além do mais, sentia mais saudade de Gabe do que gostaria de admitir. Tinha esperado alguma nostalgia, algumas recordações sobre os bons e velhos tempos. Animação com o projeto da Agility e atualizações sobre o que andavam fazendo desde a última vez que se viram. Afinal, eles tinham a faculdade e a casa dos 20 anos para relembrar.

O que não esperava era o tesão latente. Como se todas as células dela se arrepiassem, atentas a ele. Como se ele fosse um ímã gigante que a atraía inexoravelmente e ela não tivesse como impedi-lo. Era uma força da natureza, de potência inegável, rindo dela e dizendo para *só se entregar*. Para parar de lutar. *Você quer ele, sua boba.*

Michelle jogou os cobertores para o lado e saiu da cama. Aquela linha de raciocínio não servia para nada além de tornar o sono impossível, e ela precisava fazer xixi. Jezebel imediatamente se enterrou no calor que o corpo de Michelle liberara, ficando confortável no meio da cama.

Michelle calçou as *chancletas* e saiu do quarto em silêncio, certificando-se de evitar as tábuas que rangiam sob o tapete do corredor e nas escadas. Ela usou o banheiro do térreo para não acordar Gabe com o barulho da descarga na parede do outro lado da cama dele, depois foi à cozinha fazer uma xícara de chá. Se ia acordar mesmo, era melhor ingerir cafeína.

Estava tomando o primeiro gole glorioso quando ouviu a descarga do banheiro lá de cima. Estranho, era o banheiro do corredor, mais perto do quarto dos pais. Os canos faziam um som diferente. Talvez Gabe não quisesse acordá-la?

Mal tinha dado seis horas da manhã e, no fuso de Gabe, eram três horas a menos. Ela ficou em silêncio, tomando o chá devagar. Ele provavelmente voltaria a dormir. Mas então o teto rangeu, seguido pelo som de passos indo na direção das escadas.

Deixando a xícara no balcão, Michelle saiu da cozinha para cumprimentá-lo, com a intenção de perguntar se ele queria chá ou café. Ela não achava que ele já teria acordado, então só tinha feito uma xícara para si.

— Bom di... — começou, mas parou de repente ao ver Gabe, congelado em meio a um passo, bem no degrau do meio, que sempre rangia.

Ele já estava completamente vestido... e carregando a mala.

Surpresa e uma onda crescente de raiva fizeram o coração dela bater forte.

Estreitando os olhos, Michelle levou a mão à cintura.

— E aonde é que *você* pensa que vai?

Ah, céus, ela parecia a mãe.

E, como um adolescente pego saindo de fininho — porque, sério, *o que mais* ele podia estar fazendo? —, Gabe se encolheu. Subiu os ombros até as orelhas e abriu a boca numa careta.

— Ahn...

Ele parecia estar sem palavras, mas, apesar do horário e da pouca cafeína ingerida, Michelle não estava. Além do mais, ela não precisava de explicação. A intenção estava clara.

Aquele filho da puta ia abandoná-la *de novo*.

Michelle foi batendo os pés até a escada e o olhou com raiva.

— Você está fugindo. Nem tente inventar uma desculpa de merda.

Os olhos de Gabe brilharam, a raiva aparecendo nas profundezas escuras, e ele se endireitou, apoiando a mala no degrau ao seu lado.

— Estou indo embora.

Michelle deu uma risadinha de desdém e cruzou os braços embaixo do peito.

— É, percebi. Você é bom pra caralho nisso.

O olhar dele foi para os seios dela. Ela ainda não tinha vestido sutiã, e a pose tinha empurrado os peitos para cima.

Os mamilos dela se eriçaram quando pensou em como, na última vez que o vira, ele estava com as mãos e a boca nos seios dela. Ela ajustou um pouco a posição para garantir que ele visse os bicos aparecendo pelo tecido fino da regatinha de dormir. Por que só Michelle devia ser amaldiçoada por memórias sexualmente frustrantes? Além do mais, estava *puta*.

— Volte já lá pra cima — ordenou ela, num tom que não aceitava argumentos.

Gabe apertou os lábios e lhe lançou um olhar exasperado de que ela se lembrava bem. Era o olhar que dizia que ele achava que Michelle estava sendo escrota, mas não ousaria falar.

E tudo bem. Talvez ela estivesse. Não havia contado a ele que iam ficar ali, suspeitando que Gabe nunca fosse concordar se soubesse da mudança de planos. Mas ela também tivera a esperança de que o ambiente familiar e a nostalgia os aproximariam mais que um quarto de hotel sem graça.

Bom, já era.

Gabe pegou a mala, mas, em vez de subir, ele continuou a descer a escada.

— Michelle, você sabe que eu não posso ficar aqui.

Ela ficou firme e usou a única vantagem que tinha.

— O que eu *sei* é que você concordou em ficar hospedado comigo em troca de eu aceitar este projeto.

Ele parou onde ela bloqueava a escada, como Gandalf na ponte, declarando: *Você não passará*. Ficaram de frente um para o outro, ele acima dela, por ser mais alto e ter o reforço do último degrau, ela com os olhos levantados, suas únicas armas sendo decote e audácia.

Michelle lutou contra um arrepio de consciência. Ele estava muito perto, e a irritação sonolenta em seus olhos era fofa até demais. E ela estava praticamente sem roupa, só com uma regatinha fina e shorts curtos. Ela sentiu os batimentos cardíacos falharem, e viu que ele também estava respirando forte. Não achava que fosse de esforço, já que ainda estava segurando a mala como se pesasse menos que Jezebel quando era filhote.

— Eu concordei em ficar hospedado com você em Manhattan — respondeu ele, entrando nos pensamentos dela antes que ela pudesse despi-lo com os olhos. — Não concordei em ficar hospedado aqui.

— Então, você vai embora de novo. — Michelle não conseguiu conter a emoção na voz, embora, se pudesse, preferiria bani-la. — Assim. Sem uma palavra.

— Michelle, você mentiu para mim sobre onde a gente ia ficar.

Ah, então era *Michelle* em vez de *Mich*. Ele devia estar bravo mesmo. Mas, também, ela não podia culpá-lo. Talvez não tivesse a intenção de enganá-lo, mas, no fim, era o que havia feito. Ainda assim, não ia deixá-lo ir embora tão fácil.

— O que você ia fazer? Sair de fininho enquanto eu estava dormindo, chamar um carro e pedir para te deixar num hotel?

— O que mais eu poderia fazer?

Pelo tom defensivo e o olhar dele, ela via que tinha acertado em cheio.

— Você pode ficar aqui e lidar com seus problemas em vez de fugir de novo — devolveu ela. — A gente tem muitos assuntos inacabados, Gabe.

Ele desceu até o chão e abaixou a mala. Michelle, porém, não recuou, então acabaram com o corpo grudado, respirando forte.

O coração dela batia acelerado por causa da proximidade, da faísca de raiva nos olhos dele. Talvez fosse perverso, mas ela gostava de vê-lo assim, puto e irritadiço. O Gabe que ela conhecera se esquivava de conflito, nunca levantava a voz e deixava que Michelle vencesse todas as discussões. O novo Gabe não estava cedendo, e era tão sexy quanto exasperante.

Ele se inclinou para olhá-la bem nos olhos. Numa voz traiçoeiramente suave, perguntou:

— Você sabe por que eu fui embora?

— Não, não sei! — As lembranças voltaram com tudo: a traição, a mágoa. A saudade que sentira dele. Tinha sido como uma doença, assumindo residência permanente na boca do estômago. — Você nem falou comigo direito.

— Na verdade, falei, sim. — O maxilar dele parecia de granito. — Tentei falar com você sobre os meus pais. Mas, toda vez que eu mencionava o assunto, você defendia eles. Você não via que eu estava me afogando aqui. Se visse, não teria ficado surpresa com a minha vontade de ir embora.

— Fodam-se seus pais! — Ela pressionou as mãos no rosto, envergonhada pela explosão. — Desculpa, não foi isso que eu quis dizer. Mas isso não tem a ver com eles. Você também *me* abandonou.

Num gesto nervoso que ela lembrava, ele tirou o boné dos Yankees e passou a mão pelo cabelo.

— Eu precisava ir embora daqui, ir embora desta vida.

— Isso não explica por que você me ignorou. — A voz dela ficou aguda, o que ela detestou. — Não explica por que você não respondeu quando eu te procurei, por que você...

— Michelle.

Gabe interrompeu o discurso e fechou os dedos com delicadeza em torno do punho dela. Ela nem tinha notado que estava balançando as mãos no ar. Com os dedões, ele acariciou a pele dela, bem em cima do pulso, e ela se acalmou um pouco.

— Eu precisava me afastar, e você... — Ele soltou um suspiro que parecia vir das profundezas da alma. — Você era a única pessoa com o poder de me arrastar de volta para cá.

O silêncio que se seguiu cobriu a pele dela, deixando-a tensa e rígida.

— Por quê? — sussurrou.

Ele soltou os punhos dela.

— O que você quer de mim, Mich?

Ele parecia cansado. Derrotado.

Mas a tinha chamado de *Mich*.

Ela se aproximou mais um pouco, se é que era possível. O corpo deles se encostaram, as pontas dos seios dela tocando o tronco dele.

— Por que eu era a única pessoa? — pressionou ela, em um tom insistente. — *Por quê*, Gabe?

A faísca nos olhos dele foi o único alerta.

— Por causa disso! — As palavras irromperam dele como uma tempestade. Ele fechou as mãos grandes nas alças finas da regata de Michelle, as agarrando como se fossem um bote salva-vidas, e encostou a testa na dela. A voz dele estava rouca de desejo. — Meu Deus, Michelle, eu te quero tanto que não consigo nem pensar direito.

O desejo percorreu o corpo dela, quente e vertiginoso. Era a resposta que esperava? Não. Ela ia aceitar?

Com certeza.

Ela se aproximou ainda mais, apertando o corpo contra o dele. Levantou as mãos para segurar os antebraços grossos.

— Foi por isso que você me ignorou? — exigiu Michelle, com a voz rouca. — Porque eu sou sexy e incrível demais?

Ele gemeu, os dedos apertando as tiras delicadas de algodão. Ela o imaginou rasgando-as, a blusa caindo do corpo dela.

Isso. Pode tirar. Me toca.

Era o que ela tinha dito na época, a lembrança gravada no cérebro. Estava muito perto de dizer aquilo de novo.

— É porque eu nunca consigo falar não para você — ele conseguiu responder. — Pareceu inteligente manter distância, caso...

— Caso o quê?

A voz dele estava grave, o dorso dos dedos, quentes contra a pele dela.

— Caso você me pedisse para ficar.

— E se eu tivesse pedido?

— Eu... eu não sei.

— Por que você nunca fez nada antes daquele dia?

Era outra coisa que ela se perguntava. Ela o conhecia bem demais para achar que ele era só um oportunista, se aproveitando da provocação.

— A gente era amigo.

— Bom, não somos mais — murmurou ela, analisando a expressão dele como se contivesse mais respostas.

— Tem razão. Não somos. — Ele suspirou, e um pouco da tensão deixou seu corpo. Numa atitude que a surpreendeu, ele pressionou os lábios na testa dela, num beijo suave. — Eu nunca quis te magoar, Mich. Me desculpa.

O coração dela bateu pesado, entalado na garganta. O momento tinha um aspecto de irrealidade. Gabe estava ali, o corpo duro e quente pressionado no dela, as mãos enroscadas na roupa dela, a bochecha apoiada na cabeça dela. O cheiro do perfume dele era suave, e o mundo ao redor estava em silêncio, exceto pelo leve canto de pássaros lá fora.

Eu te quero tanto.

As palavras que ela arrancara dele se mesclavam aos seus sentimentos, suas lembranças, suas necessidades.

— Gabe? — Ela esperou que ele encontrasse de novo os olhos dela. Quando o fez, ela lambeu os lábios e disse: — Acho que está na hora de a gente terminar o que começou.

Ele piscou, os olhos arregalados.

— Quer dizer…

— A gente nunca vai superar até tirar isso do caminho. — E, aí, ficou na ponta dos pés, apoiando o corpo completamente no dele. Baixando a voz, sussurrou ao pé do ouvido: — *Vamos transar.*

Capítulo 7

Em algum momento da briga, a tensão raivosa tinha virado tensão sexual. O cérebro de Gabe, ainda atordoado pelo fuso horário, não conseguia determinar exatamente quando aquilo havia acontecido, mas era impossível não entender aonde tinham chegado.

Vamos transar.

As palavras de Michelle ecoavam no ouvido dele, aquecendo o sangue. Gabe precisava tanto dela que atordoava os sentidos e, embora parte dele soubesse que era má ideia, preferia ver a lógica da sugestão.

No passado, ele havia se segurado, mas, depois de conhecer o sabor dela, não pôde mais manter contato, porque sempre seria atraído de volta.

Como agora, veio um sussurro no fundo da cabeça, mas ele bateu uma porta mental na cara da voz.

Eles se desejavam. Estavam sozinhos. E ela estava apertando aqueles peitos sensacionais bem no corpo dele.

Vamos transar.

Bem, então tá.

Envolvendo a nuca dela com a mão, ele deslizou os dedos pela massa quente de cabelo presa num coque bagunçado. Ela se aproximou ao toque, e ele avançou, apertando-a contra a parede, onde uma foto emoldurada mostrava uma Michelle de 7 anos vestida de branco, segurando uma minúscula Bíblia infantil e um terço cor-de-rosa. Ela parecia angelical, a cabeça baixa e olhando para baixo — exceto pelo leve sorrisinho irônico que torcia a boca.

Gabe fez uma careta.

— Eu vou pro inferno. Por que essa foto ainda está aqui?

— Minha mãe acha que é minha maior conquista. E não, você provavelmente não devia me comer contra a parede bem embaixo da foto da minha primeira comunhão.

Gabe olhou nos olhos dela, passando as mãos pelas curvas do corpo até agarrar aquela bunda linda.

— É isso que eu vou fazer, Mich? Te comer?

Ela segurou a respiração, e ele ficou satisfeito com a forma como os cílios tremularam quando ele a apertou.

— Vou ficar extremamente decepcionada se não fizer isso.

Ele olhou por cima do ombro para a sala.

— Sofá?

Michelle fez que não, firme.

— Minha mãe vai nos matar se a gente transar no sofá novo dela.

— Lá em cima, então.

Gabe pegou a mão dela para puxá-la pelas escadas, mas ela o puxou de volta e lançou um olhar fulminante.

— Traz a droga da mala — sibilou ela. — Você não vai a lugar nenhum.

Ele a olhou longamente, depois pegou a mala e deu um passo para trás, estendendo a mão para a escada.

— Pode mostrar o caminho.

Aquele olhar sexy e furioso não devia tê-lo excitado tanto quanto excitou. Ele ainda estava com raiva dela, ainda não queria ficar ali, mas nunca tinha parado de desejá-la. Pensar em deixá-la nua e finalmente aprender os caminhos daquele corpo o estava convencendo de que, talvez, ele pudesse ficar por ali, só mais um pouquinho.

Um amor perdido, era o que Fabian tinha dito sobre ela. Embora eles tecnicamente nunca tivessem namorado, nem mesmo transado, Gabe não podia negar que Michelle era aquilo mesmo. Ela era a pessoa que assombrara os pensamentos dele todos aqueles anos, que o fizera desejar que a situação tivesse sido diferente para eles ficarem juntos.

Michelle subiu as escadas como uma rainha. Gabe seguiu com o olhar grudado naquela bunda escultural — coberta muito precariamente pelos shorts do pijama —, que balançava de um lado a outro, hipnótica. Ele agarrou o corrimão de madeira com tanta força que não teria ficado surpreso se tirasse uma lasca. O coração de Gabe parecia que ia explodir de anseio por ela, e o pau dele estava duro como pedra, levantando a frente da calça de moletom.

Puta que pariu.

Eles iam mesmo fazer aquilo.

Estavam mesmo prestes a transar.

Ele estava *mesmo* prestes a *transar* com *Michelle*.

No alto da escada, ela agarrou a mão dele, e os dois avançaram no corredor. Mas, quando em vez de virar no antigo quarto dela, ela o puxou para o quarto em que ele tinha dormido na noite anterior. Gabe relutou, recuando como um cavalo que viu uma cobra.

— Não posso transar com você na cama do seu irmão — sussurrou ele.

— A gente não vai transar no quarto de artesanato da minha mãe de jeito nenhum — retrucou Michelle. — Ela vai saber. E por que você está cochichando?

Ele não sabia por que estava cochichando. Estar naquela casa cheia de antigas memórias o fazia sentir-se de volta à infância.

— Vem. — Ela puxou a mão dele. — Não é mais o quarto do meu irmão, e, além do mais, a cama aqui é maior, e você, meu amigo, é bem grandinho.

Ela lançou um olhar para a virilha dele e deu um sorrisinho.

Por anos, Gabe tinha imaginado aquele momento. Nunca em seus sonhos mais loucos ele teria adivinhado que seria assim. Pelo amor, não eram nem sete da manhã.

Gabe respirou fundo e deixou Michelle puxá-lo para o quarto, que felizmente já não estava parecido com a época em que o irmão dela, Junior, vivia ali. Os pôsteres de carros e da Janet Jackson tinham sido substituídos por pinturas em aquarela da Velha San Juan e de Roma. E a janela dava para o quintal, o que significava que ele não precisava ter medo dos pais conseguirem enxergar lá dentro.

Ele não lembrava a última vez que tinha precisado considerar algo assim.

Michelle entrou no banheiro adjacente enquanto Gabe guardava a mala no canto do quarto, perto do armário. Quando ela voltou, trazia uma caixa fechada de camisinhas. Ela foi até a mesinha de cabeceira, abriu a caixa e deixou ali.

Gabe levantou uma sobrancelha, mas Michelle estava de costas. Ele esperou perto da ponta da cama, sem saber bem como proceder. Será que devia abraçá-la por trás? Esperar que ela viesse até ele? Porra, que clima estranho.

Antes que ele se decidisse, Michelle tirou a regata pela cabeça. Gabe parou de respirar quando viu as costas nuas dela e quase engasgou quando ela puxou para baixo os shorts e a calcinha, dando-lhe uma visão completa daquela bunda incrível. Ela tirou a presilha do cabelo. Ondas pretas caíram em cascata pelas costas, cobrindo a tatuagem de pássaro abaixo do pescoço. Gabe teria de examinar a tatuagem com mais calma depois. E, então, ela se virou para ele.

Ele não se mexeu, sentindo um aperto no peito. O corpo dela era uma revelação — ombros estreitos, seios cheios que sempre o atraíram como uma sereia, mamilos rosa-escuros que ele sabia serem suaves como pétalas de rosa, quadril redondo saindo de uma cintura esguia e pernas fortes de bailarina. Ela estava maior do que na época da escola, mas era forte, confiante e sexy pra caramba.

Olhando para os seios dela, ele só conseguia pensar na última vez que os tinha tocado. Sentido o gosto deles. E como tudo havia dado errado.

Aquilo provavelmente era um erro, mas Gabe não estava nem aí. Anos de desejo acumulado gritavam com ele para diminuir a distância entre os dois.

Em vez disso, ele grunhiu:

— Vem cá.

Uma luz travessa brilhou nos olhos dela, e ela se jogou em cima dele. Gabe a pegou nos braços, e a boca dos dois se chocou.

Ao contrário da amizade, o beijo foi retomado de onde tinha sido interrompido, tantos anos antes.

Na época, o beijo deles tinha sido ofegante e exploratório, alimentado pela surpresa e pela maconha. O novo beijo era bruto e raivoso, e inacreditavelmente picante, inflamado por anos de tensão sexual não resolvida e emoções que Gabe não queria nomear. Ele se banqueteou da boca dela com lábios e língua, sem nunca se cansar. Michelle arrancou o boné dele, passando os dedos pelo cabelo curto. Ela envolveu o pescoço dele com os braços e arqueou o corpo contra o de Gabe. Ele a segurou apertado, fundindo os dois, deleitando-se com a sensação do corpo firme dela pressionado ao dele. As curvas dela se encaixavam perfeitamente com os planos e ângulos do corpo dele, e Gabe ficou mais duro, cutucando a barriga dela. Michelle era fogo vivo no abraço dele, e ele não estava nem aí de se queimar.

— Ainda estou brava com você por tentar ir embora — murmurou ela entre beijos.

Ele mordiscou o lábio inferior dela.

— E eu ainda estou puto por você me prender no Bronx.

Ela teve a pachorra de rir, um som grave e rouco que o perpassou com calor. Então, agarrou a cintura da calça dele e puxou a peça para baixo com força.

— Vamos.

Era aquilo que acontecia quando você trabalhava numa academia. Passava a achar que roupas de esporte eram roupas de verdade, o que tornava fácil demais para uma mulher nua arrancar sua calça.

Era um belo argumento para usar moletom no dia a dia.

Só de camiseta e samba-canção, Gabe baixou o olhar para a calça em torno dos tornozelos.

— *¿Así?*

— Não seja sentimental — respondeu ela, com um sorriso provocador.

— Tá bom, é assim, então.

Ele agarrou a bainha da camiseta e puxou por cima da cabeça, tomando o cuidado de flexionar os músculos tanto quanto fosse humanamente possível. Já sem a camiseta, sorriu para a expressão chocada no rosto de Michelle.

— Puta que pariu, Gabe. Você está precisando levantar uns pesos.

Aquilo fez com que ele soltasse uma risada profunda, que virou um ofegar engasgado quando ela pressionou a palma das mãos no peitoral dele e desceu pelos músculos — direto até o pau.

— Mich… — arfou, e ela balançou a cabeça.

— A gente já perdeu tempo demais, Gabe. Não enrola.

Meu Deus, como ela era incrível. Direta e irreverente como sempre, mas ainda mais sexy.

— Você que sabe, gata.

O cabelo dela estava solto, então ele enfiou as mãos naquele volume comprido, segurando muito firme quando ela agarrou o cós da cueca e a puxou com cuidado.

Ele já estava duro como pedra. Estava tentando conter a ereção desde o momento em que ela o confrontara no pé da escada, de pijaminha minúsculo. Do ponto de vista mais alto, ele tinha uma boa vista para o vale entre os seios dela. Depois, ela ainda tinha cruzado os braços, e ver aquilo quase o deixou de joelhos.

Se ela o quisesse de joelhos, só precisava pedir. Ele nunca fora capaz de negar nada a Michelle.

— Caralho, como você é grande — disse ela, com o olhar grudado no membro dele.

Ele suprimiu um gemido.

— Foi isso que causou nosso problema para começar.

Ela encontrou os olhos dele, com um pouco de humor.

— A maldita da Lizzie DeStefano.

— Ela te perguntou mesmo se meu pau era grande?

— Não, ela disse que *achava* que seu pau era grande, e aí eu... — Ela voltou a baixar o olhar, corando. — Fiquei curiosa.

Michelle circulou todo o comprimento com dedos fortes e capazes, uma expressão pensativa.

— No final, ela tinha razão.

— Ela não sabia por experiência própria — conseguiu falar Gabe, porque aquela parte tinha parecido importante tantos anos antes. — Ela e eu nunca...

— Shh. Eu sei.

E então Michelle o apertou ainda mais e mexeu a mão preguiçosamente. Gabe tensionou os músculos e segurou um palavrão.

Deus abençoe Lizzie DeStefano.

O olhar de Michelle voltou ao dele, como se estivesse acordando de um feitiço.

— Vamos — disse ela, soltando-o e indo até a mesinha de cabeceira. Ela tirou uma camisinha da caixa e passou para ele. — Pode colocar.

Ele rasgou a embalagem e rolou o látex enquanto ela arrancava o edredom.

— O que você está fazendo?

Ele havia arrumado a cama antes de tentar ir embora, imaginando que era o mínimo que podia fazer.

Michelle lhe deu um olhar vazio enquanto subia no meio da cama.

— Prefiro não ter que explicar nenhuma mancha estranha para minha mãe.

Ele empalideceu com o lembrete de onde estavam.

— Ah. É.

Ela deu um tapinha nos lençóis.

— Agora, deita.

Gabe levantou uma sobrancelha para o comando, mas obedeceu, esticando-se de costas ao lado dela. Ele estendeu a mão para ela, mas Michelle montou no quadril dele, as pernas uma de cada lado. Quando ela se levantou, posicionando-se sobre o pau dele, Gabe a segurou pela cintura.

— *Todavía no* — disse ele.

Ela lhe deu um olhar incrédulo.

— Ainda não o quê?

Aquilo estava indo mais rápido do que Gabe havia esperado. Sim, ele estava pronto, mas será que *ela* estava? Eles mal tinham se tocado e, a não ser que contasse a discussão raivosa, não tinha havido muita preliminar.

Gabe *amava* preliminar. Aprender cada centímetro do corpo de alguém, se perder nos beijos, ouvir o som que a pessoa fazia ao gozar. Ele queria desesperadamente fazer aquilo tudo com Michelle.

Não apenas isso. Como ele era *mesmo* grande, queria garantir que ela estivesse pronta para recebê-lo.

Quando ela se esfregou no pau dele, Gabe gemeu, lutando para se controlar.

— Não quero te machucar, Mich.

Ela se abaixou, os seios um peso quente no peito dele.

— Você não vai.

Só para garantir, Gabe estendeu a mão entre eles para ver por si e percebeu que ela estava quente e molhada de desejo.

Antes que ele pudesse explorar mais, ela afundou, engolindo-o centímetro a centímetro. Eles trabalharam juntos — Michelle angulando a pelve, Gabe segurando a cintura dela para mantê-la estável — até ele estar inteiro dentro dela. Michelle soltou um longo suspiro, como se estivesse segurando a respiração, e Gabe fincou os dedos na bunda redonda dela, tentando não se mexer.

— *Caralho* — disseram em uníssono, e riram.

Algo entre eles ficou mais leve, apesar da tensão vibrando no corpo. Eles sempre tinham rido juntos com facilidade.

Michelle apertou o rosto no pescoço dele, mas a boca de Gabe achou a dela, e ele a beijou longa e lentamente, uma mão subindo e descendo preguiçosa pelas costas, a outra deslizando para o cabelo, massageando com delicadeza.

— Não se preocupe — sussurrou contra os lábios dela, segurando-a forte. — Estou com você.

Michelle se levantou, apoiando as mãos nos ombros dele, afastando-se. Ele não conseguia ler a expressão dela, até que ela curvou o canto da boca num sorrisinho que ele já vira mil vezes.

— Está pronto? — murmurou ela com uma melodia maliciosa.

— Porra, estou. — As palavras saíram roucas como lixa, puxadas do âmago dele, onde trancara todos os sentimentos por aquela mulher.

Gabe havia sonhado com aquele momento, e a imaginação, se comparada com a realidade, deixara a desejar. A sensação de tê-la apertada ao seu redor, as coxas fechando-se com força no quadril dele, a mão explorando os contornos de seus músculos — ele não conseguiria se segurar por mais nem um segundo.

Ele jogou os quadris de encontro a ela, que arfou, com a cabeça caindo para trás e as unhas se enterrando nos bíceps dele. Quando ele hesitou, pensando que a tinha machucado, ela abriu um sorriso sonhador.

— Estou bem. Só me surpreendeu.

Ele deslizou as mãos até os seios dela, deixando que ela controlasse o ritmo.

— Rebola em mim, *mami*.

Ela revirou os olhos.

— Cara, *não* acredito que você me chamou de *mami*.

Ele soltou uma risadinha que virou um gemido quando ela se balançou.

— Você pode tirar o menino do Bronx...

Ela apertou os lábios, como se segurando um sorriso.

— Cala a boca. *Papi chulo*.

Ela começou a se mexer, dando o ritmo, tomando-o devagar, mas fundo. Os seios balançavam na frente do rosto dele, que levantou a cabeça para pegar um mamilo na boca, passando a língua. Ele correu o dedão pelo outro mamilo, curtindo a sensação da maciez enchendo sua mão, a pele quente contra seus lábios e sua língua.

Ela mais uma vez enfiou as unhas nos braços dele, a ardência ancorando o corpo dele enquanto ondas de prazer ameaçavam levá-lo.

— *Merda*.

Gabe jogou a cabeça contra o travesseiro. Agarrou os lençóis. Não era nem de longe como ele imaginava que a manhã fosse ser e, naquele momento, estava pouco se fodendo. Não ligava para nada além da sensação do corpo dela se movendo junto ao dele.

— Michelle. — A voz estava rouca de anseio.

Ele passou o braço ao redor dela, puxando-a para beijá-la profundamente. A outra mão, Gabe esticou entre os dois, gemendo ao achar o clitóris dela com o polegar. Ela gemeu contra a boca dele, os movimentos ficando menos fluidos, mais erráticos.

Ela enterrou o rosto no pescoço dele, e Gabe segurou a nuca dela gentilmente.

— Olha para mim, querida — murmurou. Fosse instinto ou memória, algo dizia que ela estava tentando se esconder. — Deixa eu te ver.

Michelle abriu os olhos com pálpebras pesadas, quase relutantes. Ele acelerou os movimentos, fazendo círculos no clitóris. Ela abaixou os cílios de novo, e ele a beijou no rosto, sussurrando:

— Abre os olhos.

Ele queria fazê-la gozar, queria vê-la se despedaçar. Mas, quando Michelle abriu os olhos, ele viu um lampejo do que talvez fosse medo nas profundezas cor de mel. Ela mordeu os lábios, o corpo tremendo em cima dele, perto do clímax.

Gabe fechou os olhos e a beijou. Por mais que quisesse ver a reação dela, era íntimo demais. Estava com o pau enterrado nela, indo para a frente e para trás no calor molhado dela, sim, mas olhar nos olhos enquanto ela gozava? Nenhum dos dois estava pronto para tanta vulnerabilidade.

Em vez disso, ele a beijou enquanto ela atingia o clímax, engolindo os gritos suaves dela. Segurou-a forte enquanto o centro dela se contraía e o corpo estremecia de alívio em cima dele.

Quando ela acabou, o corpo caído mole em cima do dele, ele agarrou os quadris dela.

— Querida, eu preciso…

— Vai — murmurou ela.

Ele a virou e a fodeu.

Não demorou muito, só mais algumas estocadas. Gabe mal tinha conseguido se segurar enquanto ela se derretia no pau dele. Com o rosto pressionado na curva do pescoço dela, as pernas dela envoltas ao redor dele como uma videira, ele se impulsionou uma última vez. E gozou com um gemido grave.

Respirando forte, Gabe sentiu o coração pulsando nas orelhas como um trem da linha dois chocalhando no trilho elevado. Toda a força dele foi drenada e, com ela, o impulso de fugir.

Enquanto seus pensamentos perdidos voltavam, ele tomou consciência de cada centímetro de pele junto à dela. Os seios suaves como travesseiros sob o peito dele, as coxas fortes abraçando a cintura, as mãos descansando na lombar, a respiração fazendo cócegas na orelha.

E, no fundo, ele só conseguia pensar que finalmente tinha acontecido. *Eles tinham transado.*

Por mais que Gabe amasse a sensação de estar dentro dela, estava ficando mole. Precisava se livrar da camisinha, e Michelle provavelmente não estava gostando de ser esmagada.

Com muito esforço, ele saiu de cima dela, caindo de costas ao seu lado.

Acabei de transar com Michelle, pensou, olhando para o teto. *Acabei. De transar. Com Michelle.*

Droga. E agora?

Michelle pigarreou.

— Acabamos de transar de raiva? — perguntou ela, baixinho.

— Não de raiva — respondeu ele. — Só... leve ressentimento.

Ela soltou uma gargalhada.

— Bom, é esquisito.

Gabe engoliu em seco. O coração dele ainda batia nas costelas como punhos num saco de pancada.

— Tem razão — falou, com a voz áspera.

— Eu sei.

Ele balançou a cabeça.

— Não, quer dizer... temos questões...

— Mal resolvidas? — sugeriu ela. — Cheias de bagagem? Tensas?

— Tudo isso. — Ele se virou para olhá-la nos olhos, e o coração dele deu uma cambalhota no peito. Como era possível se sentir completamente satisfeito, mas também aterrorizado com o que viria? — Eu devo a você ficar aqui e resolver isso.

A expressão dela se suavizou, e ela desviou o olhar para o teto.

— Por quanto tempo?

— Até eu ir embora na sexta.

Ele não sabia se ela estava perguntando por quanto tempo ele ia ficar ou por quanto tempo iam transar, mas, de todo jeito, sexta era o fim.

Ela fez que sim, ainda sem encará-lo. Depois de um momento, perguntou:

— O que a gente está fazendo, Gabe?

— Não sei, mas não me arrependo.

O sexo tinha destrancado algo entre eles. Ou talvez aquele beijo tantos anos antes tivesse girado a chave, e eles enfim estivessem abrindo a porta para ver o que havia lá dentro.

Michelle soltou um suspiro suave.

— Nem eu.

— Eu estava com saudade — admitiu ele.

— Você falou no e-mail.

Gabe deslizou a mão pelo lençol aquecido pelo corpo deles até achar a mão dela e entrelaçou seus dedos.

— E desculpa.

Ela curvou a boca, mas ainda não o olhou.

— Você também já disse isso.

— Eu precisava dizer de novo. — Ele esperou ela se virar para ele antes de continuar. — Mich, desculpa por ter mentido sobre ir embora. Eu não sabia como te contar, e foi tanto detalhe, bolsa particular, um monte de empréstimos, que eu só tive certeza de que ia rolar no fim do processo.

Ela apertou os lábios.

— Você ainda podia ter me contado o que estava planejando.

— Podia. Mas também tinha a sensação de que, se eu dissesse para alguém em voz alta, tudo desmoronaria. Ou meus pais iriam descobrir e impedir de algum jeito.

— Você já tinha 18 anos.

— Você sabe que isso não importava na minha casa. Meu pai estava no controle total e, se ele soubesse... Você lembra como ele era.

Ela apertou a mão dele.

— Ele era mesmo bem duro com você.

Eu já tenho 18 anos.

E daí, acha que é um número mágico?

Você não pode mais me controlar!

Gabe fechou os olhos para as lembranças.

— Ele teria me exaurido, dia após dia, com sermões sobre família e responsabilidade, sobre ser realista e não tomar decisões idiotas.

— Mas *eu* não teria feito isso. E não teria contado para os seus pais.

Ele abriu os olhos.

— E se você tentasse me impedir?

— Mas eu não tentei. Quando você finalmente me contou, ou, na verdade, quando eu descobri, não te disse para ficar.

— Porque estava com raiva. Se eu tivesse te contado antes, você talvez tivesse me convencido a não ir embora.

Ele tinha odiado a ideia de deixá-la, mas também tinha medo de que fosse jogar fora todos os planos cuidadosamente pensados se ela pedisse para ele ficar.

Michelle levantou uma sobrancelha.

— Bom, acho que nunca vamos saber, né? Você só me contou na porra do último minuto, e aí me cortou da sua vida.

A garganta de Gabe se apertou quando ele lembrou como tinham brigado daquela última vez, lembrou quanto havia doído.

— Porque eu teria voltado por você.

Ela balançou a cabeça devagar.

— Não sei se acredito nisso.

Ele deu de ombros.

— Estou aqui agora, não?

— Só porque precisa que eu trabalhe na inauguração da sua academia.

Ele suspirou.

— Bem que eu queria que fosse só por isso. Facilitaria as coisas.

— Você disse lá embaixo que nunca fez nada porque éramos amigos.

— É verdade.

— Era porque não queria estragar a amizade?

— E porque eu não queria que você ficasse desconfortável. E se você... — Ele deixou a frase acabar, incapaz de dar voz a seus antigos medos, mesmo depois de tanto tempo.

E se Michelle não o amasse de volta?

— E se eu não estivesse a fim de você? — perguntou ela.

Serviria.

— É.

— Pare de besteira, Gabe. Você era, e ainda é, *muito* gato.

— Então por que *você* não fez nada?

— Eu fui bem óbvia. Quantas vezes eu me sentei no seu colo ou pedi massagem nas costas?

— Achei que você fizesse isso porque éramos melhores amigos.

— E *era* porque éramos melhores amigos. Eu confiava em você. Era mais próxima de você do que de qualquer um fora da minha família. E achei que a atração fosse só... uma consequência natural do meu afeto por você como amigo. Não pensava muito mais no assunto.

— Ah, eu pensava, sim. Muito.

— Até me passou pela cabeça, mas como uma... coisa futura. Como se, algum dia, fôssemos dar esse passo, mas eu não precisasse forçar. Você era uma constante. Meu melhor amigo gato. Eu não ligava de você sair com outras pessoas. Você ainda era meu, e eu era sua. Eu só precisava disso. E aí...

— E aí. — Ele sabia exatamente o que ela queria dizer.

— Eu não sabia que ia ser daquele jeito. *Deste* jeito. E, quando soube...

— As coisas mudaram — concordou ele.

— Não precisavam ter mudado tanto. — Os olhos dela brilhavam de emoção. — Você me magoou muito, Gabe. Mentindo, indo embora e depois me ignorando

88

completamente. Sei que não reagi bem à sua decisão, mas sabe como foi difícil te procurar depois? Toda vez, e para não receber nada. Mas continuei tentando. Você era importante para mim nesse nível.

Era. No passado.

Ele levou as mãos dadas à boca e beijou os nós dos dedos dela.

— Desculpa. Eu precisava... — De espaço. Escapar. Esquecer. — Eu precisava recomeçar.

— Eu entendo. E quero ter raiva de você. Eu *tenho* raiva de você. Mas...

— Mas?

— Estou feliz para caramba de te ter de volta. — O tom dela era vulnerável e melancólico. — E me sinto melhor perdoando você do que ficando brava.

Uma leve pressão suavizou no peito dele.

— Não sei se mereço.

— Nem eu. Mas aqui estamos. — Michelle soltou a mão da dele e saiu da cama. — Vou tomar banho — disse, baixinho. — Vou pegar toalhas para você.

Estava na ponta da língua dele sugerir que tomassem banho juntos, mas, se fosse o que ela quisesse, teria dito. Então, Gabe só assentiu e a viu se afastar.

Dezesseis anos atrás

Transcrição do chat do Windows Messenger

Destino celestial: Sessão de Planejamento do Episódio 2

Gabe:
   Cacete. Não acredito que tanta gente leu o primeiro capítulo.

Michelle:
   Que foda. Precisamos começar o capítulo 2!

Gabe:
   Tenho lição de ciências.

Michelle:
   Pode copiar a minha.

Gabe:
   Você nem faz anotações na aula de ciências.

Michelle:
   Tá, pode ler a minha e me dizer o que eu errei. 😊

Gabe:
   Como isso vai me poupar tempo para escrever o capítulo 2?

Michelle:
   Vamos só planejar agora e escrever depois.

Gabe:
   Tá bom. Acabamos com Zack inconsciente na nave de Riva. Aonde eles vão?

Michelle:

A mãe dele contratou ela para encontrar o filho, então Riva vai levar ele para a Rainha Seravida. E acho que devia ter uma tía.

Gabe:

Tipo a irmã da Rainha?

Michelle:

Isso. Eles são Latinos no Espaço™. Você sabe que têm vários tíos e tías. Acho que você devia colocar um nesta cena.

Gabe:

Eu? E você?

Michelle:

Você é melhor na construção do universo.

Gabe:

Pelo jeito alguém recebeu muitos comentários para "incluir detalhes de ambientação" na aula de Escrita Criativa.

Michelle:

Eu vejo os detalhes na minha cabeça, só não escrevo. Por que isso é tão errado?

Gabe:

Como a sra. Shapiro não é telepata... é errado, sim.

Michelle:

Tanto faz. Você ainda vai escrever essa parte. E acho que devia também ser do ponto de vista do Zack, igual ao capítulo 1.

Gabe:

Então, Zack e Riva chegam no planeta e tem uma tia aleatória esperando lá. É um grande momento. A primeira vez que Zack vai rever a mãe depois de pensar que ela estava morta todos esses anos.

Michelle:

Zack é latino. Devia chamar ela de mami.

Gabe:

Ela é rainha!

Michelle:

Não importa. É a mami dele.

Gabe:

Pode ser.

Michelle:

Enquanto eles estão lá, a rainha dá uma missão a Zack.

Gabe:

Ir atrás de um MacGuffin.

Michelle:

Um quê?

Gabe:

É a coisa que as pessoas dos filmes vivem procurando.

Michelle:

Que tipo de coisa?

Gabe:

Qualquer coisa. O Santo Graal. R2-D2. O Anel. Não importa.

Michelle:

Então, a Rainha Seravida dá a Zack a missão de achar o MacGuffin que está fazendo o pai dele ser um monstro total.

Gabe:

Quem dera fosse tão fácil.

Michelle:

Tá tudo bem por aí?

Gabe:

Tá, sim. Os poderes do Zack são especialmente adequados para essa missão. Mas ele não os usa há anos e não está convencido de que quer ser sugado de volta para o drama familiar.

Michelle:

Que sorte que tem Riva para ser a estrela-guia dele.

Gabe:

É. Sortudo.

Capítulo 8

*Q*ue.

Droga.

Você estava pensando?

Michelle estava de pé com as mãos apoiadas na bancada da cozinha, olhando para a água borbulhando na chaleira elétrica como se fosse uma bola de cristal que lhe daria uma resposta irônica do tipo: *prevejo que você estava pensando com os hormônios.*

Sexo *não* era o tipo de encerramento que tinha em mente ao insistir que Gabe ficasse com ela. E não podia nem botar a culpa em estar chapada.

Tomar péssimas decisões românticas não era novidade para Michelle. Era o motivo para ela ter desistido de namorar, optando por casinhos, saídas rápidas ou paus amigos. Independentemente do nome que desse, os envolvimentos sexuais dela nunca duravam muito e mal tocavam seu coração.

Em seus momentos mais reflexivos, Michelle admitia que tendia a transar com homens meio tediosos porque lhe permitia manter uma distância emocional mesmo que os deixasse entrar no corpo dela. E, embora tivesse saído com mulheres algumas vezes, não tinha chegado a ir para a cama com nenhuma delas. Mesmo aos 31 anos, ainda estava entendendo a bissexualidade num nível prático, para além de uma vida inteira ignorando paixonites por mulheres famosas.

Mas aquele era *Gabe*, não um babaca qualquer da faculdade, ou do trabalho, ou de um aplicativo. E ela tinha caído na cama com ele menos de doze horas depois do reencontro.

Não precisava ser nada de especial. Afinal, ela era a rainha de manter as emoções separadas do sexo. Por que seria diferente com ele? Transar era só compartilhar o corpo com alguém. Era natural como respirar. Eles tinham aliviado a coceira, tirado aquilo da frente e nunca mais precisavam tocar no assunto.

Ah, merda. Quem ela estava enganando? Sexo com Gabe era *totalmente* especial. A adolescente dentro dela estava surtando, pulando de um lado para o outro e comemorando: "Ele gosta de mim! Ele gosta mesmo de mim!".

Mas também havia perigo ali. Gabe tinha transado com ela do jeito que Michelle gostava: de um jeito quente, rápido e um pouquinho agressivo. Aquele tipo de sexo era impossível de ignorar. Era bom demais, íntimo demais. Aterrava ela ao momento e a forçava a estar no presente, a confrontar o que sentia.

Ela não queria pensar no que sentia quando estava com Gabe. Apesar de perdoá-lo, não podia deixar que ele bagunçasse a cabeça nem o coração dela. Como ele dissera, era só até sexta. Ela precisava ter isso mente.

E, embora parte dela quisesse tudo que conseguisse dele, era melhor para todos se Michelle mantivesse limites emocionais.

A chaleira desligou com um clique suave. Michelle seguiu a rotina de fazer uma xícara de chá, tentando não pensar em como tudo tinha mudado desde a última vez que fizera exatamente aquilo na mesma manhã. Ela colocou as folhas no coador, tirando conforto do aroma conhecido de Earl Grey de baunilha e do arranhar das folhas secas de chá farfalhando na lata. Encaixou o coador na xícara — uma do pai dela, com o logo do Departamento de Bombeiros de Nova York — e jogou água por cima, afastando-se do vapor que subiu no ar. Então, como todos os dias, abriu um frasco de remédio laranja e deixou o comprimido ansiolítico de baixa dose no balcão ao lado da xícara.

Michelle ocasionalmente tomava café, mas não amava como amava chá. Não chegaria a dizer que uma xícara quentinha de chá curava todos os males, mas chegava perto. Os remédios também ajudavam.

O som da água correndo nos canos parou. Gabe tinha acabado de tomar banho. Caramba, como ele era rápido.

Michelle marcou três minutos no *timer* para a infusão do chá e imaginou Gabe descendo as escadas quando o alarme tocasse. Como ela ia endurecer o coração em tão pouco tempo?

Jezebel bateu a cabeça no tornozelo de Michelle, que se agachou para fazer carinho nela. A situação era bem melhor quando eram só ela e Jez. Ela precisava se lembrar disso.

O *timer* apitou. Michelle desligou o alarme e ouviu passos lá em cima. Removeu o coador, jogou mel na xícara, mexeu um pouco e adicionou leite de aveia. Quando engoliu o comprimido com o primeiro gole luxuriante, Gabe entrou na cozinha.

Michelle ficou na bancada, com medo de olhar para ele. Talvez, se não olhasse, pudesse fingir que ele não era tão lindo. Ou que não tinha acabado de derrubar todas as barreiras emocionais dela à base do sexo.

Ou que o pedido de desculpas dele não tinha ajustado algo dentro dela que estava deslocado havia tempo demais.

Ele veio por trás, as mãos grandes parando nos quadris dela, o calor atravessando o jeans dos shorts. Ela inspirou fundo, e a respiração saiu tremida como um suspiro quando os lábios dele tocaram o ponto sensível no topo da coluna dela, bem acima da tatuagem.

— O que é isso? — perguntou ele, traçando com os dedos a imagem que ela via mentalmente: uma coruja estilizada, as asas estendidas e uma minúscula lua crescente acima da cabeça.

— É um símbolo de Atena — murmurou ela, e correu para tomar um gole calmante de chá. — A deusa grega da sabedoria, entre outras coisas.

Não que qualquer das escolhas de Michelle naquela manhã pudesse ser considerada *sábia*.

— Gostei.

Gabe acariciou de novo a corujinha, e Michelle tentou, sem sucesso, segurar um tremor.

— Ainda está cedo para você — disse ela, segurando a xícara com as duas mãos para não ceder à vontade de tocá-lo. — Se quiser voltar lá para cima e dormir mais, por mim, tudo bem.

— Eu adoraria dormir mais com você.

A voz grave dele, e aquele sotaque do Bronx que aparentemente nunca se fora, era um ronronar sedutor no ouvido dela. Michelle tremeu de novo, mas se afastou, dando-lhe um olhar sério.

— Não foi isso que eu quis dizer — disse, com afetação. — Cá estou, tentando ser uma boa amiga e cuidar do seu sono de beleza, não que você precise de ajuda nisso, e você ainda tenta conseguir mais sexo?

Ele sorriu, mostrando aquelas covinhas perigosas, e Michelle imediatamente se arrependeu. *Que bom que eu nunca mais ia mencionar, né.*

O brilho de provocação nos olhos dele suavizou. Ele colocou a língua para fora e lambeu o lábio inferior como sempre fazia quando estava nervoso. Ela arquivou na categoria "igual". E também na categoria "fofo".

— Foi bom? — perguntou ele, a voz baixa.

No chão, Jezebel levantou as patas e as apoiou nos joelhos dele. O coração de Michelle bateu forte quando ele se abaixou para pegar a gata, mas ela só deu de ombros e virou-se para a pia.

— Aham. Foi ok.

— *Ok?*

Ela segurou uma risada com a resposta melindrada dele.

— Talvez mais que ok — corrigiu ela.

Ele a olhou por mais um segundo, depois estreitou os olhos e disse:

— Michelle.

Só isso. Só o nome dela, num grunhido baixo com um toque de exasperação e humor, como se estivesse tentando não rir. Ele tinha dito o nome dela assim antes, mas aquele grunhido... era novo. Ela arquivou em "diferente" e "sexy".

— Ouviu isso, Jezebel? — murmurou Gabe atrás dela. — Ela disse que foi *ok*. Da próxima vez, preciso mostrar o que posso fazer *de verdade* quando não são três e meia da manhã no meu fuso e ela não fica me apressando.

Ele deixou a gata no chão e abriu a geladeira, tirando os potes de queijo cottage e mirtilos que Michelle comprara para ele.

Da próxima vez? Caramba, ela mal tinha sobrevivido à primeira com o autocontrole intacto. Como ia lidar com uma segunda vez?

Michelle realmente não tinha planejado deixar que ele a fizesse gozar. A intenção era entrar e sair — por assim dizer. Pá, pum. Ela tinha achado que apressá-lo para a parte da penetração e ficar por cima ajudaria a manter o controle, mas, aí, Gabe a tinha chamado de *"mami"* — o que *não devia* ter sido tão adorável — e sussurrado coisas bonitas no ouvido dela.

Não se preocupe. Estou com você.

Caramba, como ela não ia perder a cabeça quando o homem falava coisas assim enquanto a segurava com os braços grandes e fortes? Não era justo. Nem uma durona como ela conseguia manter a frieza com aquele tipo de sedução.

A facilidade da provocação deles devia tê-la deixado feliz — era o mais perto de "nos velhos tempos" que ela sentira desde que pegara Gabe no aeroporto na noite anterior. O sexo devia ter complicado as interações deles, deixado as coisas *mais* constrangedoras. Em vez disso, tinha derrubado um muro entre eles — que Michelle queria desesperadamente que ficasse de pé. Ela os sentia mais próximos, como se pudesse dizer ou fazer qualquer coisa perto dele. Era perigoso.

Talvez Gabe não fosse embora imediatamente, mas ainda ia voltar a Los Angeles na sexta. Ela não podia se permitir se acostumar com a presença dele.

Por mais gostoso que fosse.

Capítulo 9

Gabe tomou o café da manhã e tentou controlar as mãos. Michelle claramente não queria ficar grudadinha, e o comentário de "ok" o incomodara.

Ela não estava se entregando. Ele via pela forma como ela o apressara e usara o humor como tática de defesa, mesmo quando ele estava dentro dela. Michelle não tinha se entregado durante o sexo, e ainda estava tentando colocar distância entre eles. Era esperto. O que quer que estivesse rolando era temporário. Gabe tinha toda intenção de voltar a Los Angeles no fim da semana e entregar as rédeas de Nova York a Fabian assim que ele estivesse pronto. Ele não estava de volta de vez.

Ainda assim, só queria estar próximo de Michelle de novo.

Era idiota desejá-la assim. Ainda havia muita bagagem entre eles, distância demais, e ela estava muito ligada à antiga vida dele. Por doze anos cheios de lembranças, ela fora uma presença constante. Na faculdade, ele tinha dificuldade de não começar frases com "minha amiga Michelle" sempre que falava da infância. E todas as vezes foram um lembrete de que eles não eram mais amigos. No fim, simplesmente tinha parado de falar da vida em Nova York. Era uma das coisas que amava na Agility — estava inteiramente enraizada na vida dele na Califórnia. Não havia sobreposição. Nenhum lembrete de quem fora ou das pessoas que não tinham acreditado nele.

Até então, com a colisão dos dois mundos.

Gabe levou a tigela e a colher à pia e lavou rapidinho com a esponja antes de deixar para secar no escorredor. Depois, ele se virou para mencionar algo que lhe tinha ocorrido no chuveiro.

— Eu devia ter perguntado antes, mas estou supondo que você não tem um namorado que vai aparecer a qualquer minuto, né?

— Sem namorado. Nem namorada, nem ninguém, aliás. — Michelle levantou uma sobrancelha. — E você? Nenhuma esposa secreta lá em Los Angeles?

Gabe levantou a mão esquerda sem aliança.

— Nenhuma esposa, nenhum marido, nenhum cônjuge. Não quero me casar e, mesmo se quisesse, não tenho tempo de sair com ninguém.

Michelle levou uma mão à cintura, o queixo caindo de surpresa.

— Gabriel Aguilar, quer dizer que nós dois somos bi?

Ele sorriu.

— Parece que sim.

— Puxa. Quem dera a gente tivesse descoberto isso na escola. Podíamos ter tido umas conversas *incríveis*.

— Eu meio que sabia — disse ele, dando de ombros. — Mas não era como se tivéssemos muita gente por perto como exemplo, sabe? E eu nunca teria contado aos meus pais.

— Verdade. Meu *tío* Luisito só contou para a família faz alguns anos, depois do divórcio. Todo mundo levou muito mais na boa do que eu esperava. Agora ele é casado com o *tío* Archer e está mais feliz do que nunca. Além do mais, a *abuela* ama Archer.

— Eu contei para minha irmã — contou Gabe. — Minha sobrinha Lucy é trans, e eu queria garantir que ela soubesse que tem mais alguém *queer* na família.

O sorriso de Michelle se suavizou.

— Tenho certeza de que fez uma diferença enorme para ela.

— Tomara que sim.

— Ava e Jasmine meio que sabem de mim, mas eu nunca falo de namoro, então vai saber o que o resto da minha família acha.

Ele franziu as sobrancelhas.

— Por que você não fala de namoro?

— Porque eu não namoro. — O tom dela era direto.

— Por que não?

— E você, por que não?

— Como falei, não tenho tempo.

— Talvez eu também não tenha.

Gabe levantou uma sobrancelha, e ela soltou um suspiro.

— Olha, amor e romance simplesmente não são para mim.

— Mas você merece isso.

E mais. Michelle merecia ser idolatrada e adorada.

— Se fosse verdade, minha vida amorosa não teria sido como foi. — Ela deu de ombros de novo. — Está tudo bem. Não planejo me casar nem ter filhos. Amo meus sobrinhos, mas não tenho nenhuma vontade de ter meus próprios filhos.

— Idem. Estou satisfeito sendo tio. — Gabe puxou uma foto no celular e virou para mostrar a ela. — Lucy e Oliver. Minha sobrinha e meu sobrinho.

Michelle sorriu para a foto das crianças, mas os olhos dela estavam um pouco tristes.

— Eu sei — disse ela. — Eu os conheci.

— Ah. Saquei.

Óbvio que Michelle já os conhecia. Estivera aqui todos os anos que Gabe não estava.

— Por que eu nunca te vi? — perguntou ela, baixinho. — Nas férias ou feriados?

— Eu não voltava com muita frequência. Quando voltava, em geral ficava com meu tio ou minha irmã.

Michelle se virou para mexer nas coisas da pia.

— Era por minha causa?

— Como assim?

Ela lançou um olhar direto, mas a voz estava tensa.

— Você estava se escondendo de mim?

Ele suspirou.

— Talvez um pouco. Mas as coisas com os meus pais pioraram depois que eu fui para a faculdade. Era difícil ficar com eles.

— Então, quer dizer que não foi porque eu sou sexy e incrível demais?

Ele riu com a repetição das palavras da briga anterior, grato por ela ter aliviado o clima.

— Você *é* sexy e incrível.

— Obrigada. Que pena que ninguém mais sabe disso.

— Tenho dificuldade de acreditar que outras pessoas não veem. Pelo menos dois terços do time de beisebol da escola eram apaixonados por você.

103

Inclusive eu.

— Então, por que eu não namorei ninguém do time de beisebol?

— Porque eu disse que ia atrás deles com um taco se tentassem se meter com você.

— Ah. Você sempre foi um batedor excelente. Mas e você? Com esse rosto e esse corpo, deve viver chutando gente da cama.

Ele riu pelo nariz e balançou a cabeça.

— Algumas, aqui e ali. Na verdade, terminei com alguém faz mais ou menos um ano. Bom, acho que foi ela que terminou comigo.

— Era sério?

Ele nunca falava daquilo, mas era fácil se abrir com Michelle.

— Acho que ela queria se casar um dia. E eu não quero.

— O que aconteceu?

— A academia era mais importante.

Gabe sabia a impressão que passava ao dizer aquilo logo após o sexo. Estava definindo uma barreira, mas era o que ele fazia, era algo que as pessoas com quem se envolvera precisavam saber. O trabalho era sua prioridade número um.

Liv, a ex dele, nunca entendera. Ela tinha nascido rica e, para ela, o trabalho era uma brincadeira, uma distração para passar o tempo entre as férias. Detestava o fato de Gabe não poder "fugir no fim de semana" sempre que ela quisesse ir a Napa, Las Vegas ou Sedona.

Michelle não pediu para ele elaborar mais. Só pegou o notebook de onde estava carregando na bancada da cozinha.

— Então, é melhor começar.

— Preciso pegar minhas coisas — respondeu Gabe, feliz pela oportunidade de sair da cozinha.

Precisava se afastar da sensação de que tinha revelado mais de si do que pretendia. Era fácil demais, certo demais, se abrir com Michelle.

Ele subiu correndo para o quarto onde, de novo, estava sua mala. Devia ter sabido que a tentativa de ir embora acabaria fracassando. Com um suspiro, puxou o notebook, o mouse ergonômico *bluetooth* e o *mouse pad*. Ele sabia informações demais sobre lesões de mão e juntas dos dedos para usar o *touch pad*, e até o teclado do notebook, apesar de ser um modelo maior, era forçar a barra. Era por isso que ia dar a aula de terapia de mão com Charisse quando voltasse a Los Angeles.

Lá embaixo, ele se sentou diante de Michelle na velha mesa de jantar de madeira, onde costumavam fazer lição de casa lado a lado. Não era uma posição ideal, já que eles teriam que virar os notebooks para mostrar a tela se precisassem, mas ter a mesa entre eles era um símbolo da distância que estavam tentando manter.

Michelle estava com o notebook, um mouse, um caderno chique e pelo menos meia dúzia de canetas de cores diferentes espalhadas ao lado.

Quando Gabe terminou de se acomodar, Michelle girou o notebook para ele.

— Sua marca está meio desconectada — disse ela, indo direto ao ponto. A tela mostrava um site com que ele estava muito familiarizado: a página inicial da Academia Agility. — O design é... ok. Mas é muito frio.

Aquela palavra de novo. *Ok*. E o site tinha custado mais de dois mil dólares.

— O que tem de errado?

— É... normal. Eu teria feito melhor, mas nem todo mundo é como eu.

Gabe franziu o cenho para o site, que mostrava uma foto artística de uma modelo fitness levantando pesos.

— Como assim?

Ela o olhou como se não acreditasse em como ele era devagar.

— É azul-claro, azul-ardósia e azul-marinho.

— Esse último é azul dos Yankees — apontou ele, que tinha ficado muito orgulhoso da escolha.

— Gabe. O *branding* claramente foi pensado por dois caras padrãozinho. É chato.

Antes que ele pudesse contestar ser chamado de padrãozinho, ela moveu o cursor e abriu a página "Sobre nós" do site.

— Olhe aqui — continuou, apontando para a foto de Gabriel e Fabian. — Parece saído de algum calendário erótico, tipo "Gostosos da cena fitness de Los Angeles".

Gabe gemeu e cobriu o rosto.

— Foi ideia do nosso investidor, e era exatamente isso que ele queria.

— Sério? — Michelle olhou cética para a imagem. — Vocês parecem dois caras do time de luta da escola prestes a vencer a batalha de dança que vai salvar o centro de recreação.

Uma referência a um filme adolescente absolutamente não era o que Gabe queria.

— Não é incrível.

— A primeira coisa que precisamos fazer é reconciliar o que a marca está dizendo sobre você e o que você *quer* que ela diga.

— Sobre mim?

— A academia, Gabe. Presta atenção. Você é o rosto da academia. O nome é por sua causa, certo? Aguilar. Agility.

Ele fez que sim, contente por ela ter percebido.

Mas então Michelle deu de ombros e adicionou:

— É meio forçado, mas acho que sua clientela não deve ligar, ou nem nota. — Antes que pudesse comentar, ela enfiou uma folha de papel na cara dele. — Preencha isso e me avise quando terminar.

Ela pegou o notebook de volta e colocou um fone antirruído.

Gabe ficou olhando para ela por um momento, depois balançou a cabeça e olhou o papel. Michelle sempre fora assim. O cérebro dela funcionava a mil por hora, especialmente quando estava resolvendo um problema.

Quando ele foi pegar uma das canetas, ela deu um tapinha na mão dele. Depois de caçar num estojo preto de zíper literalmente estampado com as palavras *Não Toque nas Minhas Canetas*, ela passou a ele uma esferográfica normal com um logo de banco.

Ele aceitou com um suspiro e começou a trabalhar. Mas, depois de passar os olhos pelas perguntas no papel, fez uma careta. Bobagens tipo "Quais são os valores principais da sua marca" e "Como você identificaria seu perfil de cliente ideal?" o faziam suar. Como era possível colocar conceitos tão abstratos em palavras? Ele virou o papel para fazer algumas anotações e viu — meu Deus do céu — que havia perguntas dos dois lados.

Gabe estava quase no fim — tendo pulado pelo menos metade das perguntas — quando Michelle baixou os fones para o pescoço.

— Tenho uma pergunta para você — disse ela. — Fabian é haitiano, certo?

— Certo.

— E você é mexicano e porto-riquenho. Mas não tem nada desse sabor latino presente na marca. Por que seu site está lotado de fotos de gente branca? — Aparentemente era uma pergunta retórica, porque ela continuou: — Vocês fizeram algum comercial de TV?

Gabe balançou a cabeça.

— Ainda não.

Michelle bateu uma caneta no lábio inferior enquanto analisava a tela do notebook com uma concentração feroz.

— Quem sabe a gente possa usar um pouco de música...

Gabe tentou imaginar tocar merengue na academia. Era quase impossível de ver.

— Não acho que combine com a marca — comentou ele.

— Você não entendeu? *Você* é a marca. Você e Fabian. E não tem nada de vocês na mensagem, fora essa foto de pornô dos anos oitenta.

— Não é... — Ele segurou a réplica. Ela estava tentando irritá-lo. E, claro, já que tinha falado, Gabe não conseguiria mais ver a foto de nenhuma outra forma. Merda. — A marca reflete a clientela.

Ela só levantou as sobrancelhas de um jeito que dizia *Você que sabe, babaca* e voltou a clicar o mouse.

Alguns minutos depois, o telefone de Michelle apitou com uma ligação. Quando ela olhou para a tela, comprimiu a boca numa linha fina. Ela apertou o botão lateral, e parou de tocar. Em seguida, tirou o volume e colocou o telefone de volta na mesa com a tela para baixo.

— Telemarketing? — perguntou Gabe.

— Ah, não. — Michelle fingiu estar olhando para o notebook. — Era Ava.

Gabe estreitou os olhos.

— E desde quando você ignora Ava?

Quando eles eram crianças, ele era o melhor amigo de Michelle na escola e no bairro, mas Ava e Jasmine eram as melhores primas. Ele não imaginava que tivesse mudado.

Os ombros de Michelle se curvaram.

— Hã… ela ainda não sabe que você está aqui.

— Sério? — Aquilo o surpreendeu. — Você chegou a contar para suas primas sobre…

— O dia em que ficamos chapados e pelados? — Michelle tapou a caneta com um clique agudo. — Ah, sim. Disso, elas sabem.

Gabe fechou os olhos. E rezou para não encontrar Jasmine nem Ava enquanto estivesse ali.

Ao lado dele, o telefone vibrou com uma mensagem.

> **Fabian:** Como está indo aí?

Fabian adicionou um emoji de olhos espiando que, para um punhado de pixels, conseguia ser xereta pra caramba.

Michelle tinha voltado a usar os fones e não estava prestando atenção a ele, então Gabe levantou o telefone e tirou uma foto dela e do notebook, para provar que estavam trabalhando. Mas, quando olhou a foto, só conseguia ver como o decote de Michelle estava lindo, emoldurado pela gola funda em V da regata que dizia HOJE NÃO, SATÃ. Se mandasse aquilo, Fabian imediatamente ia suspeitar da verdade. Em vez disso, Gabe mandou uma foto da ficha preenchida pela metade que Michelle tinha dado a ele e uma resposta curta.

> **Gabe:** Estamos trabalhando.

> **Fabian:** Divirta-se! Mas não muito.

Seguido por um GIF animado de Robert De Niro apontando para os olhos e depois para a câmera, com a legenda *Estou de olho em você.*

Com um suspiro cansado, Gabe voltou ao notebook. Fabian tinha razão. Ele precisava se focar no projeto. Naquele lugar cheio de lembranças, era fácil esquecer que o resto do mundo ainda existia, e ele precisava lembrar que estava ali para trabalhar, não para tirar férias sexuais com a melhor amiga de infância. Mas, apesar da determinação de ficar de olho na própria tela, Gabe não parava de desviar o olhar para Michelle, do outro lado de mesa. Depois de um tempo, ele a contemplou, sério.

— Isso não está dando certo.

Ela piscou.

— O que foi?

— Você *sabe* o que foi.

Michelle baixou os olhos para o decote impressionante, à mostra na regatinha, e curvou a boca num sorriso malicioso.

— Ah. Estou te distraindo?

— *Está* — Gabe falou entredentes, e ela riu.

— Você não trabalha numa academia? Tenho certeza de que vê gente sexy de lycra o tempo todo.

Eles não são você, pensou ele, mas não disse.

Na verdade, que se danasse. O que ele tinha a perder?

— Eles não são você. — A voz dele estava grave de desejo. Caralho, ela o excitava muito rápido.

Michelle o olhou por baixo dos cílios, dissimulada.

— Você não consegue tirar os olhos de mim.

Ele fez uma cara exasperada.

— Michelle, eu estou a fim de você desde que a gente tinha 14 anos. *Nunca* consegui tirar os olhos de você.

Ela apertou os lábios e baixou os olhos para o notebook.

— Talvez você escondesse melhor.

— Talvez você ignorasse melhor — retorquiu ele.

Ela deu de ombros.

— Talvez as duas coisas. Volte ao trabalho.

Gabe tentou. Tentou mesmo. Mas as perguntas eram frustrantes, e ele tinha aproximadamente onze milhões de e-mails chegando. Não sabia quanto tempo tinha se passado quando Michelle falou de novo.

— O que você acha de um reposicionamento?

Gabe levantou os olhos bem quando Michelle girou o notebook. A tela mostrava o logo da Agility em vermelho, em vez de azul, com uma estrela branca no design. Embora o site ainda contivesse alguns dos tons de azul originais, havia alguns pontos vivos de vermelho, equilibrados por verde, branco e dourado.

— Como você fez isso? — perguntou ele, surpreso com a melhora.

— Um modelo rápido no Photoshop — respondeu ela, antes de bater no *touch pad* e fazer as bandeiras de Porto Rico, do México e do Haiti aparecerem na tela. — Incorporar o esquema de cores e os elementos de design das bandeiras é uma forma sutil de trazer a história dos donos à marca.

Gabe assentiu.

— Faz sentido.

Ela tocou de novo no *touch pad*, e a imagem da página "Sobre" apareceu numa colagem com alguns prints de tela do Instagram da Agility.

— Vocês dois também são treinadores, certo? — perguntou ela.

— Eu sou fisioterapeuta e Fabian estudou medicina do esporte e administração. Mas, sim, também somos treinadores.

— Vamos mostrar vocês dois em ação. Trabalhando com clientes. Ajudando-os a conquistar seu melhor corpo e sua melhor versão. Nada posado e olhando para a câmera, mas fotos tiradas no momento, fazendo o que vocês fazem de melhor. Que não é, infelizmente, modelar.

— Ei, eu fui modelo fitness uma época.

— Eu acredito. Você tem um corpo sensacional. Mas isto, Gabe, é seu trunfo. — Ela estendeu a mão pela mesa e cutucou de leve com a caneta a bochecha dele, onde devia estar a covinha. — Você nem está sorrindo na foto.

Ele olhou para a imagem dele e de Fabian na tela de Michelle. Tinha ficado muito desconfortável durante aquele ensaio, da forma como pentearam o cabelo dele até as roupas apertadas, passando pelas poses estranhas.

Ela tinha razão. Gabe usava aquelas covinhas desde a adolescência. No terceiro ano, ele tinha conseguido um segundo emprego como manobrista de um restaurante italiano. A maioria dos outros caras tinha adotado um ar entediado e preguiçoso, mas Gabe sorria para cada um que entrava no estacionamento. Quando chegavam, ele perguntava como tinha sido o dia e, quando iam embora, perguntava se tinham gostado da refeição. Aquelas gorjetas tinham contribuído com as economias do projeto "Sair do Bronx".

O mais irritante era que ele tinha aprendido aquilo com o pai. "O sorriso é a melhor habilidade de atendimento ao cliente", dizia Esteban Aguilar, e Gabe passara anos vendo o pai usar o charme para os clientes comprarem mais do que estavam planejando ao entrar.

Que pena que Esteban gastava todo aquele bom humor no trabalho. Quando chegava em casa à noite, estava cansado e inacessível.

— Mandaram a gente não sorrir — explicou Gabe, gesticulando para a foto.

Michelle balançou a cabeça.

— Estavam errados.

Se Gabe antes tinha alguma dúvida de que Michelle era a pessoa certa para o trabalho, ela desapareceu naquele momento. Escondendo um sorriso, ele voltou a limpar a caixa de entrada.

MAIS QUINZE E-MAILS apareceram, e Gabe fechou a aba do navegador. Assim, ele não conseguiria se concentrar — sentado na casa dos Amato, na frente de Michelle de blusa decotada, inundado por trabalho administrativo. Em geral, ele malhava de manhãzinha e, embora sexo contasse, ainda estava com energia acumulada demais para ficar ali sentado, respondendo a perguntas de branding e e-mails de fornecedores.

Além do mais, ainda tinha coisas não ditas entre eles, e as palavras estavam se acumulando na garganta de Gabe. Coisas do tipo *Eu te amava e talvez ainda ame*.

Ele se levantou de repente.

— Você disse que tem um banco de musculação lá embaixo?

Michelle levantou os olhos da tela.

— Tem. E uma bicicleta elíptica e uma máquina de remo.

Ia ter que servir.

— Valeu. Vou fazer uma pausa.

Ela deu de ombros, então ele subiu para se trocar. Quando desceu de novo, de shorts de basquete e regata solta, Michelle bateu a caneta na mesa e olhou para ele com raiva.

— Tá, agora você está só se exibindo.

Gabe congelou.

— Oi?

— Você escutou. — Ela pegou a caneta e usou para apontar, indicando a roupa dele. — Quem está distraindo quem agora, hein?

Os lábios dele tremeram quando ele baixou os olhos para a roupa.

— Ah, essa coisa velha?

Ela balançou a cabeça e voltou a atenção ao notebook, mas, enquanto ele descia as escadas, Gabe a ouviu murmurar:

— Esse jogo eu também sei jogar.

Lá embaixo, ele parou por um segundo para absorver as mudanças. Da última vez que estivera ali, ainda era o quarto de Michelle, com a cama encostada na parede, sob pôsteres de Gorillaz e *Guerra nas estrelas*. Ela tinha um espelho oval em cima de uma escrivaninha. Fotos dos dois em várias idades ficavam presas na moldura do espelho, junto a fotos dos irmãos mais velhos de Michelle, das primas e dos dois pares de avós, italianos e porto-riquenhos. Gabe se perguntou onde estariam aquelas fotos, e se ela ainda as exibia no apartamento.

Mesmo quando todo mundo tinha começado a usar câmeras digitais, Michelle se esforçava para imprimir as fotos, às vezes arrastando Gabe para a cabine fotográfica na farmácia local, que as revelava em uma hora.

Michelle tinha feito e emoldurado uma colagem dos dois, para ele se lembrar dela quando ela fosse à faculdade. Na época, Michelle achava que ele ficaria em casa, no Bronx, mas acabou que Gabe tinha ido embora primeiro.

Ele ainda tinha aquela colagem numa gaveta do apartamento em LA. Por mais que doesse olhar, e apesar de seu compromisso com o minimalismo, nunca tinha lhe ocorrido jogar fora.

O porão fora transformado em um espaço bem masculino. Um sofá de couro estava onde antes ficava a cama de Michelle, e havia uma enorme TV de tela plana pendurada na parede, no lugar da telinha quadrada de Michelle. Na época, ela tinha TV a cabo e DVD, e eles assistiram à única temporada de *Além das estrelas* inúmeras vezes naquela televisão, deixando de fundo enquanto faziam lição de casa, além de horas de clipes musicais e desenhos animados. Depois de crescerem, tinham passado a fumar maconha no quintal dela enquanto os pais estavam no trabalho, encolhidos contra as portas deslizantes, escondidos pela escada do deque.

O Gabe adolescente precisava ser diligente com os horários em que fumava, por causa do beisebol, mas adorava ver Michelle bolar um baseado. Até a forma como ela lambia a seda era sexy. Eles passavam o baseado de um para o outro, rindo, a distância diminuindo à medida que ficavam chapados.

Nos fundos do porão, num canto, uma academia caseira tinha sido criada. O chão era feito de tapetes de espuma encaixáveis e, como Michelle tinha dito, havia umas duas máquinas e um banco de musculação, além de alguns halteres ajustáveis que talvez fossem pesados o bastante para Gabe. Um espelho estreito, provavelmente o que Michelle usava na época da escola, estava afixado na parede atrás do banco.

Começando na bicicleta elíptica para elevar a frequência cardíaca, Gabe depois foi para a máquina de remo. Ele estava no banco de musculação fazendo rosca quando a porta do porão se abriu.

Gabe levantou os olhos e quase derrubou o peso no pé ao ver Michelle descer correndo os degraus, usando uma roupa que o fez ficar duro na mesma hora.

Ao longo da vida, ele já tinha visto muitos tops de exercício. A maioria era funcional, mas não da moda. Alguns eram de lycra barata que não cumpriam direito seu papel. E alguns eram projetados para dar apoio, e ainda assim deixavam os seios fantásticos. O de Michelle era desse último tipo. O top dava uma levantada e deixava o decote impressionante, e a calça de ginástica se agarrava às curvas dela, enfatizando o quadril e a bunda.

Ela atravessou o cômodo e começou a abrir um tapete de ioga no chão bem na frente dele.

Apoiando os pesos no chão, Gabe levou a cabeça às mãos e gemeu o nome dela.

— *Micheeeeeeeelle.*

— O que foi? — perguntou ela, toda inocente.

Ele ouviu algo roçando e, quando enfim levantou os olhos, ela estava de quatro no tapete de ioga, a bunda linda para o alto, com um elástico ao redor das coxas.

Ele lhe deu um olhar exasperado.

— O que você está fazendo?

— Você que é personal trainer. Deveria saber. — Ela ainda teve a cara de pau de dar um tapa na própria bunda, com uma piscadela ousada para ele. — Preciso manter esta gracinha em dia.

Como se tudo aquilo não fosse suficiente, ela começou a fazer elevações laterais da perna.

Gabe olhou por alguns momentos, hipnotizado. O cérebro de treinador notou a postura perfeita, a forma como ela mantinha o abdômen ativado e firme enquanto girava a perna e o quadril para fora. E o corpo dela era... tudo que ele sempre quisera. E nem era por causa da aparência dela, mas por causa da própria Michelle. Ela sempre se mexia com uma segurança tranquila e confiança total no próprio corpo. Era raro e sexy para caramba. Ele tentava ensinar aquilo aos clientes.

Gabe esfregou as mãos no rosto para sair do transe.

— Você está tentando me provocar de propósito?

Michelle abriu um sorriso safado.

— Talvez.

Ou seja, sim. Ela *estava* tentando deixá-lo louco. Louco de vontade, de desejo. Como ele conseguira passar tanto tempo perto daquela mulher linda e enlouquecedora sem perder a cabeça?

Porque ele achara que ela não estava a fim dele. Ele não queria forçá-la, não queria estragar a amizade, não queria a confirmação do que temia — que eles fossem mesmo *só amigos* — seguida por rejeição.

Mas ela não o tinha rejeitado. Nem antes, nem depois.

— Na verdade, acabei de lembrar que preciso fazer flexões.

Jogando-se no colchão, Gabe pegou Michelle pela cintura e a girou de costas. Ela soltou uma risada, mas não tentou afastá-lo. Gabe se segurou acima dela, fazendo flexões que deixavam a boca a um centímetro da dela. Na terceira, Michelle levantou o queixo e o beijou.

Fogo subiu pelo corpo dele. Ele amava o lado brincalhão dela, que o encorajava a levar as coisas menos a sério. Apoiando-se nos cotovelos, com os corpos se tocando, ele murmurou:

— Hora da prancha.

Michelle levantou a sobrancelha quando a pelve dele se pressionou contra a dela.

— É, porque tem alguém que já está duro feito madeira, pelo jeito.

Ele cresceu contra ela, inexplicavelmente excitado pela piada ruim.

— E alguém não aqueceu antes — disse ele, depois fechou sua boca sobre a dela.

Michelle o beijou de volta por inteiro, as mãos subindo para segurar seu rosto. Mudando o peso do corpo para um cotovelo, Gabe deslizou a outra mão pelo corpo dela, moldando os seios e a barriga antes de enfiar os dedos no espaço apertado entre as coxas. Elas estavam unidas pelo elástico e pelas pernas dele. A Lycra estava bem esticada, facilitando para os dedos dele acharem a abertura entre as pernas. Ele a acariciou por cima do tecido, amando aquele calor, engolindo os suspiros dela enquanto a beijava.

Os quadris dele caíram sobre a própria mão. Pequenos gemidos saíam da garganta dela enquanto os beijos ficavam mais intensos. O tecido ficou úmido contra os dedos dele. E então Michelle mordeu o lábio inferior, soltando um gritinho agudo enquanto seu corpo tremia embaixo dele.

Quando ela se acalmou, deixando a cabeça cair no tapete de ioga, Gabe afastou a mão.

— Estou aquecida — disse ela, fraca, e ele conseguiu rir, apesar da ereção furiosa.

— Isso é para ninguém dizer que não cuido dos meus clientes.

Ela esticou o braço e roçou a mão no pau dele por cima do tecido fino da calça de moletom.

— Está querendo a segunda rodada?

Gabe segurou um gemido.

— Não tem camisinha aqui embaixo.

E ele estava um pouco preocupado com o comentário dela mais cedo sobre ter sido "ok". Sempre fora impossível saber o que ela estava de fato pensando.

— Ah. Certo. Bom, acho que devíamos ir ao zoológico.

Ele arregalou os olhos.

— Ao *zoológico*?

Ela deu um sorriso travesso.

— É a primeira vez que você volta em não sei quantos anos. Você não achou que eu ia te deixar passar o tempo todo só trabalhando, né?

Ele tinha, sim, achado aquilo, mas em retrospecto era bem ingênuo de sua parte. Lógico que Michelle ia arrastá-lo para uns programas turísticos.

Gabe se levantou um pouco, agachado, puxou o elástico pelas pernas dela e o deixou no banco de musculação. Claramente, o treino tinha acabado. Aí, ficou de pé e ofereceu uma mão para ela se levantar. Ela bambeou um pouco.

— Está tudo bem aí?

— Só com as pernas meio fracas.

Ela lançou a ele um sorriso enigmático e foi na direção das escadas.

Ele estava suando e, como tinha esquecido de pegar uma toalha, tirou a camiseta e usou para secar o rosto. Aí, subiu as escadas alguns passos atrás de Michelle.

Quando ela chegou ao topo, soltou um grito horripilante. O coração de Gabe foi parar na garganta. Ele voou pelo resto dos degraus e entrou na cozinha, onde viu…

Meeeeeeeeeerda.

Ava, prima de Michelle, o olhava horrorizada. Antes que Gabe pudesse dizer alguma coisa, Ava uniu as sobrancelhas e guinchou, em tom de acusação:

— Michelle! É o *Gabriel Aguilar*? E, Gabriel, *cadê sua camiseta*?

Capítulo 10

Apesar do tumulto de sensações em seu corpo causado pelo orgasmo eficientemente fornecido por Gabe, Michelle tentou um tom descontraído.

— Ah, oi, Ava. O que está fazendo aqui?

Ava franziu a testa, irritada.

— Você não atendeu o telefone, nem ontem de noite, nem hoje de manhã. Fiquei preocupada, achei que você tivesse morrido.

Michelle esfregou a testa com os dedos. Tinha metido mesmo os pés pelas mãos.

— Gabe, por que você não sobe?

Ele foi na direção da porta enquanto Ava lhe dava aquele olhar ameaçador de mãe latina que perguntava: "*¿Tú quieres la chancleta?*". Era o olhar que se recebia quando você tinha se comportado mal e sabia, logo antes de *mami* tirar o chinelo e jogar em você como um míssil. Aí, Ava deu o mesmo olhar para Michelle, que encolheu os ombros e foi direto para a chaleira elétrica.

— Vou fazer um chá para você — disse Michelle, pegando uma xícara do armário.

— Por que está tão escuro aqui?

Ava foi abrir as cortinas, mas Gabe voou na direção dela.

— Não!

Ele bateu a mão na persiana para mantê-la abaixada enquanto Ava o olhava como se ele tivesse enlouquecido.

— Ele está com medo de a mãe o ver aqui — explicou Michelle.

— Ah, ela vai ver com certeza — afirmou Ava, soltando a cordinha que controlava a persiana. — Eu a vi espiando aqui dentro enquanto eu cuidava dos filhos da Monica.

— Viu? — sibilou Gabe, com um olhar de *eu te disse* para Michelle.

— Tá bom, tá bom. — Michelle fez um gesto para dispensá-lo. — *Ve y ponte tu ropa*.

Ele levantou uma sobrancelha para o comando dela de que fosse se vestir. Mesmo assim, saiu, e Michelle ficou sozinha com a prima.

No segundo em que ouviram os passos dele subindo a escada que rangia, Ava se virou para Michelle, de olhos arregalados e boca aberta.

— O que ele está fazendo aqui? — cochichou ela. — *Ay dios mío*, é algum tipo de pacto de sexo?

— Pacto de sexo? Do que você está falando?

Michelle se ocupou fazendo chá do jeito que Ava gostava — forte, com bastante leite, sem adoçar.

— Tipo, se vocês não se casarem até os 30 anos, vão se casar um com o outro. Ou um encontro a cada poucos anos para se pegar. Ah, vai, eu sei que você já viu esse tipo de filme.

Em retrospecto, Michelle *queria* que ela e Gabe tivessem feito um pacto daqueles. Pelo menos haveria parâmetros claros do que quer que estivesse acontecendo entre eles.

— Estou ajudando num projeto do trabalho dele.

— Ah, é? Você está "ajudando" num "projeto"?

A voz de Ava estava pingando ceticismo, e ela fez aspas no ar ao pronunciar as palavras.

Michelle a olhou séria.

— É impressionante todo mundo achar que *você* é a boazinha.

— Comparada com você, eu sou mesmo. — Ava deu uma piscadela e apoiou os cotovelos na bancada da cozinha. Era a mais alta das primas Rodriguez, pairando uns bons quinze centímetros acima do um metro e sessenta de Michelle. — Mas vai. Você subiu usando *isso*, e ele está sem camisa.

— A gente estava malhando — disse Michelle, na defensiva, baixando os olhos para o top esportivo que tinha comprado por recomendação da outra prima delas, Jasmine.

Ava deu uma risadinha de desdém.

— Ah, tá. Aham.

— E... fazendo outras coisas. — Michelle lançou um olhar severo para Ava. — Não conta para Jasmine.

Ava aceitou a xícara que Michelle lhe entregou.

— Tá. Não vou contar. Mas você não vai conseguir manter segredo. E, mesmo se conseguir, a que custo? Lembra da última vez?

— Claro que lembro.

— Só quero que você seja feliz — disse Ava, baixinho.

— Não se preocupe — falou Michelle, sem soar nem de longe tão confiante quanto queria.

— Ah, claro. Como se eu pudesse parar de me preocupar com você.

— Eu sei. É por isso que você é *mi prima del corazón*.

— Não deixa a Jasmine ouvir essa declaração.

— Ela também é minha *prima del corazón*. Mas, sério, *não* conta para ela sobre Gabe.

— Você sabe que eu sei guardar segredo. — Uma sombra passou pela expressão dela, e Michelle adivinhou que Ava estava pensando nos anos que sofrera em silêncio em seu casamento. Michelle ainda se sentia culpada por não ter notado antes a infelicidade de Ava. — Gabe vai se mudar de volta?

— Não. Ele só está aqui até sexta.

— Logo antes dos seus pais voltarem. Meio arriscado. E a família dele?

Michelle balançou a cabeça.

— Não sabe que ele está aqui.

— O que quer que tenha acontecido com eles, deve ter sido bem ruim.

— É, parece que foi.

Michelle mexeu sua nova xícara de chá enquanto absorvia as palavras de Ava. Não era de surpreender ele ter ficado possesso com ela por tê-lo trazido.

— Mas fala sério. — Ava abaixou a voz. — Você e ele...?

O coração de Michelle bateu forte, mas, antes que ela pudesse tentar disfarçar, o queixo de Ava caiu.

— Não *acredito* — disse ela, arfando. — Você está ficando vermelha.

Michelle cobriu as bochechas quentes com as mãos. Porcaria de pele clara.

— Não quer dizer nada — sibilou ela. — Não fique animada.

Se bem que... talvez não fosse exatamente verdade.

Não se preocupe, estou com você.

Eu nunca quis te magoar.

Talvez tivesse... significado. Qual exatamente, ela não sabia.

Ela tinha descido ao porão para provocá-lo. Não tinha sido inteligente, mas, em algum nível, queria provas concretas do quanto ele a desejava. Saber se o que tinham feito seria uma vez só ou não. Se Gabe a tivesse ignorado e continuado treinando, ela teria lidado como uma adulta e trancado os sentimentos.

Mas ele não fizera isso. Subira em cima dela e lhe dera prazer bem ali no tapete de ioga, sem a pressionar para fazer nada em troca. Era idiota fingir que não havia emoções envolvidas, mas, mesmo assim, ela ia tentar.

— O que vocês vão fazer agora? — perguntou Ava, inocentemente, levantando as sobrancelhas enquanto dava um gole no chá. — Já que acabaram de *malhar*?

— Trabalhar mais.

Não era inteiramente mentira. Michelle tinha mesmo um bom motivo para levar Gabe ao zoológico, e não era só por diversão e nostalgia.

Se bem que ela esperava um pouco daquilo também.

— Tá bom, tá bom. Já entendi. O Zoológico do Bronx tem um posicionamento de marca bem melhor que minha academia.

Gabe estava andando com Michelle pelo zoológico havia duas horas. Fazia calor, tinha crianças berrando por todo lado, e o cheiro de pipoca e algodão doce se misturava ao odor geral de animal e esterco. Era um perfume que dizia especificamente "zoológico" e o levava na mesma hora de volta aos muitos passeios ali na juventude.

Michelle sorriu e deu uma cotovelada nele. Em algum ponto, eles tinham passado a dar as mãos, como um casal de verdade. Gabe não sabia como tinha acontecido. Talvez ela tivesse pegado a mão dele para puxá-lo para alguma exposição ou ele a tivesse procurado para não perdê-la na multidão. Mas aí... eles não tinham soltado.

— Só quero mostrar que você precisa prestar atenção a como *todas* as mensagens refletem os valores principais da marca. Lembre, o Zoológico do Bronx é administrado pela Sociedade de Preservação de Animais Silvestres, então a gente vê os valores de preservação e educação por todo lado.

Ela tinha razão. Em todo lugar que ele olhava, havia placas com informações sobre cada criatura, mapas indicando onde no mundo elas podiam ser encontradas, listas com detalhes de espécies em risco de extinção, gráficos do que os animais comiam e mais.

— A "história" do zoológico está presente em todo lugar — continuou Michelle quando passaram por um quiosque vendendo girafas de pelúcia. — Mas, claro, eles também vendem brinquedos e comida. É o aspecto comercial. Primeiro, eles te convencem dos valores, e então te fazem comprar os produtos.

— Faz sentido — disse ele. — Temos mais chance de comprar de uma marca cujos valores se alinham com os nossos.

— Exatamente!

Os olhos dela brilharam num elogio, e ele ficou um pouco irritado por gostar tanto daquilo.

— Então, quais são os valores da Academia Agility? — perguntou ela, mas respondeu antes que ele pudesse falar. — Está no título. Agilidade, movimento, flexibilidade. Como isso é passado na mensagem?

Gabe grunhiu.

— Não é.

— Quem liga se você mostrar alguém no auge da forma física sendo flexível? Isso não me faria querer ir a uma academia. Quero ver uma pessoa normal malhando, saber que é um lugar em que vou me encaixar e me sentir confortável.

— Você *está* no auge da forma física.

Ela o olhou de cima a baixo.

— Um de nós está, e não sou eu. Não estou dizendo que não sou gostosa de matar, mas não tenho mais 18 anos. Meu corpo definitivamente mudou, e eu aceito isso. Celulite e estrias são naturais.

Ele parou e segurou o rosto dela nas mãos.

— Eu sempre te achei linda. Agora ainda mais. Você tira meu fôlego, Mich.

O queixo dela tremeu, e havia melancolia nos olhos antes de desviá-los.

— Gabriel, este é um estabelecimento familiar. Pare de me seduzir no zoológico.

Ele curvou a boca, mas baixou as mãos.

— Tá bom. Eu espero até chegarmos em casa.

Em casa. Merda. O que ele estava dizendo? Ele não estava falando sério. Nova York *não era a casa dele*.

Michelle pigarreou.

— Então tá... movimento, flexibilidade...

— Ainda parece que você está falando de sexo — murmurou ele, e ela lhe deu outra cotovelada.

—... partes do corpo trabalhando em harmonia...

— Ainda é sexo.

—... sentir-se em casa no seu próprio corpo e *não resistir*.

— Ela deu a ele um olhar sério, mas os cantos de sua boca se puxaram para cima. — O que você está tentando fazer?

— O que *você* está tentando fazer?

Ele amava aquele sorriso provocador.

— Você me contratou, e eu estou tentando fazer meu trabalho.

Ela tinha razão, e ele devia estar contente por um deles estar concentrado na tarefa.

Gabe baixou o olhar para a mão — a que não estava segurando a de Michelle. Lembrou-se de ser pequeno e passar os dedos pela grade para dar ração aos bodes no Zoológico Infantil, das lambidas das línguas grudentas deles.

Talvez ele voltasse com os filhos de Nikki.

Merda, precisava contar à irmã que estava lá. Ela ia ficar possessa se descobrisse que ele estivera no Bronx sem falar nada.

Mas aquele era um problema para outro dia.

Eles passaram por outro quiosque, este vendendo pipoca, e Michelle fez um gesto naquela direção.

— O produto que você vende é adesão, certo? Você quer que as pessoas se matriculem na academia e paguem um valor mensal ou anual. Mas o serviço é a academia em si e os equipamentos.

Do nada, outra lembrança pulou. Nela, Gabe tinha 5 anos, talvez 6, e estava visitando o zoológico com a irmã e os pais. Ele tinha implorado para o pai deixar que ele tomasse sorvete na casquinha, em vez de no copinho, prometendo sem parar que não ia derrubar. Mas, claro, como era uma criança pequena, tinha conseguido derrubar o sorvete que derretia rápido na primeira lambida. Tinha caído por todo o macacão antes de se esparramar pela calçada quente — e pelos tênis dele. Os pais de Gabe haviam ficado furiosos. Ele se lembrava vagamente de que iam a algum lugar depois do zoológico, e a mãe tinha lastimado ter que levar uma criança suja junto, enquanto o pai gritava com ele por desperdiçar dinheiro e comida.

Gabe nunca mais tinha tomado sorvete no zoológico, mesmo depois de ter idade suficiente para ir a pé ou de bicicleta depois da escola com Michelle.

— Certo. — Gabe se concentrou na conversa, em vez de lembranças indesejadas da infância. — As adesões são o produto principal, embora tenhamos alguns outros itens com a marca à venda no local e on-line.

Enquanto caminhavam, Michelle perguntou sobre os outros produtos e as várias parcerias da academia. Ele respondeu o melhor que podia, frustrado com algumas das perguntas — ou com as próprias respostas. Ela perguntou:

— Por que você abriu a academia?

E Gabe respondeu:

— Para ajudar as pessoas a se sentirem melhor com seu corpo e conseguir uma amplitude total de movimentos.

Mas, quando ela perguntou sobre a clientela, os nomes de celebridades que ele recitou não se encaixavam bem na visão original.

Ele só não sabia o que fazer com aquilo.

Nem com Michelle. Era legal para caralho andar com ela como se fossem duas pessoas normais num encontro, em vez de ex-amigos de infância com anos de bagagem e mágoa em meio a uma espécie de trégua sexual.

Enfim, enquanto andavam pela exibição de Madagascar, nova para ele, Gabe encontrou um canto sombreado milagrosamente sem crianças. Puxou Michelle para perto e se abaixou para beijá-la suavemente.

— Chega de trabalho, tá? — murmurou ele. — Vamos só... curtir.

— Tá.

Ela parecia surpresa, e Gabe não podia culpá-la. Ele também estava surpreso. A vida dele era trabalhar o tempo todo, e tirar uma folga no meio do dia era bastante incomum. Tinha dito a si mesmo que tudo bem sair, porque ainda estavam falando da academia, mas… só precisava de um descanso de tudo.

Em breve, ele voltaria a Los Angeles e, se Deus quisesse, não teria que ir a Nova York com frequência. Então, por que não aproveitar ao máximo o pouco tempo que tinham juntos?

Sem conseguir resistir, Gabe a beijou de novo, mais profundamente. Quando ela deslizou a língua junto à dele, ele gemeu e apertou o abraço. Por sorte, um grupo de crianças entrou fazendo algazarra no espaço um segundo depois, as vozes "baixinhas" agudas lembrando Gabe onde estavam. Ele se afastou de Michelle, passando a língua pelo lábio inferior que ela tinha acabado de mordiscar.

Ele reparou no sorriso sensual dela. Talvez as coisas que haviam feito de manhã fossem se repetir, afinal. Pensando no que podiam fazer quando voltassem à casa de noite, passou um braço pela cintura dela e a conduziu pelo resto da mostra.

— Foi delicioso. — Gabe esticou as pernas o máximo que conseguia no banco da frente do Fiat de Michelle.

— Acho que nunca comi mal lá — concordou Michelle, dirigindo pela Morris Park Avenue.

Depois do zoológico, eles tinham parado num dos restaurantes italianos famosos do Bronx, onde Gabe havia trabalhado no fim do ensino médio. Haviam se empanturrado de massa e frutos do mar e, depois de ele ser reconhecido por um garçom, uma taça de vinho cada um. Gabe não se lembrava da última vez que tinha consumido tanta manteiga de uma vez, mas não tinha arrependimento algum.

Ninado por carboidratos, vinho e a familiaridade da avenida, Gabe notou cada casa enquanto Michelle dirigia até a antiga rua deles — ele não ia mais pensar nela como "casa".

Quando Michelle começou a virar o carro na entrada da casa dos pais dela, o olhar de Gabe continuou em sua própria casa, um velho hábito, bem a tempo de ver a porta da frente se abrir e seu pai sair.

— Merda! — Gabe se abaixou no assento, quase deslocando o ombro quando o cinto de segurança travou. — Continue dirigindo!

— Mas quê...!? — Michelle virou com tudo o volante e acelerou, parando brevemente na placa de pare na esquina antes de virar. — Você quase me fez ter um infarto.

Gabe sentia que ele mesmo estava quase infartando. O coração tinha disparado, e ele estava suando frio.

— Era meu pai — murmurou.

Ele não via o pai havia nove anos, não tinha nem dado uma boa olhada nele antes de se abaixar, mas reconheceria Esteban Aguilar em qualquer lugar.

Se eles tivessem entrado na casa três segundos antes, ele teria dado de cara com o pai ao sair do carro.

— Gabe, para de criancice — irritou-se Michelle enquanto dava a volta no quarteirão. — É seu pai, não um assassino.

Ele ficou boquiaberto.

— Você está falando sério? Ele quase pegou a gente!

Eu. Ele quase me pegou.

— E eu quase bati no carro da sua mãe porque você me assustou. Como eu ia explicar isso? *Lo siento, Norma. Seu filho, que você não sabe que estava aqui, me deu um puta susto enquanto eu estava estacionando, e por isso eu arranquei seu farol. Foi mal!* — Ela parou no meio-fio e apontou. — Olha, lá vai ele. A barra está limpa.

Gabriel não gostou do sarcasmo.

— Uma das condições para eu ficar com você é que meus pais *não* descubram que estou aqui.

— Não era uma das condições originais — respondeu ela, numa voz arrogante que ele lembrava bem demais.

— Só porque você mentiu para mim sobre onde íamos ficar.

Ele sabia que estava começando a gritar, mas seu coração ainda batia forte com o choque de ver o pai.

— Voltamos a isso? Eu não *menti*, exatamente...

— Sai do carro.

Ela deu um olhar incrédulo a ele.

— Oi?

— Michelle, *¡salte del carro!*

— *Mira, comemierda, este es mi carro.*

Gabe tirou o boné e enfiou as mãos no cabelo, grunhindo de frustração.

— Tá, mas me deixa dirigir virando a esquina para poder sair mais perto do portão e entrar de fininho na casa que nem a porra de um ladrão de novo. E, desta vez, abre a caceta da porta do porão para minha mãe também não me ver.

— Como você quiser, Gabe!

O jeito como Michelle disse aquilo não combinava com as palavras conciliatórias, mas ela deixou o motor ligado e abriu a porta. Os dois saíram e contornaram o carro batendo os pés — Gabe pelo porta-malas, Michelle pelo capô — antes de entrar de volta. Gabe virou a esquina em silêncio, ainda abalado por ter se safado por um triz. Michelle ficou de braços cruzados e cara fechada. Ele estacionou na entrada e Michelle agarrou o chaveiro no segundo que o freio de mão foi puxado, saindo do carro em fúria.

Antigamente, Gabe teria tentado apaziguá-la. Ela tinha cabeça quente, e ele sempre tentava acalmá-la quando ela estava de mau humor. Mas naquele momento? Que se danasse.

Ele também estava possesso. Era exatamente aquele o motivo de não querer ficar ali.

Abaixado, ele saiu do carro e contornou a casa, o que foi um pouco mais fácil, já que estava vindo do lado do motorista e não carregava uma mala. Dos degraus, Michelle ativou as trancas das portas do carro. Gabe tinha tomado tanto cuidado ao sair de casa, fazendo Michelle ficar de olho em onde os pais dele estavam dentro da própria casa antes de ir de fininho até o carro dela e se abaixar no banco traseiro. Eles deviam ter tomado mais cuidado na volta, mas o passeio ao zoológico e ao restaurante o tinha deixado com uma falsa sensação de segurança.

No quintal, Gabe esperou diante das portas por mais tempo do que Michelle devia ter levado para abrir, e imaginou que ela o estivesse punindo por gritar com ela. Não que ele estivesse orgulhoso, mas não aguentava mais aquela merda. Ela não respeitava os sentimentos dele em relação aos pais.

Pelo menos a luz do sensor de movimento não o denunciou. Ele tinha se lembrado de desligá-la ao sair.

Quando Michelle finalmente apareceu do outro lado do vidro, ela o olhou com raiva por um momento. Mas então destrancou a porta e deslizou para abrir, virando-se e subindo de volta pelas escadas do porão antes mesmo que ele pudesse entrar.

— Ah, é assim, é? — gritou ele atrás dela. A porta do porão bateu em resposta.

É, era assim.

Quinze anos atrás

Transcrição do chat do Windows Messenger

Destino celestial: Sessão de Planejamento do Episódio 3

Michelle:
Tá bom, hora de planejar o episódio 3. Riva está puta com Zack.

Gabe:
Devia estar no ponto de vista dela, o que quer dizer que é melhor você escrever.

Michelle:
Mas eu tenho ensaios de Caminhos da Floresta toda noite!

Gabe:
E eu tenho treino de beisebol todo dia. E ainda escrevi todo o capítulo 2, que ficou três vezes maior que o capítulo 1.

Michelle:
Talvez eu possa ir na loja este fim de semana enquanto você estiver trabalhando. Eu levo meu notebook e a gente pode trabalhar no roteiro enquanto não tiver cliente.

Gabe:
Que ultimamente é, tipo, o tempo todo.

Michelle:
E, se alguém realmente entrar, a gente diz que está fazendo lição de casa.

Gabe:

A gente DEVERIA estar fazendo lição de casa em vez de escrever fanfic.

Michelle:

Mas isso é bem mais divertido! Também tive uma ideia ótima para este capítulo enquanto estava no banho.

Gabe:

... no banho?

Michelle:

Aham, é onde eu tenho todas as minhas melhores ideias. Para de ser pervertido.

Gabe:

Foi você que falou! Podia ter deixado essa parte de fora.

Michelle:

ENFIM... Acho que Zack devia ter amnésia.

Gabe:

Você sabe que isso não existe, né?

Michelle:

Amnésia?

Gabe:

É. Na verdade, as pessoas esquecem lembranças, mas não esquecem de fato quem elas são.

Michelle:

Bom, essas pessoas estão andando em naves espaciais e tem um episódio de *loop* temporal tipo *Feitiço do Tempo* sobre ser sugado para um buraco negro, então não estou muito preocupada com verossimilhança.

Gabe:

Tá, é verdade.

Michelle:

E, como Zack nunca contou dos poderes dele para Riva, ele esquece quais são!

Gabe:

Como ele fica com amnésia?

Michelle:

Lembra que o Zack queria que Riva conferisse o equipamento depois dos mecânicos mexerem na nave no capítulo 1?

Gabe:

Lembro...

Michelle:

Bom, e se ela não tiver feito isso?

Gabe:

Eles podem ser atacados por piratas especiais enquanto estão saindo do planeta onde a mãe dele está escondida e, como ela não conferiu o diagnóstico ou sei lá, eles caem num planeta diferente.

Michelle:

E Zack bate a cabeça e perde a memória!

Gabe:

Riva não tem poderes de cura? Ela ia conseguir curar a amnésia dele.

Michelle:

Talvez, mas e se ela só... não fizer isso?

Gabe:

Brutal.

Michelle:

Zack não está planejando cumprir a missão, e Riva quer salvar a galáxia. Então, ela mente para ele sobre quem eles são.

Gabe:

Ela pode dizer que são contrabandistas ou algo assim. E isso faria Zack acreditar que precisam tomar cuidado para não ser pegos.

Michelle:

Isso. Talvez ela invente uma ameaça, alguém que está tentando capturá-lo.

Gabe:

Alguém ESTÁ tendo capturá-los. O pai dele, o rei.

Michelle:

Vai ser divertido. Riva pode contar histórias reais da infância deles e histórias inventadas da carreira de contrabandistas.

Gabe:

Você definitivamente vai escrever esse capítulo. A história por trás do personagem com certeza não é meu forte.

Michelle:

Não se preocupe, Gabe. Vou lembrar da nossa história por nós. ☺

Capítulo 11

Já fazia horas que Michelle estava fazendo uma faxina furiosa quando Gabe desceu na manhã seguinte. Ela tinha esfregado a cozinha e o banheiro do térreo até brilharem e estava no meio de preparar um café da manhã gigante — mas saudável — quando Gabe entrou na cozinha com uma expressão atordoada naquele rosto lindo. Maluma estava cantando baixinho no pequeno alto-falante conectado ao celular dela.

Antes que Gabe pudesse dizer qualquer coisa, ela soltou:

— Desculpa por ter falado que você estava fazendo criancice.

As covinhas dele apareceram, como se estivesse suprimindo um sorriso.

— Você acha que é *por isso* que eu fiquei chateado?

— *E* — continuou ela, não querendo se distrair por comentários espertinhos — desculpa por não levar a sério suas preocupações com seus pais.

Uma das covinhas se aprofundou.

— Obrigado. Eu não quis te assustar, mas ver meu pai... me pegou de surpresa. Eu não falo com meus pais há nove anos.

— *Nove?*

A espátula escorregou na frigideira, fazendo com que ela virasse a omelete de claras e espinafre com mais vigor do que era estritamente necessário.

Ele lhe deu um olhar incrédulo.

— Você não sabia mesmo disso?

— Achei que minha mãe estivesse exagerando quando disse que você não falava com eles. Tipo, que talvez ela quisesse dizer que você não visitava há algum tempo. Você sabe como são as mães porto-riquenhas.

Ele balançou a cabeça.

— Nenhum contato desde o casamento da minha irmã.

— Sinto muito, eu não sabia. E ontem não foi meu melhor momento — admitiu ela. — Mas não quero passar o pouco tempo que temos juntos brigando. Além do mais, temos um dia cheio pela frente, e vai ser bem mais fácil se estivermos nos falando.

— Mich. — Gabe se apoiou na bancada da cozinha. Quando ela se virou para olhá-lo, ele disse: — Desculpa por ter gritado com você.

Ela deu de ombros.

— Eu aguento gritos. Você conhece minha família.

— Não importa. Tento não levantar a voz ou falar com raiva, mas fiz isso com você ontem. Desculpa.

Caramba, como alguém podia resistir a um homem que pedia desculpas tão sentidas?

— Desculpas aceitas — disse ela, educada. — Quer bacon?

— Claro que quero bacon. Que tipo de pergunta é essa?

— Como eu vou saber? — Ela gesticulou para ele com a espátula. — Você claramente tem uma parada de *meu corpo é um templo* rolando, e imagino que essa vida não inclua muita gordura no café da manhã.

Ele cuspiu uma risada.

— Tem razão, mas faço exceções quando não estou em casa. Fora isso, tento comer de forma saudável na maior parte do tempo.

— Eu também, mas isso não explica por que você parece que levanta peso todo dia.

— Não *todo* dia. Eu tenho dias de descanso, como é recomendado.

— Gabe. Não tente me dizer que você não vai à academia todo dia.

— Eu *trabalho* numa academia.

— Você entendeu.

— Treinar areja minha cabeça, ajuda a concentração. Me dá uma sensação de...

— Controle? — sugeriu ela.

Ele franziu a testa, como se estivesse pensando no assunto, e fez que sim.

— Melhora meu humor, me ajuda a me sentir mais forte, todos os benefícios típicos do exercício. Mas, sim, acho que posso ser um pouco... militante com minha dieta e estilo de vida.

Conhecendo os detalhes de como ele fora criado, Michelle entendia por que ele se atraía a atividades que lhe permitiam controle total de si. Por tanto tempo, havia sido sujeito às exigências dos pais, forçado a fazer as coisas do jeito deles. Mas ela não mencionou nada daquilo.

Em vez disso, perguntou:

— Acho que seus dias de fumar maconha acabaram, então?

— Ah, céus. Não faço isso há anos. E você?

— Não preciso mais.

Ela mostrou o frasco de remédio ao lado da chaleira elétrica.

— O que é isso?

— Ansiolítico. Comecei a tomar depois que pedi demissão. Me acalma, me ajuda a ficar mais… estável.

Ele fez que sim com a cabeça.

— Estável. Isso. É assim que me sinto quando treino.

— Pegue os pratos — disse ela. — A comida está pronta.

Eles mantiveram a conversa leve enquanto comiam, debatendo o itinerário do dia. Primeiro iam se encontrar com o corretor imobiliário para olhar alguns locais. Depois, tinham uma reunião com o investidor e uma possível celebridade porta-voz.

— Quem é a celebridade? — quis saber Michelle, espetando um pedaço de abacate com o garfo.

— Você vai ver quando chegarmos lá — respondeu Gabe. — Mas não é para surtar, hein?

— Pfff. Eu sei me comportar. Você sabe que minha prima Jasmine agora é uma estrela de cinema, né?

Ele curvou a boca num leve sorriso.

— Talvez eu tenha visto *Carmen no controle*.

— O que achou? — Ela apontou o garfo para ele em ameaça. — Se odiou, não me diga.

O sorriso de Gabe se abriu por completo.

— Eu amei. Jas estava ótima. Você deve estar orgulhosa dela.

Michelle apoiou o garfo.

— Estou, mesmo.

Parte de Michelle ficou feliz por Gabe ter assistido à série de Jasmine, embora tivesse passado tantos anos sem falar com elas.

— Vou ser chofer hoje — disse Michelle, voltando ao assunto. — Sem ofensa, mas não confio em você para dirigir meu carro por Manhattan. Vou levar meu notebook e trabalhar um pouco em cafés ou no carro se não conseguirmos estacionar.

Gabe franziu a testa.

— Por que você faria isso?

— Porque você vai estar nas reuniões.

— E daí? Eu quero você lá.

Ele falou como se não houvesse outra opção.

Como fazia sentido, ela assentiu. Ver os possíveis novos espaços e encontrar a celebridade com quem eles estavam considerando trabalhar ajudaria Michelle a formular o melhor plano para a campanha.

Mesmo assim, um calor se acendeu dentro dela quando pensou no fato de que Gabe a queria presente nas reuniões de negócios. Não sabia se era porque ele valorizava as opiniões dela ou porque não suportaria a distância. As duas possibilidades a deixavam um pouco tonta.

Em vez da combinação de sempre, regata e calça jeans, Michelle escolheu um vestido azul royal da época em que trabalhara na Rosen & Anders e calçou uma sandália anabela vermelha. Ela trocou a mochilinha do Capitão América por uma bolsa de ombro vermelha da Kate Spade e deixou o cabelo solto, em vez de amarrá-lo num coque bagunçado. Quando ela encontrou Gabe na sala de estar, ele teve que olhar duas vezes.

— Deixa pra lá — disse ele. — Acho que é melhor a gente ficar aqui. Na cama.

Era difícil recusar, especialmente porque ele estava tão bonito, de calça preta e camisa social, as mangas dobradas para expor os antebraços primorosamente musculosos. Mas Michelle queria ver o Gabe Empresário em ação, então sorriu e balançou as chaves para ele.

— Vamos lá.

DEPOIS DE VISITAR cinco espaços com Carter, o corretor, Gabe aceitou a sugestão de Michelle para tomar um café antes de pegar o carro para a próxima reunião, mais ao norte. Com o café com leite de aveia em mãos, Gabe se recostou no banco da frente do carro e deu um gole longo e lento, tentando esquecer que tinha largado a cafeína havia anos.

Ele e Michelle tinham visto possíveis espaços por toda Manhattan, do Harlem ao Soho, e ficado presos no trânsito duas vezes, o que os obrigou a jogar conversa fora com Carter, um cara com cabelo cor de areia que parecia ter uns 13 anos. Carter se declarara viciado em programas de televisão sobre casas e reformas.

— Nunca mais quero ouvir falar de *Em busca da casa perfeita* — murmurou Gabe, abaixando a bebida.

Michelle deu uma risadinha.

— É a profissão dele. Eu ficaria mais preocupada se ele *não* gostasse desses programas. Só espero que ele saiba que a maioria é armação.

— Não conte para ele. Você vai acabar com a vida do cara.

Ela tomou mais um gole de chá gelado e apoiou a bebida no porta-copos entre eles.

— Você gostou de algum dos espaços que a gente viu? Sua expressão era bem blasé, então não consegui saber.

Ele estava com medo daquela pergunta.

— Não sei — disse Gabe, finalmente. — O espaço no Soho era legal. Deu para imaginar o mesmo estilo da academia de Los Angeles. Pé-direito alto, muito vidro, coisa e tal.

— Você quer que tenha o mesmo estilo? — questionou Michelle. — Ou quer que seja mais independente?

— Não sei — repetiu ele. — Era para Fabian fazer esta parte. Vou mandar as fotos e deixar ele decidir.

— A gente devia falar sobre sua clientela — disse ela, ligando o carro. — Você analisou seus seguidores nas redes sociais para ver onde estão localizados? Estou imaginando que a maioria vai estar na área de Los Angeles, mas precisamos começar a construir o público de Nova York e arredores, porque vão ser seus novos clientes.

— Hã, Fabian deve saber.

Ela ficou em silêncio por um momento.

— É melhor eu mandar e-mail para Fabian para perguntar essas coisas?

— Provavelmente.

Gabe odiava não saber responder às perguntas dela, mas aquilo era a especialidade de Fabian. Gabe treinava os funcionários e preparava as aulas e o currículo. Ele entrava em contato com fornecedores e comerciantes de equipamentos e cuidava de contratações e demissões. Era Fabian quem geralmente interagia com os investidores, o banco e qualquer coisa que tivesse a ver com decoração ou redes sociais.

— Certo, vou mandar um e-mail para ele, talvez marcar uma reunião — disse Michelle, saindo da vaga. Ela tinha um sexto sentido para achar lugar para parar em Manhattan. — Qual o próximo compromisso da agenda?

— Vamos a um restaurante perto de Columbus Circle para encontrar nosso investidor, Richard Powell, e a celebridade que ele tem em mente como porta-voz.

Michelle o olhou rápido.

— Não devia ser quem *você* tem em mente? Ou Fabian?

Gabe deu de ombros.

— Powell tem muitas opiniões fortes. E esse ator é membro da academia.

— Uh, é um ator? Vou adivinhar. — Ela bateu no queixo, pensando. — Sylvester Stallone.

— Em que ano você acha que a gente está?

— John Cena?

— Só nos meus sonhos.

Eles conversaram sobre *crushes* famosos enquanto ela dirigia, com Michelle chegando a fazer apresentações de comercial da Academia Agility imitando as celebridades. Quando chegaram ao restaurante, Gabe estava quase chorando de rir.

Michelle não conseguiu achar uma vaga, então, deixou Gabe e foi circular o quarteirão.

Sozinho na calçada, Gabe colocou os óculos escuros e respirou fundo. Powell o deixava meio nervoso, e ele nunca gostava de encontrá-lo sem Fabian presente. Não era que Powell fosse cruel ou ruim, nada disso. Ele tinha até ajudado Gabe a criar um fundo de auxílio legal para pessoas detidas pela polícia de imigração. Mas o cara era um pouco… incisivo. Talvez *teimoso* fosse um termo melhor. Quando Powell tinha uma visão, era difícil demovê-lo dela.

Mesmo quando não combinava com a de Gabe.

Gabe endireitou os ombros e entrou no restaurante. O cheiro no interior era divino, de alho e manjericão, e o lugar era menos pretensioso do que Gabe esperava, considerando que Powell tinha escolhido. A hostess o levou à mesa.

— E aí, Gabe! — Richard Powell ficou de pé e contornou a mesa para apertar a mão de Gabe e dar-lhe um abraço de lado. — Bom te ver, cara.

Às vezes, Powell fazia Gabe sentir que ainda era aquele menino do Bronx que não sabia nada do mundo. Mas ele sabia, pelo menos, que Powell admirava sua proeza física, então sempre tentava parecer confiante nas reuniões.

Powell era alguns centímetros mais baixo que Gabe e provavelmente vinte e cinco anos mais velho, com olhos azuis-claros, pele corada e um excesso de energia. Ele estava em ótima forma para um homem de sua idade, e Gabe tinha uma suspeita incômoda de que fazer amizade com caras mais jovens e sarados — que, em geral, não eram brancos — fazia Powell se sentir descolado.

O outro homem na mesa era mais ou menos da altura de Gabe, mas mais magro, com um corpo de lutador e olhos escuros e sérios. Rocky Lim, o belo astro britânico-chinês, famoso por uma série de filmes de arte marcial envolvendo corridas de carro, estendeu a mão para Gabe, que a apertou.

— E aí, cara? — disse Rocky, com a voz ainda carregando um sotaque britânico apesar dos anos passados em Los Angeles. Eles se conheciam desde que o ator tinha começado a frequentar a Agility para treinar para um papel, uns dois anos antes. — Tudo bem?

A mesa era quadrada. Powell e Rocky estavam sentados um ao lado do outro, na perpendicular, e Gabe se sentou do outro lado de Powell, deixando uma cadeira entre ele e Rocky. Ele os tinha avisado com antecedência de que traria uma colega, então Powell havia feito reserva para quatro. Parte de Gabe não queria que Michelle se sentasse ao lado de Powell. Rocky, por outro lado, sempre fora indefectivelmente educado com as funcionárias da Agility, e Gabe confiava que seria assim com Michelle.

— Fico surpreso de ver você em Nova York — comentou Powell, e Gabe resistiu à vontade de apertar os dentes.

— Bom, você sabe tudo o que está rolando com Fabian — disse Gabe, com leveza. — Os planos mudam.

— É verdade. — Powell fez um gesto para a mesa, coberta por nada menos que cinco tábuas e uma cesta de pães. — Está com fome? Cheguei cedo e pedi alguns aperitivos para começar. Eu não tinha certeza do que sua assistente ia querer.

Gabe abriu a boca para responder, mas, antes que conseguisse falar uma palavra, a voz de Michelle veio por cima do ombro dele.

— Eu não sou assistente dele — disse ela, com a quantidade perfeita de confiança descontraída e flerte que só Michelle era capaz de reunir. Deslizou para a cadeira vazia antes que qualquer um pudesse se levantar. — Boa tarde, pessoal. Sou Michelle Amato, consultora de marketing da expansão de Nova York.

Os olhos de Powell brilharam quando ele a viu, e ele se levantou para estender a mão e cumprimentá-la.

— Você é a gênia responsável pelos anúncios da Victory? Ela inclinou a cabeça, aceitando com facilidade o elogio.

— Eu mesma.

— Richard Powell, da Powell Enterprises. É um prazer. Fiquei muito animado de saber que você tinha aceitado o trabalho.

— Estou feliz por estar aqui — respondeu ela, tranquila, depois se virou para Rocky. — Bom, você não me parece nem um pouco familiar.

Rocky abriu um sorriso genuíno.

— Rocky Lim. Prazer.

— Encantada. — Ela apertou a mão dele, depois pegou uma lula frita de um prato. — Como o senhor sabia minha fraqueza, sr. Powell?

— Pode me chamar de Richard, por favor.

E, a partir daí, ele passou a focar cerca de 91% da atenção em Michelle, oferecendo-se para pedir comida ou vinho, perguntando como era crescer em Nova York — como se Gabe não tivesse crescido literalmente na casa ao lado — e pedindo a opinião dela sobre quais musicais da Broadway ele devia ver enquanto estava na cidade. Não estava exatamente dando em cima dela, mas estava se insinuando um pouco demais para o gosto de Gabe.

Michelle, por sua vez, lidou com a situação lindamente. Ela inseriu na conversa uma quantidade impressionante de perguntas sobre a academia e o envolvimento de Rocky e seus próprios comentários sobre os locais que tinham visto naquele dia. Em nenhum momento pareceu desconfortável e levou o fluxo da conversa com graça.

E, nos 9% de tempo que Powell conversou com Gabe, Gabe estava distraído pela conversa à sua direita. Parecia que Rocky e Michelle tinham um amor em comum por fotografia em preto e branco.

— Quem são seus fotógrafos favoritos? — perguntou Rocky, se inclinando na direção de Michelle com um cotovelo na mesa.

— Bom, é difícil superar Cartier-Bresson — respondeu ela, com facilidade. — O momento decisivo, coisa e tal.

Powell, porém, ainda estava falando, e Gabe, relutante, voltou a atenção ao investidor. Ele abriu um sorriso, já que havia muito tempo aprendera que era a melhor forma de dar a impressão de que estava escutando. E, como Michelle dissera, era seu trunfo.

Aquele tipo de bobagem — reuniões, puxação de saco, conclusão de negócios — não era para ele. Fabian era bom naquilo, e Gabe preferia estar em campo, trabalhando com gente normal. Não com astros do cinema e capitalistas de risco. Mas, conforme o negócio crescia, ele começou a passar mais tempo atrás da mesa e menos tempo na parte que amava: treinar clientes, dar aulas ou cuidar de pacientes de fisioterapia.

Por muito tempo, Gabe tinha dito a si mesmo que as tarefas administrativas eram o preço do sucesso. E, de forma geral, Fabian tinha carregado muito daquela carga.

Não é para sempre, Gabe disse a si mesmo. Logo, a agenda de Fabian ia ficar mais livre e ele poderia cuidar do resto do lançamento em Nova York.

Você acha que a agenda dele vai ficar mais livre depois que os gêmeos nascerem?, cutucou uma vozinha no fundo da cabeça de Gabe.

Ele a afastou. Tinha que ficar. Porque, exceto pela mão de Michelle dando tapinhas reconfortantes na coxa dele por baixo da mesa, ele estava infeliz pra cacete.

E, no fundo, sabia que não conseguiria fazer aquilo para sempre.

Capítulo 12

— Powell ficou muito impressionado com você.

— Ah, é?

Michelle deu um olhar rápido para Gabe enquanto os levava de carro por Hell's Kitchen até o apartamento dela. O empreiteiro tinha mandado mensagem de manhã para avisar que a nova privada tinha sido instalada. O banheiro ainda estava coberto com plástico e não tinha pia, mas, como a privada estava montada, ela podia ficar no apartamento se precisasse. Ela havia dito a Gabe que queria conferir a obra, já que estavam na área, mas, na verdade, queria mostrar o apartamento a ele e ver a reação.

Era um fim de tarde quente de agosto e tinham dezenas de pessoas na rua, escolhendo entre os pequenos restaurantes e bares que pontuavam os primeiros andares de muitos prédios no bairro. Michelle morava numa rua lateral mais tranquila, que era basicamente residencial, fora uma lavanderia e um estacionamento.

— Bom, eu sou mesmo bem impressionante — zombou ela, na esperança de fazer Gabe rir. Funcionou, e ele soltou uma risadinha baixa.

Ele estava de mau humor desde que ela chegara no restaurante. Michelle não sabia o que havia acontecido enquanto estava estacionando, porque antes Gabe estivera rindo e brincalhão. Não que não tivesse sido profissional na reunião. Ele se manteve sério, o que fazia sentido, considerando que estava conversando com o investidor. Mas era o tipo de seriedade que ela lembrava da juventude, quando o via perto do pai. Na casa dela, ele era bobo e divertido, mas na própria casa era mais moderado. O Gabe sério era quase... silenciosamente machão. Mantinha as respostas curtas, com menos exibições das covinhas e a voz um pouco mais grave.

Não que Michelle não gostasse daquela última parte. O tom grave a tinha impactado enquanto ela conversava com Rocky, que era inesperadamente pé no chão. Enquanto eles batiam papo, ela estava hiperconsciente de Gabe, à esquerda. As notas graves da voz dele. Mais enunciação, menos sotaque, menos gírias. Ele estava imóvel, a postura mantida durante a refeição toda, evidenciando seu tamanho e sua estatura.

Ela tinha achado sexy para caramba, mas não sabia por que ele sentia que precisava manter toda aquela pose com Powell. O cara parecia gostar muito de Gabe. Tinha se mostrado tranquilo, informal e animado com o crescimento da Agility. Inclusive, ela tinha conseguido mais respostas concretas sobre a academia e a marca dele do que de Gabe. Até Rocky só tinha coisas boas a dizer sobre o lugar. Ele parecia curtir treinar lá e dissera que Gabe era um ótimo fisioterapeuta. Michelle já podia ver que Rocky seria um porta-voz excelente.

Só que nada daquilo combinava com o que Gabe tinha dito a ela sobre sua visão original para a academia.

Ajudar as pessoas a se sentirem melhor com seu corpo e conseguir uma amplitude total de movimentos.

Michelle presumia que Rocky já se sentia bem com seu corpo. E tinha visto os filmes dele. Não tinha nada faltando no quesito amplitude de movimentos. Caramba, o homem nem tinha dublê.

Mas, a certo ponto, o ator tinha se virado de lado para mostrar a Michelle a linha que descia do pescoço até as costas.

— Viu como está reta? — ele perguntara, com aquele sotaque lindo que cortava as vogais. — É tudo Gabe. Sempre que começo a me encurvar, ele trabalha comigo, faz meus músculos e minhas juntas se mexerem em harmonia de novo. Ele faz mágica. Uma mágica dolorosa e linda.

Enquanto testemunho, era pura perfeição, e Michelle anotou palavra por palavra no celular assim que teve a oportunidade.

Conhecer Rocky a tinha feito pensar em uma coisa, e aquele parecia um momento tão bom quanto qualquer outro para mencionar.

— Então, Rocky... — começou ela, e Gabe lhe deu um olhar desconfiado.

— Você vai ficar babando nele agora?

— Eu sou descolada demais para isso. Mas estou curiosa. Você e ele alguma vez...?

Gabe soltou uma risada.

— Não. Não que eu não tenha pensado nisso. Quer dizer, você viu o cara.

— Lindo, charmoso e sem babaquice. Difícil achar alguém com essas três qualidades hoje em dia.

— Especialmente em Los Angeles. Mas ele é cliente, e tenho regras para isso.

— Não comer a carne onde se ganha o pão?

— Exatamente.

— Faz sentido. — Um carro saiu de uma vaga bem na frente do prédio dela enquanto eles se aproximavam, e Michelle estacionou no mesmo lugar. — Chegamos.

Gabe espiou para fora e murmurou algo sobre ela ser uma vidente das vagas. Ela sorriu e saiu do carro.

Michelle morava no segundo andar de um prédio de tijolo vermelho de cinco andares, sem elevador. Não era chique, mas a empresa administradora não era uma completa babaca e o zelador mantinha tudo limpíssimo. Ele também era porto-riquenho e dizia que Michelle lhe lembrava da filha, então nada no apartamento dela nunca ficava quebrado por muito tempo.

Ela usou as chaves para entrar no lobby, parou para pegar a correspondência, já que não fazia aquilo havia uma semana, e subiu a escada estreita até o segundo andar.

— Meu Deus, que bunda — murmurou Gabe atrás dela, e ela soltou uma risada surpresa.

No patamar, ela destrancou a porta do apartamento e estava prestes a dizer "Bem-vindo à minha humilde morada", mas o que saiu foi:

— *Mi casa es su casa.*

Ah, não, ela não tinha acabado de dizer aquilo.

Virou o rosto, sentindo as bochechas esquentarem. Para começar, era a coisa mais clichê que podia ter dito, ainda mais clichê do que o que pretendia dizer. Mas também não parecia uma piada, especialmente porque eles estavam hospedados, juntos, na casa dos pais dela. Trazê-lo para seu próprio espaço era ainda mais íntimo.

Ela rapidamente entrou e acendeu a luz, iluminando o espaço combinado de sala de estar-escritório-cozinha.

— Sem sapatos — murmurou ela, abaixando-se para abrir as fivelas das sandálias.

Gabe desamarrou os tênis estilosos de couro e os deixou no tapete ao lado da porta, ao lado de uma cestinha dos brinquedos de Jezebel. Então endireitou-se e olhou o apartamento com atenção.

Michelle tinha orgulho de sua casa. Era pequena, mas era *dela*. Ela tinha ralado para comprar, trabalhando longas horas no escritório para ainda ter que voltar ao Bronx tarde da noite, economizando cada centavo que podia. Sim, a sala de estar também servia como escritório, a cozinha dava direto na área de estar e o quarto era minúsculo. Mas o apartamento tinha pé-direito alto e recebia uma quantidade fabulosa de luz do sol pelas janelas da sala. A rua era silenciosa, e o vizinho de cima quase nunca estava em casa. Além disso, o prédio permitia gatos. O que mais Michelle podia querer?

Ela se perguntou como Gabe o via. Provavelmente achava pequeno demais, como a família dela também achava. Não que aquilo os tivesse impedido de ajudar com a entrada do financiamento. Tecnicamente, o pai dela era dono de um terço do apartamento, mas dizia que ela tinha economizado o dinheiro dele na faculdade, escolhendo uma universidade mais barata e conseguindo bolsas, então, ele ficava feliz de ajudar. E ter imóvel em Nova York sempre era inteligente.

Depois de se mudar — e fazer uma tonelada de reformas e melhorias —, Michelle tinha decorado devagar e cuidadosamente. Ela não queria uma casa cheia de doações dos pais ou das *tías*. Não que os impedisse de tentar desovar tudo, de sofás a talheres, mas ela recusara todas as ofertas e doara as coisas que eles insistiram em deixar.

Ela queria que a casa fosse dela. Cada pedacinho. Dos móveis pretos e brancos com destaques vermelhos até a explosão de plantas penduradas acima da escrivaninha, posicionada perto das janelas.

Gabe deu alguns passos para dentro enquanto Michelle se atrapalhava com a alça da bolsa.

Com os nervos à flor da pele, ela não conseguia mais ficar quieta, esperando para ver o que ele achava.

— É pequeno, mas...

— Muito legal — disse ele, dando um sorriso rápido. — É totalmente sua cara.

Merda, as bochechas dela estavam esquentando de novo.

— Obrigada.

Ela deu a visita guiada, começando pela sala e pelo escritório.

Na escrivaninha, ele se agachou ao lado da cadeira ergonômica, olhando a posição dos dois monitores de forma crítica.

— É uma configuração ok para trabalhar de casa, mas provavelmente é melhor você levantar a tela principal uns três ou quatro centímetros e comprar um *mouse pad* diferente.

— Pode deixar, dr. Gabe — provocou ela.

Ele lhe deu um sorrisinho divertido que fez a covinha aparecer, depois olhou mais ao redor.

— Para ser sincero, achei que ia ter mais coisa nerd por todo lado.

— Está aqui e ali, se você prestar atenção. — Ela foi à cozinha e pegou as luvas de forno para mostrar as minúsculas cabeças de Mickey impressas nelas, preto sobre vermelho. — Por exemplo, todos os meus produtos têxteis de cozinha são da Disney.

— Chique.

Ela recolocou as luvas no gancho e, quando se virou, Gabe estava atrás dela.

A tensão se adensou no ar ao redor, fazendo os batimentos cardíacos dela acelerarem e sua pele ficar hipersensível. Toda a sua consciência se voltou ao próprio corpo... e ao dele.

— Preciso de você, Mich.

A voz dele estava rouca de desejo, e ela só podia diminuir a distância entre os dois.

Gabe passou os braços em torno da cintura dela e a puxou para perto. A boca dele desceu sobre a de Michelle, que estremeceu ao prová-lo novamente. Os dedos dela estavam tremendo quando os estendeu para passar pelo cabelo dele, e ela se agarrou nele para se estabilizar.

Quando ele afastou a boca para arrastar beijos quentes pelo pescoço dela, ela quase perdeu o fôlego.

— O que foi? — sussurrou ele, e ela percebeu que os dedos dele envolviam o pescoço dela, sentindo o pulso.

— Nada — disse ela, a voz quebrada e ofegante, mas não era verdade. — Por que é assim?

Ele segurou o rosto dela e olhou em seus olhos.

— Assim como?

— Como se eu fosse me desfazer se você não me tocar.

Ela não queria falar aquilo, mas, no momento, tudo parecia irreal. Por que não dizer o que estava pensando?

Os lábios dele se abriram, mas ele não respondeu. Ela não estava irreverente como sempre. Sentia-se tão crua e carente quanto soara.

Michelle pigarreou.

— Quer ver o quarto?

O olhar dele esquentou, passando pelo corpo todo dela.

— Quero, quero, sim.

Ela pegou a mão dele e o levou pelo corredor estreito. A porta do quarto estava fechada, para não entrar poeira da obra do banheiro. Ela abriu e entrou.

Como sempre, entrar no quarto lhe deu uma sensação de paz. Era pequeno, com pisos de madeira escura, e não recebia muita luz natural. Para iluminá-lo, ela havia decorado com cores leves e tons terrosos. Os lençóis eram brancos com detalhes castanhos, e ela tinha coberto a parede atrás da cama com um papel de parede removível que lembrava uma floresta cinzenta e enevoada com árvores fininhas.

Gabe a seguiu e fechou a porta atrás de si. Ele não a tocou, mas o olhar dele tirou seu fôlego.

— Gabriel — sussurrou ela.

— Estou com você.

As palavras quase se perderam, de tão baixas, e então, meu Deus, aquela boca maravilhosamente macia estava na dela. Ele murmurou o nome dela entre beijos, roçando a boca no pescoço dela enquanto os dedos puxavam o tecido do vestido coxa acima. Ela ofegou com a sensação das mãos dele nas pernas nuas. Estavam muito quentes e, com a experiência da fisioterapia, ele provavelmente fazia massagens *incríveis*.

Michelle estava flutuando numa nuvem de prazer e expectativa quando Gabe passou os dois dedões nas laterais da calcinha dela e a puxou para baixo.

Não bastava a casa dos pais dela estar cheia de lembranças dele. Dali em diante, toda vez que entrasse no quarto, ia se lembrar dele.

E ia guardar no coração.

Gabe passou um braço pela cintura dela, apoiando-a. Então deslizou a mão enorme para o meio das pernas dela, e a acariciou ali gentilmente e com ternura, usando um dedo.

Ela arqueou as costas e arfou com o toque, com o raio de sensações que percorreu seu corpo.

Ele a segurou assim, dando beijos quentes no pescoço dela enquanto a tocava. Não a penetrou, mal tocou o clitóris dela, mas, quando a pegou e a deitou na cama, ela estava ofegando o nome dele, puxando os ombros dele e implorando que ele a tocasse *de verdade*.

Ele se deitou na cama ao lado dela e começou a seduzi-la até um estado de pura felicidade com beijos lentos e inebriantes e uma exploração completa com os dedos. Ele passou as pontas dos dedos para cima e para baixo da vulva, roçando os pelos aparados, antes de entrar para explorar o comprimento total da abertura. Sempre que achava um ponto especialmente sensível que fazia os quadris dela terem um espasmo, Gabe desacelerava e explorava mais. Só depois ele deslizou um dedo para dentro dela, e só em parte, até ela estar implorando por um orgasmo.

Os dedos dela se curvaram e flexionaram enquanto ele esfregava pacientemente os dedos úmidos no clitóris. Michelle muitas vezes não se dava ao trabalho de tentar gozar durante o sexo — demorava demais e era mais fácil se ela cuidasse daquilo sozinha, usando a coleção de brinquedinhos guardada no armário. Mas Gabe não parecia estar com pressa. E o que ele estava fazendo era tão incrível que ela não estava inclinada a pedir para ele parar.

Quando ele deslizou um segundo dedo para dentro dela, Michelle já estava louca de desejo. Ele tinha um pau enorme e, embora não tivesse deixado que ele a preparasse da primeira vez — culpa dela mesma —, ela finalmente estava pronta. Estava pronta para caralho para ele a preencher com o pau e...

Gabe apertou o clitóris dela com o dedo e deu um empurrãozinho.

O orgasmo a pegou de surpresa.

Michelle afundou os calcanhares no colchão e gritou em êxtase. Arqueou as costas, e o quadril deu um solavanco em reação às ondas de sensação que percorriam seu corpo sem parar enquanto ele estocava com os dedos e acariciava o clitóris dela, dando-lhe o melhor orgasmo da sua vida.

Quando ele finalmente a esgotou, ela caiu no travesseiro, respirando forte.

Nunca mais seria a mesma depois daquilo. Era o tipo de orgasmo que mudava alguém para sempre.

No dia anterior, quando eles transaram, ela tinha lutado contra aquele nível de intimidade com ele. Mas fora um esforço fútil. Tudo nele exigia atenção, do sorriso estonteante à forma como ele a tocava. Leve, lânguida, mas com foco extremo. Até os beijos dele eram sem pressa, como se tivesse o dia todo para fazê-la gozar.

O homem estava dificultando muito a intenção de Michelle de manter os sentimentos sob controle.

Gabe se afastou e desceu a saia de volta pelas coxas dela.

— O que você está fazendo?

A voz dela estava rouca e sonolenta, os pensamentos, lentos.

— Não temos camisinha — respondeu ele, dando um beijo na testa dela —, mas eu queria te tocar e não consegui resistir a te ver gozar.

— É isso que você acha?

Ela estendeu o braço para baixo e enfiou a mão na bolsa. Depois de vasculhar um pouco, tirou uma caixa de camisinhas.

O queixo de Gabe caiu e seus olhos se iluminaram como se fosse Natal. Com uma risadinha de alívio, ele a abraçou e apertou o rosto no peito dela.

— Eu não tirei seu vestido porque sabia que, se visse seus peitos maravilhosos, já era.

— Bom, como era só isso que estava te segurando...

Michelle se sentou e tirou o vestido por cima da cabeça. Gabe soltou um gemido ao ver o sutiã de renda preta dela, estendendo a mão para pegar os seios com reverência nas mãos grandes.

— Mich, você ainda tem os peitos mais lindos que eu já vi.

A expressão no rosto dele era de puro maravilhamento.

Michelle acariciou o cabelo de Gabe quando ele enfiou o rosto no decote dela.

— Obrigada. Eu também gosto muito deles.

— Esse sutiã é muito bonito — disse ele, beijando os bicos dos seios por cima da renda —, mas está me atrapalhando.

Ele passou a mão pelas costas dela para abri-lo e jogou o sutiã de lado.

— Muito melhor — murmurou, olhando para o corpo nu dela.

E então ele abaixou a cabeça para pegar um dos mamilos com a boca.

A excitação a percorreu quando aqueles lábios suaves e sexy envolveram o bico arrepiado. Apesar do orgasmo glorioso que ele tinha acabado de lhe dar, o corpo dela já estava se preparando para o próximo.

— Gabe? — O nome dele saiu sem fôlego, mais gemido que palavra.

— Hum?

— Faz um strip para mim?

Ele ficou paralisado com o mamilo na boca, depois soltou com uma risada surpresa. Quando levantou a cabeça, o humor brilhava nos olhos escuros.

— Faço o quê?

— Um strip.

As covinhas tremularam nas bochechas dele.

— Estou imaginando que você não esteja falando só de tirar a roupa.

— É isso, mas de um jeito sexy.

Ele a olhou, depois abaixou a cabeça e riu.

Ela o analisou de perto.

— Você está *vermelho*?

— Talvez. — Ele a soltou e se sentou. — Nunca fiz isso para ninguém.

— Sério? *No lo creo*.

Ela estava tendo dificuldade de acreditar que ninguém nunca tivesse pedido para ele fazer um strip-tease sexy.

— *Es la verdad* — confirmou ele.

— Assim, eu até faria primeiro, mas… — Ela gesticulou para o próprio corpo. — Já estou nua. Você vai ter que esperar a próxima vez.

O olhar dele fez um caminho preguiçoso pelas curvas dela.

— Vou te cobrar.

— Então, você faz?

Ela juntou as mãos na frente dos seios, como se rezasse, e deu um sorriso esperançoso.

Depois de um momento, ele deu um único aceno de cabeça, se levantou e parou na ponta da cama. Levantou as mãos, hesitou, depois as colocou na cintura.

— Não tenho ideia de por onde começar — admitiu ele.

— Precisa de música?

Michelle pegou o celular, tentando não rir enquanto escolhia a música. Um segundo depois, o alto-falante começou a tocar "Boombastic", de Shaggy.

Gabe fez uma cara séria.

— Você não está ajudando.

Ela segurou um sorriso irônico.

— Qual o problema dessa música?

— É velha. Que tal aquela música do *Magic Mike*?

— Você sabe que essa música é velha igual, né?

— Pelo menos é mais lenta.

— Cara, tinha umas músicas muito boas para transar nos anos noventa. — Ela achou "Pony", de Ginuwine, no celular. — Pronto.

A melodia conhecida começou, mas Gabe só ficou lá parado.

— Não sei o que fazer — disse ele, parecendo perdido.

Michelle deixou o telefone na mesa de cabeceira e se levantou.

— *Vas a perrear*. É só fingir que está sarrando em mim numa festa da escola. Ou que está num clipe do Bad Bunny.

Ele estreitou os olhos, mas ela virou as costas para ele e começou a balançar os quadris. Um momento depois, Gabe pousou as mãos na cintura dela e pressionou o peito nas costas nuas. Ele apertou os dedos na pele à mostra e puxou a bunda dela de leve, para se alinhar com sua pelve. Finalmente, começou a mexer os quadris no ritmo lento e pesado da batida.

Ah, *merda*. O coração de Michelle disparou enquanto ela se inclinava para trás, balançando e gingando. Era deliciosamente *safado* ficar se roçando nele enquanto ela estava nua e Gabe completamente vestido.

Quando a letra da música começou, ela se soltou e se sentou na pontinha da cama para assistir.

Gabe continuou mexendo os quadris e, com o olhar nela, levantou a mão e começou a desabotoar a camisa.

— Devagar — disse ela, num sussurro exagerado.

Ele desacelerou as mãos, soltando um botão por vez, revelando gradualmente o abdome definido.

— Uh, isso, *baby*, tira tudo — balbuciou Michelle numa voz sexy quando ele chegou ao último botão e puxou a camisa de dentro da calça. — Eu te daria todas as minhas notas de um dólar, se tivesse.

Ela segurou uma risada com o olhar exasperado que ele deu, mas ele rebolou um pouco ao tirar a camisa. Quando chegou ao cinto e desafivelou, ela deixou que ele abrisse o botão da cintura antes de interromper.

— Mais devagar — pediu.

— Estou tentando, querida.

— Você está indo bem. — Ela deslizou até a pontinha da cama e o chamou mais para perto. — Vem cá.

Quando ele estava a seu alcance, ela segurou a cintura dele e abaixou o rosto na direção da virilha. Agarrou o zíper da braguilha com os dentes. Acima dela, ele segurou a respiração, depois soltou uma litania de palavrões enquanto ela puxava o zíper com cuidado por cima da ereção.

— Caralho, Mich. Puta merda, que delícia. Você é incrível, eu…

Ele interrompeu com um gemido quando ela terminou a tarefa e se recostou.

— Tira a calça — disse ela, com a voz lustrosa, e ajudou a puxá-la pelo quadril, que ele ainda rebolava.

Quando ele ficou só de cueca boxer preta sexy, ela não conseguiu segurar. Deu um tapa na bunda dele e o puxou para a frente, abrindo os lábios por cima do contorno de seu membro.

Os dois gemeram enquanto ela roçava a boca por cima do tecido. Ele era enorme e ela estava *muito* excitada, não só pelo orgasmo, mas por ele querer dar prazer a ela antes e aceitar fazer algo que achava levemente vergonhoso só porque Michelle gostava.

Gabe se abaixou e a beijou com ferocidade, empurrando-a para a cama e subindo em cima dela. Juntos, eles arrancaram a cueca dele e, dali, viraram um emaranhado louco de membros enquanto tentavam se beijar e tocar por toda a parte. A boca dele achou os seios dela, e ele a acariciou de novo, deslizando dois dedos lá dentro ao ver que ainda estava molhada.

— Gostou do meu strip-tease? — perguntou ele, dando um sorriso malicioso antes de voltar a chupar o mamilo dela.

— Amei — disse ela, ofegante, passando a mão no saco dele.

Ele subiu para beijá-la de novo, mexendo a língua contra a dela numa carícia forte. Então se afastou e pegou a camisinha na cama.

— Eu preciso de você. Preciso estar dentro de você, eu...

— Isso, agora, Gabe.

Ela abriu as pernas e, em segundos, ele desenrolou o látex e se ajoelhou na frente dela. Gabe colocou os joelhos dela ao redor do próprio quadril e se debruçou por cima dela, apoiando-se nos cotovelos para poder beijá-la. E então entrou nela, com um deslizar longo e forte.

Ela gemeu na boca dele, as coxas se apertando ao redor da cintura. Ele era tão grande que ela ficava sem ar, mas Michelle estava mais do que preparada, e ele afundou direto.

Gabe começou a se mexer antes que ela recuperasse o fôlego, e ela arfou e agarrou os lençóis enquanto ele estocava. Michelle começou a suar e tudo que conseguiu foi se segurar.

Gabe, por sua vez, apontou com a cabeça para o papel de parede de floresta e disse, em tom de conversa:

— Gostei das árvores. É tipo transar ao ar livre.

Michelle engoliu uma risadinha.

— Cala a boca.

Os quadris dele continuaram a se mexer no ritmo da música.

— Tomara que a gente não seja interrompido por um urso.

— *Gaaaaabe.*

— Você acha que tem cervos espiando a gente?

Ela cobriu o rosto para segurar a risada.

— Você devia estar me comendo com força, não fazendo piadas.

Ele abaixou a boca até a orelha dela e deu uma mordidinha.

— Ah, é isso que eu devia estar fazendo?

— Aham. — A confirmação saiu como um gemido.

A verdade era que ele já estava o fazendo, com força, e ela não sabia o que ia sobrar se continuasse assim.

— Desafio aceito. — Indo para trás, Gabe saiu de dentro dela, virou-a de barriga para baixo e entrou de novo.

Michelle segurou a respiração. Daquele ângulo, ele parecia ainda maior. Era bom para caralho.

— Assim está gostoso? — perguntou ele.

— Puta que pariu, sim.

Ela agarrou as cobertas enquanto Gabe estocava, mas ele parou de repente.

— Preciso te tocar — disse ele, respirando quente na nuca dela, antes de abraçar a cintura dela e levantá-la. — Vem, meu bem. Sobe.

As pernas dela estavam bambas, como se o prazer tivesse tirado todas suas forças, mas, com a ajuda dele, ficou de joelhos e apoiou as mãos no papel de parede de floresta. Quando ele inclinou os quadris e a penetrou por trás, ela jogou a cabeça na direção dele. Michelle engoliu em seco, como se quisesse falar algo, mas ele a tinha deixado sem palavras. Era muito bom, quase bom demais.

— Tudo bem? — sussurrou ele no ouvido dela.

Ela fez que sim, incapaz de falar quando a mão dele deslizou até onde o corpo dos dois estava grudado. Ele tocou de leve no clitóris dela, mas hesitou.

— Preciso que você me diga, querida. Se alguma coisa não estiver legal, você precisa me dizer.

— Está legal — ela conseguiu falar, empurrando a bunda contra ele para estimulá-lo a continuar. — Está legal pra caralho.

— Maravilha.

Ele expeliu a palavra com pressa, e então começou a se mexer.

Michelle espalmou as mãos na parede, aceitando tudo o que ele estava dando. Ela tentou empinar os quadris, mas todo o seu esforço estava em não desmoronar enquanto Gabe se mexia dentro dela. Ele estava grudado em suas costas, a abraçando. Ela estava perdendo a consciência. Só existia o corpo dela, o dele e o dos dois juntos.

Ficar assim tão perto de outra pessoa, tão sem defesa, a assustava. Mas também era tão perfeito, tão lindo, que até o medo foi silenciado. Talvez pela primeira vez na vida, Michelle se permitiu *sentir*.

Gabe acariciou o peito dela, rolando o mamilo entre os dedos e imitando o que a outra mão estava fazendo no meio das pernas dela, circulando o clitóris enquanto ele a penetrava por trás. Ondas intensas de prazer a consumiram. E, de repente, o orgasmo estava perto. Ela se esticou, procurando-o, enquanto ele entrava e saía dela. A pressão cresceu, tensionando seus músculos.

— Vou gozar — disse ela, sem fôlego.

Ele grunhiu no pescoço dela e mordeu o lóbulo da orelha. O som da respiração forte dele foi a última gota. Ele estava se desfazendo tanto quanto ela.

— Eu vou... — repetiu ela, e então chegou, tomando-a e arrancando um grito de seus lábios enquanto ela desmoronava.

Enquanto os tremores finais a perpassavam, seus dedos traçaram uma das árvores finas do papel de parede. Nunca mais olharia para aquela floresta do mesmo jeito. Gabe estava deixando uma marca em todas as partes da vida dela.

E, infelizmente, em seu coração.

Ele ainda estava se mexendo, e ela ficou mais molhada e mais sensível, as ondas de prazer a carregando e espalhando seus pensamentos. Ela soltou gemidinhos agudos com cada estocada, o corpo perfeitamente sincronizado ao dele.

— Caralho — grunhiu ele no cabelo dela, com um braço apoiado na parede e o outro a segurando forte pela cintura. — Michelle. Meu Deus. Eu preciso...

Ele enrijeceu. Os olhos dela se reviraram com a sensação daquele corpo firme flexionado atrás dela, em torno dela, dentro dela. Cercando-a. Os quadris dele deram um espasmo e ele soltou um gemido grave ao gozar.

Michelle fechou os olhos e pressionou o rosto na parede. Não conseguia se mexer. Não conseguia pensar. Só conseguia respirar — e sentir.

Ela sentira tudo. Aceitara tudo o que ele tinha para dar e não segurara nada. E aquilo a tinha levado a alturas maiores do que ela jamais imaginara.

Mais dois dias. Como conseguiria deixá-lo ir?

Eles ficaram assim, com o corpo grudado, a respiração como uivos, até as coxas de Michelle tremerem. Gabe saiu de dentro dela e a ajudou a deitar-se no colchão, quando ela teria preferido só se derreter numa poça. Quando ela estava na horizontal, ele caiu ao lado, e ficaram lá deitados com a cabeça no mesmo travesseiro, se olhando.

— Por que tudo com você é dez vezes melhor? — falou ele baixinho, levantando uma mão para afastar o cabelo dela da têmpora. Havia uma nota de admiração na voz dele, uma luz nos olhos. — Não só o sexo. Tudo.

— Acho que é porque eu sou incrível.

Mas não saiu irreverente. Saiu... triste.

Ele acariciou o queixo dela com o dedão.

— Você não parece acreditar nisso.

Ela virou de costas e olhou o teto. Ele a conhecia bem demais. Ainda. E, depois do que tinham acabado de fazer, ela estava tendo dificuldade de manter suas defesas usuais.

Era por isso que Michelle mantinha distância de todos. Se alguém olhasse fundo demais, veria que ela não era nem de perto tão confiante quanto alegava ser.

— O que te fez querer ser freelancer?

Ela lhe deu um olhar assustado.

— Quê?

Ele balançou a cabeça, piscando os olhos, sonolento.

— Estava só pensando em como você montou seu escritório. Você fez toda a campanha da Victory com aquela firma, mas agora está trabalhando de casa.

Ela se sentou, o coração batendo forte por outro motivo.

— Mas você me perguntou depois do sexo. Por quê?

Reclinado na cama ao lado dela, ele parecia um deus descansando.

— Só não consigo entender por que você se demitiu. Você claramente é ótima no que faz. E agora, você soou meio... sei lá, como se não se achasse incrível. Então, fiquei me perguntando se essas coisas estavam conectadas e... deixa para lá. Desculpa por ter perguntado.

— Acho que eu não devia ficar surpresa por você ter conectado os pontos.

— Você não precisa me contar.

— Não, não tem problema. Eu devia contar. — Ela soltou um suspiro longo e se deitou de volta, cruzando as mãos na barriga. — Eu tive um caso com um colega. A gente trabalhou junto na campanha da Victory. Era meu projeto, todos os conceitos originais eram meus, mas ele ajudou a executar. E aí, quando abriu uma vaga melhor no escritório da Califórnia, ele chegou lá primeiro. Aumentou o papel dele na campanha, minimizou meu desejo de crescer na empresa. Usou este apartamento e minha família contra mim.

— Como ele fez isso?

— Alegou que eu nunca ia querer me mudar. Disse para os chefões que minha família toda estava aqui em Nova York, que eu tinha comprado um apartamento. Eles nunca nem falaram comigo, aqueles escrotos. Nunca nem me deram opção. Ele foi promovido e eu tive um *burnout* sério. Então, pedi demissão. — E então, como ela claramente estava a fim de contar segredos, se virou para ele e completou: — Foi também por isso que aceitei este trabalho, sabe. Fiquei com medo de recusar e você contratar ele.

Gabe apertou o maxilar, mas seus dedos foram gentis quando ele os passou pela cintura dela.

— Estou feliz pra caralho por Fabian ter conseguido te achar.

Algo no peito dela se torceu, e ela voltou a atenção ao teto.

— Eu também.

Quinze anos atrás

Transcrição do chat do Windows Messenger

Destino celestial: Sessão de Planejamento do Episódio 4

Michelle:
Nossos leitores AMARAM a trama da amnésia.

Gabe:
Eles amaram que Riva deu uma indireta para o Zack de que eles talvez fossem um casal.

Michelle:
Muita gente gosta de romance!

Gabe:
Fiquei com medo de abandonarem a gente porque a gente demorou muito para postar o capítulo novo, mas acho que foi o maior número de comentários até agora.

Michelle:
O ano letivo está quase no fim, então vamos tentar subir o próximo mais rápido.

Gabe:
Eu já tenho algumas ideias para o próximo.

Michelle:
Ooolha! Zack ainda está com amnésia?

Gabe:
Todo mundo gostou muito, então vamos continuar. Acho que tem que acontecer alguma tragédia na volta ao lugar da queda. Talvez algo envolvendo a vida selvagem do planeta.

Michelle:

Vai dar alguma variedade.

Gabe:

E, enquanto estão escapando, eles perdem parte do equipamento de acampar.

Michelle:

Ah, ótimo. Boa fonte de conflito.

Gabe:

Estava pensando... e se só sobrasse um saco de dormir?

Michelle:

¡Qué escándalo!

Gabe:

Os leitores vão pirar.

Michelle:

Totalmente. Vamos nessa!

Capítulo 13

Com o interior do carro iluminado pelos postes da West Side Highway, Gabe olhou Michelle no banco do motorista e fez a pergunta mais urgente que lhe ocorreu.

— Quer me dizer por que você tem um carro se mora em Manhattan?

Michelle soltou uma gargalhada.

— Há quanto tempo você está se perguntando isso?

— Desde que você me pegou no LaGuardia.

Ela curvou os lábios num sorriso fácil enquanto olhava para a rua.

— Eu precisava quando estava morando no Bronx, e pareceu mais fácil manter, já que visito muito a família. Às vezes, deixo lá e pego o trem, mas, como você viu, tenho uma sorte incrível em achar vagas.

— Deve ser *brujería*. Não tem outra explicação.

Ela riu de novo, e o som entrou dentro dele e aliviou um peso que Gabe nem sabia que estava carregando. O dia tinha sido um turbilhão de emoções, mas Michelle fora uma força estabilizadora durante tudo aquilo. Também era assim quando eles eram jovens. Depois de brigar com o pai, ele sempre podia confiar que Michelle o animaria.

— Eu também estou com uma dúvida — falou ela.

— Ah, é?

Ela deu um olhar apreensivo, e ele teve a sensação de que sabia aonde a conversa estava indo.

— Você disse hoje de manhã que não fala com seus pais há nove anos.

— Isso.

— Aconteceu alguma coisa... específica?

Ele levantou as sobrancelhas.

— Ninguém te contou?

— Como assim?

— No casamento da minha irmã. Seus pais estavam. Monica e Junior também.

Ela franziu a testa, pensativa.

— Onde eu estava?

— Em Paris, com Jasmine.

— Ah, verdade. Aconteceu alguma coisa no casamento?

Gabe se recostou no banco, chocado.

— Não acredito que não te contaram.

Michelle fez uma careta.

— Eles sabiam como fiquei afetada quando você foi embora, então imagino que tenham feito um pacto secreto de nunca mais te mencionar.

Ele estendeu o braço e pousou a mão na coxa dela, subindo e descendo num movimento suave de conforto.

— Eu odeio ter te magoado.

— Idem — disse ela, baixinho. — Eu devia ter sido uma amiga melhor.

— Sabe, eu dormia narrando e-mails para você na minha cabeça — confessou ele.

— Sério? — ela soou descrente.

— Senti tanta saudade, Mich. — Por algum motivo, no carro escurecido, com o ruído do trânsito ao redor e o rio Hudson fluindo tranquilo à esquerda, era mais fácil confessar a profundidade dos sentimentos por ela. — Especialmente quando fazia silêncio.

Ela riu pelo nariz, mas a expressão dela se suavizou.

— Nunca faz silêncio comigo por perto.

— Exato. — Um sorriso curvou os lábios dele espontane-amente. — Você sempre preenchia o silêncio, com histórias, perguntas, lembranças, o que fosse. Eu sempre sabia o que você estava pensando e sentindo. E aí, de repente, não sabia mais.

— Eu te mandei e-mail — murmurou ela. — Mais de um.

— Eu sei. Tinha tanta coisa que eu queria dizer, mas não sabia como.

— Tipo o quê? — sussurrou ela.

Tipo "eu te amo". Mas ele ainda não sabia como dizer aquilo, então não disse.

— Tipo o que aconteceu no casamento da minha irmã. Você ia ter se divertido.

— Sério?

Ele ficou aliviado por ela aceitar a voltar a um assunto um pouco mais leve.

— Foi um dramalhão. Meu cunhado, Patrick, ficou de-vendo vinte paus a Nikki.

— Por quê?

— Nikki apostou com o marido que meu pai e eu íamos armar um barraco. Patrick, coitado, tinha certeza de que não íamos. Ou talvez fosse só pensamento positivo da parte dele.

— E Nikki tinha razão. — Michelle suspirou. — O que houve?

— *Tío* Marco. Lembra dele?

— Claro. Seu padrinho.

— Isso. Ele fez uma piada sobre eu jogar nos Yankees. Estava brincando, mas meu pai ficou puto.

— Por que você parou de jogar beisebol, aliás?

— Machuquei o joelho e fiquei mais interessado por medicina do esporte e reabilitação.

— E isso levou à fisioterapia. Saquei.

O peito dele se esquentou, feliz por ela ser capaz de fazer aquele tipo de conexão em relação a ele.

— Meu pai disse alguma merda sobre eu me achar bom demais para os Yankees...

— Hã, dá licença, Esteban — interrompeu ela, dirigindo--se ao Pai do Passado como se estivesse no carro com eles. — Quem acharia que é bom demais para os Yankees?

— Eu que não. Eu o lembrei que tinha me machucado, o que fez com que ele mencionasse minhas dívidas de financiamento estudantil. Você sabe como meu pai é com dívidas.

— Ah, eu lembro. Presenciei algumas dessas conversas.

Conversas era uma palavra bem suave. Nem *sermões* chegava perto. Estavam mais para invectivas. Gabe afastou as lembranças.

— Ele começou a falar do meu emprego na época. Eu estava trabalhando como personal trainer, construindo minha clientela, enquanto pesquisava programas de fisioterapia. E ele agiu como se eu estivesse só curtindo, levantando peso para me divertir.

Por mais que ele tentasse esmagá-las, as antigas mágoas acordaram. Gabe tinha ficado farto naquele dia. Farto para caramba de ser diminuído e humilhado porque ousara ter seus próprios sonhos. Porque tivera a coragem de seguir aqueles sonhos, mesmo que precisasse deixar a família — um pecado capital, aos olhos do pai.

Os pais dele agiam como se fosse *fácil* deixar tudo que ele conhecia e se mudar para a merda do outro lado do país. Como se ele não tivesse se matado de trabalhar. E, quando finalmente achara a coisa que o preenchia, eles o trataram como se não fosse nada, porque não se encaixava nos sonhos que tinham para o filho.

Gabe lembrava claramente o que tinha se seguido. A mãe havia tentado mandá-lo ficar quieto, mas ele enfrentara o pai, de uma vez por todas.

Mesmo que eu leve comigo para o túmulo, cada centavo de dívida vale a pena. Me tirou da loja. Me tirou de casa. E me tirou de perto de você.

Gabe se levantara para ir embora, se sentindo um merda por acabar com o casamento da irmã, os gritos do pai ecoando atrás dele em espanhol. E então, em inglês...

— Não volte — repetiu Gabe em voz alta, as palavras se sobrepondo à voz do pai em sua memória. — Foi a última coisa que ele me disse.

Michelle suspirou.

— Foi o que *eu* te disse — sussurrou ela, lançando-lhe um olhar sofrido.

Foda-se, Gabe. Fuja para a Califórnia. Fuja e não volte nunca mais.

— Eu lembro — murmurou ele.

— Céus, não é de se surpreender você ter abandonado todos nós. — A voz dela estava angustiada. — Nenhum de nós entendia a situação. Entendia *você*.

— Eu tinha a sensação de que, se ficasse para fazer faculdade em Nova York, minha vida nunca seria minha.

Era mais do que ele planejara dizer, mas era a verdade. Precisara de espaço para crescer para além da unidade familiar, além do peso esmagador das expectativas do pai.

Gabe só queria que não tivesse precisado abandonar Michelle também. Na época, parecia necessário. Era outra coisa pela qual ele culpava os pais.

Ele se mexeu no banco.

— Só estou surpreso de sua irmã nunca ter te contado do casamento.

— Monica? Por quê?

— Ela saiu para falar comigo quando eu estava esperando um táxi. Me disse que você estava bem, tinha um bom emprego.

Michelle estreitou os olhos, como se olhando para o passado.

— Eu já estava na Rosen & Anders na época.

— Monica disse que pagava bem.

— Pagava. Até eu decidir que o custo para minha saúde era alto demais.

Ela tinha mencionado o *burnout* antes. Mas eles já tinham cutucado feridas antigas o bastante para uma noite, então Gabe tentou aliviar o clima.

— Andou vendo algum filme bom? — perguntou.

— Você está mudando de assunto.

— Estou mesmo.

E talvez ela também estivesse se sentindo emocionalmente acabada, porque perguntou se ele tinha visto o painel de quinze anos de aniversário de *Além das estrelas* e, quando ele falou que não, começou um relato detalhado das provocações e fofocas de bastidores.

E, por um momento, foi como nos velhos tempos.

Mas melhor.

MICHELLE HAVIA ESQUECIDO as camisinhas no apartamento, mas isso não os impediu de usar a criatividade na cama de Gabe quando voltaram. Para sua própria surpresa, Michelle chegou a deixar que ele a chupasse. Ela não fazia aquilo com frequência — ela se sentia mais vulnerável, como se perdesse o controle, o que sempre evitava a qualquer custo. Mas, com Gabe, parecia tranquilo soltar as rédeas e ver que tipo de prazer ele podia dar a ela.

E, caramba, ele deu.

Depois, Michelle pagou o strip-tease que tinha ficado devendo e também um boquete de enlouquecer.

Quando terminaram e se limparam, Michelle o fez virar de barriga para baixo para examinar a tatuagem dele por inteiro. Era relativamente grande, tomando cerca de um quinto das costas, e mesclava as bandeiras do México e de Porto Rico com flora e fauna, formando um todo coeso.

— É sua única tatuagem? — perguntou ela, traçando a tinta com os dedos.

— Você viu todos os centímetros do meu corpo, então, se tivesse mais, não sei onde eu estaria escondendo.

Ela sorriu e cutucou ele.

— Eu conheci uma pessoa na faculdade que tinha uma tatuagem na parte interna do lábio inferior.

Deitado com a bochecha nos braços, Gabe estreitou os olhos para ela.

— Michelle, eu não tenho uma tatuagem dentro da boca.

— Só queria confirmar. — Ela voltou a atenção às costas largas dele. — Quando você fez essa?

Ele hesitou antes de responder.

— Depois que parei de falar com a minha família.

Ela suspeitava. Ficou abalada ao imaginar Gabe jovem, sozinho e isolado da família, das origens. Ela manteve a voz leve.

— Posso chutar o que significa?

Ele fechou os olhos.

— Vai lá.

— Eu reconheço isso aqui. É o símbolo taíno para o *coquí*. E este... uma águia?

Ele fez que sim.

— Uma águia asteca.

Michelle estudou a tatuagem, os significados rodopiando na cabeça. O *coquí* era uma espécie de sapo silvestre de Porto Rico. Os sapinhos eram pequenos, mas resilientes, e se faziam ouvir. Eles saíam à noite, enquanto a águia forte e majestosa simbolizava o sol, e o lugar onde o povo asteca havia fundado o que hoje era a Cidade do México.

— Os estilos representam os habitantes originais dos lugares de onde você vem, antes de o colonialismo tentar exterminá-los — chutou Michelle. — Estou certa?

— Cem por cento.

Aí, ele a puxou para perto e a beijou até ela perder o fôlego.

Michelle dormiu nos braços dele, mas, no meio da noite, se levantou e atravessou o banheiro adjacente até chegar à própria cama na sala de artesanato.

Enquanto tentava voltar a dormir, com Jezebel aconchegada a seu lado, ela foi forçada a admitir que já estava quebrando regras demais com Gabe. Permitir orgasmos durante o sexo, deixar que ele a chupasse — ela engoliu em seco ao se lembrar da língua dele entre suas pernas —, falar sobre *sentimentos*.

Dormir ao lado dele, ficar completamente vulnerável durante o descanso, era a última barreira de pé.

E era necessária. Se ela se permitisse se acostumar a dormir com ele, mesmo que só por uma noite, a dor da partida inevitável seria insuportável.

Ela se virou de lado e acariciou Jezebel, que soltou um grunhido por ser perturbada. Enquanto a gata se reacomodava, Michelle refletiu sobre a conversa no carro.

Entendia por que Gabe estivera tão ansioso para ir embora do Bronx e revoltado com ela por arrastá-lo de volta. Michelle sempre gostara dos pais dele, mas via que, embora fossem gentis com ela, Gabe tinha sofrido com o peso de suas expectativas mais do que ela percebia. Ele tinha bons motivos para ter se afastado.

A vida dele era em Los Angeles. Ela entendia. Mas quem sabe outra academia em Nova York lhe desse um motivo para visitar com mais frequência. E talvez permitisse que eles continuassem explorando a nova evolução da antiga amizade.

Michelle não precisava passar cada segundo de cada dia com alguém. Tinha trabalhado tanto para comprar o apartamento exatamente para ter um lugar só dela. Diferente do resto da família, que era obcecada por casamento, Michelle estava bem sozinha.

Mas ela não se opunha a uma companhia ocasional. Se Gabe visitasse Nova York com regularidade... bom, podia ser suficiente.

Deitar-se na cama com ele tinha sido fácil demais, certo demais. Vê-lo andar pelo apartamento de cueca, perfeitamente à vontade, tinha, pela primeira vez em muito tempo, feito com que ela desejasse mais. Alguém com quem pudesse conversar e compartilhar experiências, alguém que a *visse*.

Da forma como Gabe via quando eram mais jovens.

Além do mais, Jezebel gostava dele. A caminho da corretora, Gabe contou que tinha acordado naquela manhã com Jezebel enrolada em seu pescoço — embora ele tivesse dado a entender que queria que, em vez disso, fosse Michelle na cama com ele.

Era difícil não ver aquilo como um sinal.

Quem sabe, depois de tanto tempo, eles estivessem recebendo uma segunda chance.

Meio dormindo, Gabe esticou o braço pelo colchão, buscando Michelle. O outro lado da cama estava vazio e gelado, até ele encontrar uma pilha de pelos quentes ronronando.

Ele abriu um pouco os olhos e viu Jezebel, que o observava de forma enigmática.

— Para onde ela foi? — grunhiu para a gata. Jezebel entendeu como um convite e se aproximou até jogar o corpo em cima do pescoço dele, quase o sufocando. — Tá bom, eu faço carinho.

Dez minutos depois, Gabe achou Michelle na cozinha, colocando louça na máquina.

— Eu estava te procurando.

— Estou bem aqui. — Ela se debruçou para enfiar utensílios no suporte. — Tem café na bancada.

Gabe olhou a xicrinha de *café con leche* e, depois de um momento de hesitação, pegou e deu um gole. Ele fechou os olhos, as pálpebras tremelicando, quando o sabor divino tocou sua língua, um lembrete do antigo vício em cafeína. Michelle devia ter feito especialmente para ele, já que bebia mais chá. Mas ele não ia permitir que aquilo o distraísse da conversa que precisava acontecer.

— Quis dizer que eu estava te procurando na minha cama.

Ela deu de ombros e guardou copos na prateleira superior.

— Eu não durmo com ninguém.

Gabe soltou uma risada pelo nariz e apoiou a xícara para passar a ela a louça do jantar da noite anterior.

— Me enganou bem.

— Não, quis dizer que não passo a noite na cama com parceiros sexuais.

Gabe franziu o cenho, passando uma água na frigideira antes de entregar a ela.

— É alguma merda dessas de *Uma linda mulher*? Tipo quando Julia Roberts se recusava a beijar Richard Gere?

Ela se endireitou, arregalando os olhos cor de âmbar com uma expressão surpresa.

— Você se lembra disso?

— Fala sério, Mich. Você me obrigou a ver esse filme pelo menos umas dez vezes.

— E quantas vezes você me obrigou a ver *Scarface*?

— *Touché*.

Ela fechou e ligou a máquina lava-louça, e foi lavar as mãos na pia.

— E sim — murmurou ela, praticamente inaudível em meio ao som da água corrente. — É uma merda dessas de *Uma linda mulher*.

Rindo, ele veio por trás dela e passou os dedos pela cintura, por dentro da blusa, subindo-os pelas costelas para provocar a parte de baixo dos seios.

— Não comece algo que não pode terminar — alertou ela. — A gente não tem camisinha, lembra?

— Hum. Verdade.

Era quinta-feira. Ele ia embora no dia seguinte. Eles não tinham progredido muito na campanha — ele, pelo menos, não tinha. Cacete, não conseguia nem decidir de qual dos cinco locais gostava mais. O notebook de Michelle já estava aberto na mesa de jantar, cercado por uma quantidade de canetas chiques e lápis que ele não tinha permissão de usar, além de um bloco de anotações que ele não tinha permissão de olhar. Por outro lado, a planilha que ela lhe tinha dado na terça ainda estava pela metade.

Ele ouviu a batida da porta de um carro e foi de fininho olhar pela janela da sala de estar. Pelas cortinas de renda, conseguiu discernir a silhueta do pai sentado no SUV estacionado na entrada de casa. O carro ligou, depois deu ré e saiu pela rua.

Gabe foi até o batente da porta da cozinha.

— Meu pai acabou de sair. Posso ir rapidinho até a farmácia se você me der as chaves do carro.

— Quê? — Ela levantou o olhar da tela do notebook e piscou para ele. — Ah. O chaveiro. Está na minha bolsa.

Ela apontou para a bolsa vermelha apoiada na bancada da cozinha e ele vasculhou entre pelo menos meia dúzia de batons antes de achar o que estava procurando.

— Você pode comprar um daqueles painéis de cartolina para mim? — pediu ela. — Quero montar um *mood board*.

— Um... — Ele nem sabia por onde começar. — Deixa pra lá. Compro, sim. Ainda tem aquela farmácia grande na Williamsbridge Road? Aquela onde você imprimia fotos?

— Tem. — O sorriso dela era um pouco melancólico, embora ele não soubesse por quê. — Ainda está lá.

Depois de espiar pela janela da cozinha para garantir que a mãe ainda estava varrendo o quintal, Gabe saiu correndo pela porta da frente, correu pelas escadas e entrou no carro

182

de Michelle. Ele estava usando o boné dos Yankees e óculos escuros, mas sabia como era aquele bairro. Se alguém visse um cara estranho entrando e saindo correndo da casa dos Amato, tinha uma boa chance de relatarem aos pais de Michelle.

Ele ligou o carro e foi até a farmácia como se não tivesse passado quase uma década longe. As pessoas tinham uma certa imagem de Nova York, como se fosse só arranha-céus de vidro e aço, habitada por empresários e modelos. Na realidade, os distritos periféricos eram todos uma coleção de bairros, uma mescla de casas e prédios, marcas grandes e vendinhas familiares, e lar de famílias que viviam na cidade havia gerações.

Morris Park tinha mudado desde que ele se fora, mas, de muitas formas, ainda era igual.

A farmácia tinha um estacionamento grande. Gabe achou uma vaga perto da entrada e parou. Enquanto estava saindo do carro, o celular vibrou. Ele olhou, achando que talvez Michelle quisesse mais alguma coisa. Mas era Fabian.

Fabian: EMERGÊNCIA

Gabe: O que foi?

Fabian: Tudo. O ar-condicionado pifou.
O sistema de ventilação parou. Luzes piscando.

Merda. Gabe respirou fundo e repassou cada problema mentalmente, alinhando soluções.

Gabe: Peraí. Vou mandar os números do conserto.

Gabe passou pelos contatos do telefone enquanto andava, levantando os olhos vez por outra para ver se estava indo na direção certa. Depois de enviar a Fabian o contato do eletricista e do técnico de AVAC, ele achou as camisinhas num corredor perto do balcão, uma prateleira inteira cheia de caixas coloridas com nomes que não descreviam nada útil.

Fazia anos que ele não comprava camisinhas. Para começar, era ocupado demais para precisar delas com frequência. Além disso, a academia oferecia camisinhas com a marca Agility gratuitamente nos vestiários para os clientes. Ele tinha um estoque no apartamento, mas não havia pensado em levar uma sequer para Nova York.

Antes que pudesse começar a tomar uma decisão, o celular vibrou de novo, com mais mensagens de Fabian. Gabe olhou a tela para ver as fotos que Fabian enviara, mas não conseguiu enxergar direito. Arrancou os óculos para ver melhor. Água... um vazamento. Puta merda, ele ia ter que telefonar e ajudar a diagnosticar à distância. Mandou uma mensagem rápida.

> **Gabe:** Não mexe nisso. Já te ligo.

Ele guardou o celular no bolso e examinou a oferta atordoante de caixas de camisinha. Havia escolhas demais, e ele precisava sair dali. Pegou algumas para ler os rótulos. Que diabo era a diferença entre Êxtase e Êxtase em Dobro? Será que havia uma opção de Êxtase em Triplo? Se não havia, por que não? Onde o êxtase acabava? Ia até o infinito?

Ele tinha certeza de que Michelle teria uma opinião mordaz e perspicaz sobre o branding. *Note como o capacete do logo lembra a cabeça de um pau, revelando assim os valores principais da marca!*

Gabe abafou uma risada ao pensar naquilo e finalmente achou as camisinhas MAGNUM. Pronto, decisão tomada. Mas, espere, havia opções "fina" e "texturizada". Ele segurou um resmungo. Era a intenção das empresas de camisinha *atordoar* as pessoas com tantas opções?

Dane-se. Ele tinha que ligar para Fabian. Pegando as duas opções, Gabe se virou na direção do caixa para pagar.

E deu de cara com o pai.

Capítulo 14

Era culpa dele, sério. Gabe devia ter imaginado. No dia anterior, ele brincara com *brujería* e depois falara do pai, praticamente o invocando. Ali estava o homem, como se conjurado pelo Universo para aparecer no *pior momento possível*.

Uma miríade de reações emocionais se debatia dentro de Gabe. Havia a vergonha adolescente de ser pego pelo *pai* enquanto comprava *camisinhas*, amplificada pelo fato de que eles não se viam havia *nove* anos. Adicionava-se a isso aproximadamente trinta anos de raiva e ressentimento acumulados, além de uma pitada de arrependimento quando notou os sinais de envelhecimento no rosto do pai. Havia rugas ao redor dos olhos de Esteban Aguilar, e seu cabelo estava quase todo grisalho, o que surpreendeu Gabe mais que qualquer outra coisa.

Gabe fez as contas rápido, de cabeça. O pai estava com 60 anos. Como caralhos aquilo tinha acontecido?

Mas arrependimento era um sentimento para o qual Gabe não tinha tempo.

Por baixo das outras emoções, havia a conhecida vontade de fugir. Como ia explicar o que estava fazendo ali? A última coisa que Gabe queria fazer era contar ao pai sobre a academia e tudo o mais. Ele não precisava de mais nem um segundo daquele homem duvidando de suas decisões, questionando suas escolhas de vida ou o fazendo se sentir pequeno, idiota e inútil. Aqueles dias tinham chegado *ao fim*.

Tudo aquilo passou pela mente de Gabe em um instante. Talvez o pai não o tivesse reconhecido. Talvez Esteban fingisse não o conhecer ou fizesse algum comentário ácido como *Eu mandei você não voltar*. Talvez Gabe pudesse só colocar os óculos escuros e...

— Gabriel?

O choque do reconhecimento reverberou em Gabe com o som da voz que ele conhecia melhor que a própria, mas que não ouvia fazia anos.

— *Papi* — disse ele, embora não chamasse o pai de *papi* desde que era pequeno.

Da última vez que eles tinham se visto, haviam dito coisas horríveis, e Gabe se preparou para uma discussão, para acusações e recriminações. Todas as coisas de que estivera fugindo.

Adrenalina e treinamento fizeram com que ele notasse quando o pai foi na direção dele. Gabe se encolheu...

Mas Esteban só o envolveu num abraço apertado.

Gabe ficou sem ar de repente. Não pela força do abraço, mas pelo choque. De todos os reencontros que Gabe imaginara ao longo dos anos... ele nunca havia imaginado aquilo.

— *Ay, mi hijo* — murmurou Esteban.

Ele deu um tapa forte nas costas de Gabe, que foi tomado por outra memória sensorial. O pai tinha o mesmo cheiro — loção pós-barba com um leve aroma de fumaça de charuto. Na época, Esteban fumava um por semana, sentado no quintal. Gabe e a irmã não tinham permissão de sair enquanto Esteban fumava e, embora Gabe tivesse certeza que parte do motivo era por que tinham pulmões frágeis, suspeitara, conforme crescera, que era o único momento de relaxamento do pai durante a semana.

Atrasado, Gabe levantou os braços e abraçou o pai de volta, pouco antes de Esteban finalmente soltá-lo.

— *¿Qué estás haciendo aquí?* — perguntou Esteban, depois olhou as mãos de Gabe.

Foi aí que Gabe lembrou que ainda estava segurando uma caixa de camisinhas em cada mão.

— Hã...

— Essa parte é óbvia — disse Esteban, a boca tremendo como se tentasse não rir. — Eu quis dizer, *¿qué haces en el Bronx?*

Por mais que Gabe quisesse jogar o sucesso da Academia Agility na cara do pai, não queria fazê-lo ali, assim. Ele queria contar no momento certo, quando a filial de Nova York fosse um fato incontestável. Então, Gabe fez uma coisa da qual não tinha lá muito orgulho.

— Michelle — soltou. Ele não podia contar ao pai sobre a academia, e Michelle era o único outro motivo em que o pobre cérebro perdido de Gabe conseguiu pensar na hora. — Michelle e eu estamos...

Gabe deixou a voz sumir, e o pai dele preencheu as lacunas sozinho.

— *¡Por fin!* — Esteban jogou os braços ao ar como se fosse algo a ser comemorado. — *Estabas tan enamorado de ella.*

Aquilo fez Gabe congelar. Ele não percebera que o pai sabia que Gabe, na época, era *tão apaixonado por ela.*

— É, a gente... hum. É.

Gabe deu de ombros. Esteban cruzou os braços.

— *¿Por qué no nos dijiste?*

— Ah, porque… — Gabe procurou uma justificativa para não ter contado a ninguém e acabou em uma que soava legítima. — Sabíamos que vocês iam fazer um escarcéu.

— *Verdad. Tu madre…* — Esteban balançou a cabeça. — Ela vai surtar. Você voltou e está com Michelle. É tudo o que ela sempre quis.

Puta que pariu. Gabe não tinha parado para pensar na reação da mãe àquilo tudo. Como ele podia ter esquecido a mãe?

— *¿Dónde te estás quedando?*

— Estou ficando, hum, *me estoy quedando… con Michelle.*

A voz de Gabe falhou e ele se xingou por não pensar em uma mentira. Devia ter dito que estava num hotel! E então podia ter corrido de volta para a casa, pegado a mala e escapado para sempre.

Michelle provavelmente o mataria por deixá-la de novo, mas a morte seria melhor do que o inferno em que ele estava preso no momento.

— *¿En la casa de Dominic y Valentina?*

Esteban levantou as sobrancelhas e deu um olhar a Gabe do tipo: *Cara, que ousadia.*

E era mesmo. Merda. O que ele estava pensando, transando com Michelle *na casa dos pais dela*? Era tudo um erro gigante!

— *Vendrás a cenar esta noche* — disse Esteban num tom que não admitia argumentos. — Michelle *también.*

— Hã, tá bom. *Sí.*

Meu Deus, por que tinha acabado de concordar em jantar com os pais naquela noite?

Ele estava regredindo. Dois minutos na presença do pai e Gabe não conseguia pensar em uma mentira por nada, não conseguia dizer não e não conseguia definir limites claros como a porra de um adulto. Era *por isso* que precisara ir embora.

— É melhor eu ir — murmurou Gabe, e fez menção de devolver as caixas para a prateleira.

O pai colocou uma mão no braço dele para impedi-lo.

— *¿Qué haces, muchacho?* Você ainda não é casado com ela. *Necesitan practicar* sexo seguro.

O coração de Gabe parou. Bem, era assim que ele ia morrer. No corredor de camisinhas da farmácia, aos 31 anos, porque o pai lhe mandara *praticar sexo seguro.*

Como o pai estava olhando, Gabe segurou as caixas e entrou na fila para comprá-las.

Esteban esperou com ele, já que estava lá para pegar o remédio de hipertensão. Ele encheu Gabe de perguntas numa mescla de espanhol e inglês e, quando Gabe conseguiu se afastar — depois de prometer que, sim, ele e Michelle iriam jantar na casa deles às seis —, já não tinha ideia do que havia respondido. Parecia que a alma tinha saído do corpo.

Gabe saiu correndo da loja e perdeu alguns momentos procurando seu Audi híbrido preto antes de lembrar que estava em Nova York e tinha usado o Fiat azul-petróleo de Michelle.

Já dentro no carro, pegou o celular para ligar para Michelle, mas as mãos tremiam tanto que quase o derrubou. Não importava. Ele estaria de volta à casa em alguns minutos. Respirando fundo, ligou o carro e dirigiu o mais rápido que os limites de velocidade das ruas residenciais permitiam.

MICHELLE ESTAVA NO porão imprimindo fotos para a apresentação quando ouviu passos e Gabe gritando o nome dela. Ela abandonou a impressora e subiu correndo.

— Estou aqui! — gritou, o coração acelerado.

Será que tinha acontecido alguma coisa com o carro? Será que ele estava machucado? Será que ...

Gabe a encontrou na cozinha, de olhos arregalados. Ele balançou uma sacola branca de papel da farmácia na cara dela.

— Fomos pegos.

Michelle o analisou inteiro, procurando sangue.

— Quê?

Gabe respirou fundo e soltou tudo às pressas.

— Meu *pai*...

Michelle sentiu o estômago afundar.

— *Me viu*...

Ela cobriu a boca com as mãos. Era óbvio aonde a história estava indo.

Gabe apertou os olhos como se estivesse com dor, depois gritou:

— COMPRANDO CAMISINHA!

Michelle mordeu o lábio com força. Se ela risse, Gabe nunca a perdoaria. Talvez em dez anos, eles pudessem fazer piada disso, mas, no momento, ele estava apoplético, então, ela pegou o braço dele e o puxou para o sofá.

— Vamos nos sentar. — Encarnando Ava, Michelle adotou um tom tranquilizador. — Por que você não me conta o que aconteceu?

Gabe afundou nas almofadas e cobriu o rosto com as mãos.

— Foi horrível, Mich. Eu não conseguia decidir entre os valores essenciais das marcas de camisinha e aí, de repente, meu pai estava *bem ali*.

Ela abriu a boca para perguntar o que ele queria dizer, mas pensou melhor.

— O que ele fez?

— Ele me *abraçou*. — Gabe se sentou e apoiou os braços nos joelhos. — Tipo... que porra é essa?

Coitado. Depois do que ele tinha contado sobre o casamento da irmã, ela só podia imaginar como devia ter sido confuso. Michelle levou a mão à coxa dele, desejando achar as palavras certas para ajudá-lo.

— E depois?

— Eu contei que a gente estava junto.

Ela entrou em pânico.

— Você... fez o quê? *A gente* tipo *eu e você*?

— Desculpa. — Gabe enterrou o rosto nas mãos. — Ele ficou me perguntando um monte de coisa, e eu ainda estava segurando as camisinhas e não queria contar para ele da academia... Você sinceramente foi o primeiro motivo em que eu consegui pensar para estar aqui.

Aquilo não devia deixá-la feliz, mas... caramba, deixava.

— Você contou que a gente estava junto em que sentido?

Ele levantou a cabeça com uma expressão vazia.

— Precisamos ir jantar lá hoje e fingir que estamos namorando em segredo.

Namorando em segredo, é? Certamente era mais simples do que tentar explicar a situação de verdade, embora implicasse um nível maior de comprometimento. Michelle tentou olhar pelo lado bom, pelo bem dele.

— Não vai ser tão difícil. Já estamos transando em segredo, né?

Claramente não era o que devia ter dito, porque Gabe gemeu e cobriu o rosto de novo.

— O que foi? — perguntou ela.

— Ele também me deixou culpado por transar com você na casa dos seus pais e, quando tentei devolver as camisinhas, deu um sermão sobre sexo seguro. Então eu *tive* que comprar.

— Bem, isso é bom, né? Pelo menos, temos camisinhas.

De novo, o lado bom das coisas. Ava ficaria muito orgulhosa.

— Acho que nunca mais vou conseguir transar depois daquela conversa — resmungou Gabe. Depois, olhou para Michelle de lado. — Deixa pra lá. Retiro o que eu disse. Vou conseguir achar forças, de algum jeito.

— Tenho certeza de que vai.

Michelle deu um tapinha nas costas dele. Embora parte dela se sentisse mal pelo óbvio sofrimento dele, outra parte se animou, esperançosa. Se Gabe se reconciliasse com os pais, talvez ele a visitasse mais.

Ou talvez ficasse.

Acima de tudo, Michelle queria que Gabe fosse feliz e suspeitava que, até lidar com o que sentia pelos pais, ele sempre ia viver fugindo em algum sentido. Talvez, se os enfrentasse, pudesse finalmente parar de fugir.

— Tudo bem, já passou — disse ela. — Ainda temos trabalho a fazer.

— Trabalho? Como eu vou trabalhar quando minha vida está implodindo?

— Quero te mostrar minhas ideias preliminares. Você comprou o painel?

— Desculpa, esqueci. Quando vi meu pai, acho que meu cérebro entrou em curto. E aí precisei ficar na fila com ele para comprar as camisinhas.

— Meu Deus do céu. Que horrível. Desculpa, querido.

— Você não faz ideia.

Ele a abraçou, apertando o rosto no pescoço dela.

— Mich, o que eu faço?

Ela acariciou as costas dele com círculos lentos e reconfortantes.

— Vamos jantar, e eu vou estar lá bem ao seu lado. Você não é o menino que era quando foi embora. O que eles podem fazer com você agora?

Gabe murmurou alguma coisa, mas ela só conseguiu escutar "duvidar de mim mesmo". Ela o apertou forte e deixou que ele a abraçasse pelo tempo que precisasse.

NA COZINHA, o celular de Michelle tocou. O som a fez ficar imóvel.

— O que foi? — perguntou Gabe, levantando a cabeça.

— É minha mãe.

— Ah, merda.

Merda, mesmo. Gabe a soltou, e ela correu para atender o telefone antes que caísse na caixa postal.

— Oi, mãe! — disse ela, tentando uma combinação de animada com *não tem nada acontecendo aqui*.

— Gabriel Aguilar está na minha casa?

Uau, ela vai mesmo sempre direto ao ponto. Tudo bem. Michelle podia levar aquilo na boa.

— Está, sim. Quer falar com ele?

Gabe apareceu na porta da cozinha, com olhos arregalados de horror. Fez um *NÃO!* mudo para ela.

No telefone, Valentina segurou uma risada relutante.

— Haha. Não se faça de engraçadinha. O que Gabriel está fazendo aí?

Hora de inventar alguma coisa.

— Você sabe como a gente era muito próximo, né? Bom, recentemente a gente se reconectou on-line e, sabe, uma coisa levou a outra. Queríamos testar, mas sabíamos que, se *qualquer pessoa* das nossas famílias soubesse, vocês iam fazer um escarcéu. — Ela fez uma pausa, para deixar implícito que o telefonema da mãe era prova das preocupações. — Então, decidimos manter em segredo por um tempinho. Você sabe como é, mãe.

Era uma história familiar conhecida que os pais dela tinham começado a namorar ainda na época da escola, e houvera várias escapadelas. A mãe de Michelle não podia ficar chateada por ela manter uma relação secreta aos trinta e poucos.

— Tá, mas por que ele está na *minha* casa?

— Sua casa é maior — respondeu Michelle, e Gabe deu um tapa na testa, exasperado. — E porque *acabaram* de instalar uma privada na minha ontem.

— Ah, eles colocaram a privada nova? Como ficou?

— Incrível. Não dá para acreditar em como a descarga é silenciosa.

— Eu vivo falando para o seu pai que a gente precisa trocar as privadas de casa por umas que usem menos água.

— A gente faz ele testar a minha, e aí ele vai ver como é boa.

— Não acredito que você está falando de privada agora — sibilou Gabe para ela.

— É o Gabriel? — perguntou Valentina. — Mande um oi.

— Minha mãe mandou oi — repetiu Michelle, obediente.

Gabe fechou os olhos como se quisesse desaparecer.

— Oi, Valentina — cumprimentou.

— Ele mandou oi de volta — avisou Michelle.

O celular de Gabe tocou, e ele o tirou do bolso.

— *Coño*. É minha irmã.

O celular de Michelle vibrou, e ela o afastou da orelha para olhar a tela enquanto a mãe relatava todas as fofocas das amigas e da família na Flórida.

> **Jasmine:** Puta

> **Jasmine:** Que

> **Jasmine:** Pariu

Ah, merda. Jasmine sabia. Michelle *nunca* sairia por cima daquilo, depois de todos os sermões que tinham dado em Jas por sair com Ashton. Em sua defesa, ela e Gabe não estavam trabalhando junt...

Peraí. Estavam, sim. Ele a tinha contratado como consultora. *Merda*.

Outra mensagem subiu.

> **Ava:** Minha mãe acabou de perguntar se tem um homem morando com você na casa dos seus pais.

Como Valentina continuava *bochinchando* sobre *chisme* da Flórida, Michelle digitou uma resposta.

> **Michelle:** Caiu na boca do povo. Estou no telefone com minha mãe.

> **Ava:** Está tudo bem? Quer que eu vá aí?

Da sala, Michelle escutou Gabe:

— Nikki, me escuta. Eu ia te contar, mas...

— ...para a *quinceañera* — dizia Valentina, então, Michelle levou o telefone de volta ao ouvido.

— Como é? Desculpa, Jezebel estava aprontando.

Quando em dúvida, culpe a gata.

— Eu estava perguntando se você vai levar Gabriel para a *quinceañera* da enteada de Ronnie no fim de semana.

— Não, eu não confirmei acompanhante, e você sabe como Ronnie...

Valentina estalou a língua.

— *No es nada*. Sempre tem espaço para mais um.

Michelle tinha a sensação de que a mãe queria exibir para a família toda que a filha finalmente estava namorando.

Merda. Talvez a farsa do namoro falso não fosse uma ideia tão boa, no fim. A família dela tinha a tendência de exagerar a proporção de qualquer coisa do campo semântico do relacionamento.

Michelle olhou para Gabe, que andava de lá para cá na sala. Não seria tão ruim entrar numa *quinceañera* de braços dados com um Super-Homem latino. Além do mais, irritaria Ronnie, o que era um bom motivo para levá-lo.

Michelle e Ronnie eram aminimigas desde os 10 anos, quando, enquanto estavam treinando saltos e piruetas na sala da *abuela*, Ronnie tinha quebrado uma janela e colocado a culpa em Michelle. Não fora a patinação artística na sala que causara o acidente, mas a bola de beisebol que Ronnie havia jogado no irmão mais velho, Sammy, depois de ele dar uma nota baixa para sua coreografia.

— Você *tem* que levá-lo, Michie — dizia a mãe dela. — Todo mundo vai querer vê-lo.

Especialmente porque todo mundo já parecia saber que Gabe estava lá. Se Michelle não o levasse, a família Rodriguez ia passar a *quinceañera* toda lamentando a ausência dele.

Outra mensagem subiu.

> **Abuela Esperanza:** ¿Tienes un novio?

Ah, não. Até a *avó* dela sabia de Gabe. Em vez de responder se tinha namorado, Michelle mandou um emoji de piscadela em resposta e levou o celular de volta à orelha.

— Vou convidar — prometeu ela. — Vamos ver.

Céus, Gabe ia odiar aquilo. Ela precisava desligar antes que a mãe insistisse em mais alguma ideia. Tipo um pedido de casamento.

— Preciso desligar, mãe. Jezebel está vomitando.

Jezebel, na verdade, estava enrolada na almofada de uma cadeira de jantar, tirando uma soneca, alheia ao tumulto ao redor.

— Não nos meus tapetes! — gritou Valentina.

— Não, Jez, aí não! — disse Michelle, tão convincente que a gata levantou a cabeça, com um olhar ofendido. — Tchau, mãe.

Michelle desligou bem na hora que Gabe voltou à porta da cozinha com uma expressão atordoada.

— Minha irmã quer que eu vá visitá-la — murmurou ele.

— E minha mãe insistiu para eu levar você a uma *quinceañera* no fim de semana.

Gabe franziu a testa.

— Achei que sua família não fizesse *quinces*. Você não teve uma.

— Minha mãe e as irmãs acreditavam firmemente que *quinceañeras* e bailes de debutante eram um desperdício de dinheiro, especialmente porque todas as primas eram muito mimadas naquela idade. Menos Ava, claro. Ava era perfeita.

— Nikki fez uma. Nossa família toda foi, até gente que eu nunca tinha visto antes. É aniversário de quem?

— Da enteada da minha prima Ronnie.

Ele estreitou os olhos, como se tentando lembrar.

— Eu conheci Ronnie?

— Há muito tempo — respondeu Michelle. — Ronnie é meio jamaicana, mas o marido dela é mexicano, e é o aniversário de 15 anos da filha dele. Ronnie ama ser o centro das atenções e está começando uma empresa de planejamento de eventos, então é a chance de ela brilhar. Ela vai subir pelas paredes se eu aparecer com você, porque todo mundo vai falar da gente.

— Merda. — Gabe esfregou as mãos no rosto. — Era para eu ir embora amanhã.

— O que você achou que fosse acontecer quando contou para seu pai que estávamos juntos? — perguntou Michelle, com gentileza.

Não questionou por que ele não tinha contado ao pai sobre a academia. Eles podiam explorar o assunto depois.

— Não sei que merda eu estava pensando. Vamos encarar o jantar com os meus pais hoje. Depois penso na *quince* e na minha passagem de volta.

— Boa. Vamos considerar como um ensaio geral e aí decidimos se queremos fazer a noite de estreia.

— Fechado.

Quinze anos atrás

Transcrição do chat do Windows Messenger

Destino celestial: Sessão de Planejamento do Episódio 5

Michelle:
AHHHHHH

Gabe:
Nós somos famosos?

Michelle:
Talvez famosos na internet.

Gabe:
Pelo menos famosos no fandom.

Michelle:
Acho que não conta.

Gabe:
Provavelmente não, mas, para dois adolescentes do Bronx, é bem importante.

Michelle:
Não acredito que Destino celestial teve tantas visualizações.

Gabe:
Achei que a gente teria sorte se umas dez pessoas lessem.

Michelle:
Você nem queria postar!

Gabe:

Eu estava errado.

Michelle:

Precisamos ir com tudo no próximo capítulo.

Gabe:

Vou para Porto Rico em alguns dias. Não sei como é o wi-fi da minha abuela.

Michelle:

E eu vou estar na Disney quando você voltar. ☹

Gabe:

Como você pode ficar triste com a Disney?

Michelle:

Não estou triste com a Disney, estou triste de não ver meu melhor amigo por tanto tempo.

Gabe:

Podemos tentar começar o capítulo antes de eu ir, e aí quem sabe eu tenha tempo de escrever mais enquanto estiver em PR.

Michelle:

Ah tá. Sua mãe vai te arrastar para ver todos os parentes distantes que ainda moram lá. É o que a minha faz quando a gente visita a ilha.

Gabe:

Provavelmente, mas vou tentar.

Michelle:

É melhor a gente planejar agora. Vou ir dormir na casa da Ava já, já.

Gabe:

Precisamos escalar o conflito. Faz um tempo que a família de Zack não se envolve. Então, acho que a guarda do rei devia encontrar os dois.

Michelle:

E Zack ainda tem amnésia.

Gabe:

Sério? Ele não acha estranho a guarda real estar atrás deles?

Michelle:

Riva alertou que eles estavam sendo perseguidos. Isso vai provar que ela estava certa. Além do mais, temos que raspar o tacho desse arco narrativo. Pelos fãs.

Gabe:

Tá bom. Pelos fãs.

Capítulo 15

—Ele sabe que a gente está transando — murmurou Gabe, sombrio, enquanto Michelle trancava a porta da casa dos pais.

Concentrar-se na vergonha pelo Confronto no Corredor de Camisinhas mantinha afastados todos os outros sentimentos desconfortáveis, mas exigia um esforço constante.

— Gabe, você tem 31 anos, não 16. Relaxa.

Michelle pegou o braço dele e o guiou na direção dos degraus. A única vantagem de ser pego pelo pai era não precisar mais entrar e sair de fininho pelos fundos da casa dos Amato.

Gabe estava usando a mesma calça de moletom do dia anterior e a melhor das camisetas que havia levado, mas não parava de tocar o pescoço, como se devesse estar usando gravata ou coisa assim. Michelle tinha vestido uma calça jeans preta que deixava a bunda fantástica e uma blusa transpassada vermelha sem manga que enfatizava o corpo violão.

— Será que é melhor eu voltar e fazer a barba? — Gabe tocou a bochecha e sentiu os pelos. — É melhor fazer.

— Você não precisa fazer a barba. Eu gosto do seu rosto assim.

Ela abriu um sorriso safado e continuou segurando o braço dele, provavelmente para impedi-lo de fugir.

Eles tinham inventado uma história para explicar por que Gabe estava lá, misturada com fragmentos da verdade. Segundo a armação, Gabe tinha visto uma foto no Instagram de Jasmine que o levara a achar o perfil de Michelle. Ele havia enviado uma mensagem para ela por lá — Michelle insistira nessa parte, como penitência por todos os anos que ele *não* respondera às mensagens dela — e eles começaram a conversar. Conforme reacendiam a velha amizade, uma coisa levara a outra. Gabe tinha ido a Nova York passar uns dias com Michelle para ver se a faísca que sentiam on-line existia pessoalmente e havia acabado de chegar, na noite anterior.

Por que todo o segredo? Porque sabiam que todo mundo ia fazer um escarcéu e, como era uma relação muito nova, queriam tempo para explorar sozinhos antes de incluir as famílias grandes e xeretas, especialmente com a história complicada de Gabe com os pais.

Michelle tinha inventado a maior parte da história, e Gabe estava absorto demais passando a camiseta a ferro para opinar. Mas algo naquilo o lembrava de todas as vezes que eles tinham discutido a trama da fanfic. Indo e vindo, inventando aventuras galácticas maiores e mais absurdas para Zack e Riva. Ele sentira saudade.

Mesmo armado com o que Michelle alegava ser uma mentira convincente, Gabe ainda estava sentindo o estômago embrulhado ao caminhar até a casa dos pais dele e subir os degraus da entrada.

Parte dele queria voltar correndo à Califórnia e fingir que nada daquilo tinha acontecido.

Outra parte só queria acabar com aquilo.

E ainda outra parte queria rever a mãe. Ela o tinha procurado depois da explosão com o pai no casamento de Nikki, mas, assim como fizera com Michelle, Gabe ignorara as súplicas dela.

Na porta, Michelle deslizou a mão pelo braço dele para enlaçarem os dedos e apertou a mão dele de leve.

— É melhor você tocar — disse ela baixinho, sorrindo para ele. — Vai ficar tudo bem. Estou aqui.

Gabe tirou forças do sorriso reconfortante dela. Por mais que ele desejasse nunca ter começado aquele ardil, e por mais que quisesse culpá-la por arrastá-lo de volta ao Bronx para começo de conversa, estava feliz de tê-la ao seu lado e não ter que fazer aquilo sozinho.

Agarrando-se a ela com uma mão, ele levantou a outra e tocou a campainha.

O *blim-blom* de que ele se lembrava da infância soou, e Gabe prendeu a respiração. Um momento depois, a porta se abriu e o rosto da mãe apareceu do outro lado da tela.

— *¡Mi Gabriel!* — gritou ela, e abriu a porta telada para deixá-los entrar. — *Ay dios mío*. Entrem, entrem.

— Oi, *mami*.

Gabe entrou na casa e foi atingido pelos aromas familiares de óleo de peroba e da comida da mãe. Foi arremessado no passado bem quando a mãe jogou os braços ao redor de seu pescoço e o abraçou tão forte que ele achou que fosse engasgar.

— *Ay mi nene* — cantarolou ela. — *Mi bebe*.

Gabe a abraçou de volta, chocado por senti-la tão pequena. Ela sempre fora baixinha, mas parecia ter ficado minúscula. Será que ele estava tão maior assim? Ou ela estava encolhendo com a idade?

A ideia o chateou, então ele a afastou, abraçando a mãe enquanto ela o balançava.

Por fim, ela o soltou e levantou uma mão para enxugar os olhos.

Caralho, ele tinha feito a mãe *chorar*.

— *Mami, no llores* — pediu ele, sentindo-se o pior filho do mundo.

— *Estoy bien* — disse ela, ignorando-o. Aí, levou as mãos aos ombros dele e apertou os músculos, dando a Michelle um olhar cheio de sabedoria. — *Mira, qué grande y fuerte.*

Michelle sorriu com facilidade e se inclinou para beijar a mulher no rosto.

— *Hola, Norma.* Bom te ver.

Norma entrelaçou o braço com o de Gabe e o levou na direção da cozinha. Apesar dos anos, a pele marrom da mãe dele continuava macia, e seus cachos em espiral ainda eram escuros, com só um pouco de grisalho nas têmporas.

— *Oye, muchacho.* Queria ir lá na mesma hora, *pero* seu pai me contou *lo que estabas comprando, y él lo dijo qué* eu não devia te interromper.

O rosto de Gabe queimou, e ele quis morrer. O pai tinha contado à mãe sobre as camisinhas. Claro que tinha. Por que alguém devia ter privacidade ou segredos numa família latina?

— Enfim, estou feliz por vocês dois finalmente estarem juntos. — Norma agarrou a mão de Michelle com a mão livre e sorriu para ela. — Eu sempre soube que ia acontecer. *Gracias, Michelle, por devolverme a mi hijo.*

— Eu também o queria de volta — admitiu Michelle, depois deu um olhar rápido a Gabe que fez o coração dele dar uma cambalhota no peito.

Na cozinha, Gabe sofreu outro choque. O pai dele estava no fogão... *cozinhando*.

Não só cozinhando. Estava selando um filé de peixe como um profissional.

— *Ay, bueno*. Vocês chegaram. — Esteban fez um gesto na direção da mesa com a cabeça. — *Siéntate ahora*. Vai ficar pronto *en un momentito*.

Gabe se virou para a mãe, maravilhado.

— *Papi* está cozinhando?

— Ele sempre cozinha. — Ela o soltou e gesticulou na direção da mesa de jantar, que era nova e não estava coberta com uma toalha de plástico. — Sentem-se, vocês dois. Michelle, quer vinho?

— Adoraria.

Michelle lhe deu um sorriso alegre. Norma foi até a bancada e se abaixou para abrir... uau, aquilo era uma adega?

— *¿Qué tipo de vino?* — perguntou Norma, olhando as garrafas empilhadas no refrigerador. — *Tenemos rojo, y blanco, y verde...*

— Pode ser tinto — respondeu Michelle, levantando a voz para ser ouvida apesar da coifa que fazia ruído acima do fogão.

— *Perfecto*. Tenho um *pinot noir* gelando aqui para combinar com o salmão.

Norma se endireitou, segurando uma garrafa escura. Tirou a rolha como uma especialista e serviu o vinho em quatro taças prontas na bancada. Ela levou duas até a mesa.

Gabe mal conseguiu murmurar um *gracias*, porque estava perplexo demais com a situação.

E foi ficando ainda mais estranho.

A mãe trouxe uma tigela grande de salada de rúcula, algo que Gabe apostaria dinheiro que os pais nem sabiam que existia. E o pai — usando um avental de linho azul-marinho amarrado na cintura — empratou o peixe, adicionando rodelas de limão-siciliano e galhos de endro como enfeite. Gabe achou ter visto arroz ao lado, mas, para sua absoluta surpresa, era *quinoa*.

Gabe olhou ao redor. Era mesmo a casa certa?

Michelle, é claro, se dava maravilhosamente bem com os pais dele. Ela os tinha visto muitas vezes ao longo dos anos, e eles sempre a acharam o máximo. Embora parte de Gabe os ressentisse por isso quando era mais novo, não podia culpá-los. Ela era incrível. Ele só desejava que eles tivessem separado um pouco dos elogios para ele de vez em quando.

Michelle e a mãe dele conduziram a maior parte da conversa, mantendo os assuntos leves. Conversaram sobre o filme mais recente de Jasmine, sobre os filhos de Nikki, sobre os pais de Michelle. E, cada vez que o pai dele chegava perto de perguntar por que Gabe não tinha mantido contato, a mãe interrompia com uma pergunta ou um comentário e lançava um olhar sério a Esteban quando achava que ninguém mais estava olhando.

Quem *eram* os pais dele? Eles entendiam de harmonização de vinhos e tinham uma adega instalada sob a bancada. O pai estava selando salmão de forma bastante competente. A mãe estava interferindo antes que o pai pudesse comprar briga — também de forma bastante competente. Onde estava aquele lado dela durante a juventude de Gabe, caramba?

Porque, por mais raiva que Gabe tivesse em relação ao pai, ele também reservava um pouco para a mãe. Ela tinha deixado o pai censurá-lo e controlá-lo por anos, sem fazer nada. Tinha ficado do lado do pai em relação ao trabalho na papelaria, deixando que o filho se defendesse sozinho quando tinha treino de beisebol ou eventos escolares que o pai considerava uma perda de tempo.

Gabe comeu o jantar — que estava gostoso para caramba — e tentou reconciliar o que estava vendo com as lembranças de antes.

Quando Gabe entrara no ensino médio, ele tinha ficado mais ligado em saúde. Havia implorado ao pai para mudar os hábitos alimentares, mas Esteban amava a carne com arroz e se recusara a ouvir, por mais insistentes que fossem Gabe ou os médicos dele.

Pelo jeito, alguém enfim o tinha convencido.

Gabe se viu ficando mais quieto conforme a refeição seguia e as lembranças o pressionavam por todos os lados. Os pratos eram diferentes, mas o mosaico emoldurado da Nossa Senhora de Guadalupe era o mesmo. A geladeira era nova, mas um lado ainda estava coberto de ímãs de Porto Rico e do México. Gabe foi consumido pela vontade de andar pela casa procurando coisas de que ele se lembrava e notando as mudanças, mas não era mais a casa dele. E o hábito de que não se devia deixar a mesa durante o jantar ainda estava arraigado nele. Não podia só se levantar e sair xeretando por aí.

A sensação de ser um intruso na própria casa era avassaladora, ainda mais do que na casa de Michelle.

Doía admitir, mas ele tinha saudade daquela casa. Do bairro. Dos *pais*.

A nostalgia o estava matando.

De repente, a única coisa que ele queria era contar a notícia da expansão da academia. Informá-los de todas as coisas que havia feito e conquistado desde a última vez que se viram. Mostrar que ele era um *sucesso*, caramba.

Mas um de seus primeiros clientes regulares de fisioterapia era terapeuta, e Gabe conversara muito enquanto trabalhava com o cara. Ele já entendia o bastante sobre si mesmo para saber que aquela vontade vinha de uma necessidade de validação do pai, que o Gabe atual se recusava a continuar satisfazendo.

Por mais desanimado que antes estivesse se sentindo diante da perspectiva de levar a Agility a Nova York, agora, mais do que nunca, Gabe queria que ela fosse um sucesso. O que quer que fosse necessário, ele ia fazer para aquilo dar certo.

Quando o jantar terminou, a mãe serviu pudim caseiro de sobremesa.

— Ele sempre amou meu pudim — vangloriou-se Norma a Michelle enquanto eles começavam a comer. — *¿Te gusta, Gabriel?*

— *Sí, me gusta. Tan delicioso.*

Apesar das palavras elogiosas, a voz de Gabe saiu tensa. Ele deu um olhar a Michelle, que o observava atentamente. Como ele podia explicar que a sobremesa doce e molenga tinha gosto de casa?

Quando terminaram, o pai se levantou e começou a tirar a mesa.

Michelle ficou de pé num salto.

— Eu te ajudo, Esteban.

— *Ay, nena.* — Esteban fez um movimento de enxotá-la com a mão livre. — *Siéntate. No es necesario.*

— Minha mãe me mataria se eu não ajudasse a tirar a mesa depois de uma refeição tão maravilhosa.

Michelle pegou o prato de Gabe e lhe deu um olhar significativo, deixando Gabe e a mãe sozinhos.

Norma estendeu os braços pela mesa e pegou a mão de Gabe com as suas.

— É bom te ver — disse ela, dando tapinhas na mão dele.

— Você também — respondeu Gabe em voz baixa.

Mesmo com todos os anos e as brigas entre eles, era verdade. Ele tinha sentido saudade dela.

Então a mãe olhou por cima do ombro para onde Michelle e Esteban estavam conversando tranquilos, o som abafado pela água correndo na torneira da pia.

— Faz muito tempo — sussurrou a mãe, virando-se para Gabe. — Eu sei que você estava bravo. Mas, por favor, não desapareça de novo. Ele não ia aguentar.

Uma raiva defensiva subiu em Gabe. *Ele?* Aquela era boa. Ela queria que Gabe acreditasse que Esteban estava chateado com o desaparecimento dele? Fora o pai que lhe dissera para ir embora e nunca mais voltar. Todas as ligações e mensagens depois daquilo tinham sido do celular da mãe dele, até, num momento de ressentimento e desespero, Gabe enfim bloqueá-la.

Como resposta, Gabe deu um aceno de cabeça descompromissado. Ele não ia fazer promessa nenhuma naquele aspecto.

Michelle voltou, secando as mãos num papel-toalha.

— Vamos?

Gabe se levantou, e os quatro foram até a porta da casa.

— Visite de novo, tá? — disse o pai, dando um tapinha nas costas dele. — Antes de voltar para a Califórnia.

Gabe hesitou. Era para ele ir embora no dia seguinte. Mas, entre a *quinceañera* no fim de semana, a exigência da irmã de que ele a visitasse e o que quer que estivesse acontecendo ali com seus pais — para não mencionar Michelle —, ele claramente precisava estender a estadia.

— Tá — respondeu.

Ele ficou surpreso quando o pai sorriu.

— *Bueno. Hasta luego, mi hijo.*

Sim, Gabe os veria logo. E tinha uma sensação de que eles não iam se segurar da próxima vez.

Todos se despediram com abraços e beijos, e Gabe passou o braço ao redor de Michelle enquanto caminhavam a distância curta de volta para a casa da família dela.

— Você está bem? — perguntou ela em voz baixa.

— Não sei — respondeu ele, sinceramente. — Mas... estou feliz por você estar aqui comigo.

Ela passou o braço ao redor da cintura dele e apertou. Aí, soltou-o para subir os degraus e destrancar a porta. Quando estavam lá dentro, Gabe relaxou os ombros.

— Meu Deus, estou exausto.

— Que pena. — Michelle tirou as sandálias com as pontas dos dedos. — Você teve muito trabalho para ir atrás daquelas camisinhas. Mas, se precisa descansar, tudo be...

Ela se interrompeu com um guincho quando Gabe a girou em um abraço e a beijou. Quando pararam para respirar, ela parecia atordoada.

— Pelo jeito, você já se recuperou — murmurou.

— Eu sempre tenho energia para você — disse ele, porque o que queria mesmo dizer era *Estou passando por um grande estresse emocional e preciso de você.*

Quando ele a beijou de novo, ela abraçou o pescoço dele, ficando na ponta dos pés. Gabe agarrou a bunda dela e a levantou mais. Michelle fechou as pernas na cintura dele, e ele a carregou pelas escadas até o quarto. E então, só por um tempinho, se permitiu perder-se nela. Completamente.

Capítulo 16

Gabe: Ei, tentei te ligar.

Fabian: Foi mal. A parada está louca agora. Estou no hospital.

Gabe: O que aconteceu? É a Iris?

Fabian: Minha mãe quebrou a perna.

Gabe: Ah, que merda. Sinto muito.

Fabian: Pois é. Não foi muito grave, mas, com os gêmeos chegando e a cirurgia do meu pai, não é ideal. Enfim, o que foi? Como estão as coisas aí?

Gabe: Preciso estender meu tempo em Nova York.

Fabian: Por causa da academia? Ou por causa dela?

Gabe: Como assim?

Gabe: Não.

Gabe: Quer dizer, mais ou menos. Eu vi meu pai.

Fabian: Putz. Como?

Gabe: Depois te explico. Mas preciso ficar mais uns dias. Vou perder a reunião de segunda.

Fabian: Sinceramente, cara, tem tanta coisa rolando que nem consigo pensar na semana que vem. Só faz o que você foi fazer aí. Eu te vejo quando você voltar.

Gabe: Cuida da sua família.

Fabian: Estou tentando!

Capítulo 17

Michelle entrou no estacionamento e procurou uma vaga. A *quinceañera* ia ser num salão de eventos em Hudson Valley, uma área que era exuberante e verde no fim do verão. Estava quente, mas menos úmido do que na cidade. O céu se estendia azul-claro, com só uns fiapos de nuvens. O caminho até lá tinha sido bonito, mas, quando o ânimo do sexo matinal se apagou, Gabe voltou a surtar.

— Estamos atrasados — disse pela décima vez.

Michelle deu de ombros e seguiu para o estacionamento extra atrás do local.

— Bom, alguém comprou duas caixas de camisinhas...

— Por favor, Mich, pelo amor de tudo que é mais sagrado, não fale de camisinha perto da sua família.

— Você está bem enganado se acha que a *sua* mãe já não contou para a *minha* mãe.

Ele gemeu e se recostou no assento.

Michelle lhe deu uma olhada de cima a baixo, apreciando o que via, e achou uma vaga perto da entrada lateral.

Os dois pareciam que tinham acabado de se safar de um roubo a banco e precisavam descartar os disfarces. Michelle estava vestida com uma cinta preta de corpo inteiro e sandálias douradas. Gabe usava samba-canção e uma regata preta, além das meias e *chanclas*.

Na verdade, eles tinham saído tão tarde que não iam conseguir fazer check-in no hotel primeiro. Em vez de passar o caminho inteiro de roupas chiques — depois de correr pela cidade no dia anterior para achar uma calça e uma camisa que coubessem nos músculos de Gabe —, eles deixaram as peças recém-passadas penduradas nos ganchos no banco traseiro e fizeram o trajeto com as roupas de baixo.

— Tem alguém por aí? — perguntou Michelle, olhando pelas janelas.

— Estamos atrasados. Todo mundo já deve estar lá dentro.

Ela revirou os olhos.

— Estamos falando da minha família. Eu ficaria surpresa se metade dos convidados estiver aqui. E você sabe que Ronnie não vai começar esse negócio na hora.

Eles empurraram os bancos para trás, giraram para pegar as roupas, e começaram a vesti-las, se remexendo dentro do carro.

O vestido de Michelle era tangerina, com um decote em V profundo e saia rodada. Ela conseguiu vesti-lo, mas, quando se virou para Gabe para pedir que ele fechasse o zíper, abafou uma gargalhada. Ele tinha vestido e abotoado a camisa, mas, sentado dentro do Fiat, estava tendo dificuldade de enfiar as pernas compridas na calça.

— Gabe, só sai — disse ela. — Não tem ninguém aqui.

Com um olhar irritado, ele abriu a porta do carro e saiu, segurando as calças por cima de um braço.

Michelle também saiu, contornando o veículo para ele fechar o zíper do vestido dela.

A porta dos fundos do prédio abriu, e Ava saiu. Ela parou abruptamente, de olhos arregalados ao vê-los.

Gabe soltou um grasnido estrangulado e mergulhou para dentro do carro. Michelle acenou.

— Oi, Ava. Pode fechar meu vestido para mim? Já que Gabe está com dificuldade de vestir a calça.

— Michelle! — gritou Gabe de dentro do carro, absolutamente escandalizado.

Ava balançou a cabeça, mas foi até eles.

— Por que Gabriel está sempre seminu quando eu apareço?

Michelle virou para Ava poder puxar o zíper.

— Porque você é sortuda, pelo jeito.

— Haha — murmurou Ava. — Não, sério. Por que ele está sem calça?

Gabe esticou a cabeça para fora do carro.

— Estávamos atrasados, e Michelle sugeriu que a gente viesse de roupa de baixo para não amassar as roupas formais.

— Genial, né? — Michelle sorriu. — Anda logo, Gabe.

Ele foi andando até elas, arrastando os pés, resmungando e enfiando a camisa dentro da calça, finalmente no lugar.

O que era uma pena, porque o homem tinha umas coxas maravilhosas.

— Precisa de ajuda com a gravata? — perguntou Michelle.

Eles tinham roubado uma das gravatas do pai dela para a ocasião.

— Pode ser.

Gabe posicionou a gravata embaixo do colarinho da camisa e se virou para ela, mas Michelle deu um passo para trás.

— Ava, você ajuda? — Michelle fez um gesto para o pescoço de Gabe. Quando ele a olhou feio, ela continuou: — Que foi? Você acha que eu sei dar nó de gravata?

Ava suspirou, mas deu um passo à frente e trabalhou rápida e eficientemente na gravata de Gabe.

Ele observou as mãos dela, depois levantou os olhos com uma expressão confusa.

— Foi um nó Windsor?

— Foi. — Ava virou-se para Michelle. — Entra. Eu vou em um minuto. Titi Lisa me pediu para pegar uma coisa no carro.

Michelle pegou o braço dela.

— Todo mundo já está falando da gente?

— Você precisa mesmo perguntar?

Michelle curvou os ombros quando Ava os deixou.

— Isso quer dizer que sim.

Gabe parou ao lado dela, e ficaram vendo Ava se afastar.

— Ainda dá tempo, sabe?

— De quê?

— De fugir.

— Isso é coisa sua. Não minha. — Além do mais, nunca iam deixá-la em paz. — Lembra nossa história?

— *Destino celestial*? Claro.

Ela deu um sorrisinho entretido.

— Não. Nossa história inventada de como começamos a sair.

— Ah. Lembro.

Ela pegou o braço dele, e entraram juntos na festa.

O SALÃO DE baile estava uma loucura. Os primos Rodriguez porto-riquenhos estavam misturados com os parentes jamaicanos de Ronnie e a família mexicana igualmente grande do marido dela, e provavelmente da ex-mulher dele também.

Michelle não tinha total certeza de quem era parente de quem. Uma cacofonia de espanhol, inglês, espanglês e *patois* jamaicano ameaçava abafar a música do DJ, um dos primos distantes de Michelle.

Sobrancelhas se levantaram quando eles entraram no salão, e Michelle amassou a ansiedade numa bolinha e engoliu. Era a primeira vez que levava alguém para visitar a família, e ela tinha certeza de que todos fariam um grande caso da situação.

Michelle e Gabe cumprimentaram todo mundo com um beijo na bochecha, respondendo a cada "*¿Cómo estás?*" obrigatório em inglês (Michelle) e espanhol (Gabe). Eles atravessaram uma multidão de *tíos*, *tías*, primos e primas, muitos dos quais se lembravam de Gabe das festas infantis de Michelle, e por fim chegaram aos pais dela, Dominic e Valentina. Eles tinham voltado da Flórida de manhã e pegado o carro com o irmão de Dominic, que morava no Queens.

— Aí estão vocês! — A mãe de Michelle estendeu os braços para ela, dando-lhe um abraço e um beijo que sem dúvida deixaria batom cor-de-rosa no rosto dela. E, de fato, Valentina esfregou a bochecha de Michelle com o dedão quando ela se afastou. — Você está linda, querida. Amei esse laranja em você.

— Obrigada, mãe.

Valentina, que era um pouco mais baixa que Michelle, e tinha cabelo preto ondulado e um bronzeado forte do sol da Flórida, já estava se virando para Gabe e o olhando de cima a baixo.

— Puxa! Você ficou bonitão, hein, Gabriel.

Michelle apertou a ponte do nariz.

— Meu Deus, mãe. Não dá em cima dele.

O pai dela, um homem italiano calmo com pele marrom-clara e cabelo castanho rareando, deu um passo à frente para abraçar Michelle.

— Oi, querida — disse ele. — Agora, o que está acontecendo aqui? Eu não entendi a explicação da sua mãe.

Michelle repetiu a mentira sobre se reconectar no Instagram.

— Ainda não entendo por que você tinha que trazê-lo para a *minha* casa — resmungou o pai, mas, fora isso, foi educado. Até Michelle o escutar dizendo a Gabe: — Lembre o que eu disse.

Abuelo foi cumprimentá-los. Michelle lhe deu um grande beijo na bochecha enrugada e um abraço apertado. Aí, enquanto os pais dela estavam distraídos, puxou Gabe de lado.

— Do que meu pai estava falando?

Gabe abaixou a cabeça e coçou a nuca.

— Ah, quando eu tinha uns… 12 anos, acho, seu pai fez umas ameaças leves sobre o que aconteceria se eu mexesse com você.

Michelle apertou os olhos.

— Tipo o quê?

— Coisas vagas, tipo… — Gabe fez um rosto ameaçador e passou o dedo pela garganta.

— Caramba, pai. Que belo estereótipo. — Ela balançou a cabeça. — Foi por isso que você só fez alguma coisa depois de a gente se formar?

— Quê? Não. Eu nem estava pensando em nada disso ainda. E, depois… não achei que você estivesse aberta a mais.

Ela suspirou. Na época, os dois eram tão bobos, Gabe assustado demais para tomar iniciativa e Michelle assustada demais para ter esperança.

Talvez o timing tivesse melhorado. Talvez ela não precisasse ter medo de querer mais.

Valentina se intrometeu.

— Você tem que ir dar oi para *abuela*. Ela está lá do lado da mesa do bolo.

Michelle apertou os bíceps de Gabe, como se para tirar forças dele.

— Prepare-se. Vamos para a toca do dragão.

Eles caminharam até onde Esperanza Rodriguez, usando um vestido amarelo florido com muitos babados, estava postada ao lado de um bolo de quatro andares cor-de-rosa e dourado, com um número 15 cheio de purpurina no topo. Vários parentes os pararam no caminho, e eles cumprimentaram cada um. Quando enfim chegaram à avó dela, Michelle estava agarrada com Gabe como se sua vida corresse perigo.

— Tudo bem aí? — perguntou ele com o canto da boca.

— Essa é a pior parte. Vamos acabar logo com isso.

Michelle amava profundamente a avó, mas a mulher era uma potência, e nunca se sabia o que sairia de sua boca.

Esperanza deu um gritinho de deleite quando chegaram perto dela, e Michelle soltou Gabe para abraçar a avó.

— Oi, *abuela*.

— Ah, Michie! — Esperanza envolveu Michelle em seu abraço com aroma de baunilha antes de dizer num sussurro alto: — *¡Por fin tienes un novio!*

Michelle fez uma careta, mas, quando se soltou, forçou um sorriso tranquilo no rosto.

— Aham. Finalmente arrumei um namorado.

Esperanza se inclinou de um jeito conspiratório e deu um puxão na alça do vestido de Michelle.

— Eu te disse que esses *pechos* eram bons demais para desperdiçar.

Michelle só deu um sorrisinho.

— Eu nunca disse que eles estavam sendo desperdiçados.

Esperanza gargalhou em resposta, depois passou para Gabe. Ela o abraçou e fez muitos comentários sobre como ele tinha ficado bonito, como estava grande e forte e quanto ele amava o *arroz con pollo* dela quando era criança.

Michelle soltou um suspiro. Aquilo tudo estava sendo mais fácil do que ela esperava. E isso a deixava triste. Porque era só encenação, para esconder os planos de Gabe do pai dele. Mas não parecia uma cena. Parecia natural.

Não se confunda, garota, ela se repreendeu. *Isto não é verdade.* Mas... será que não era?

Para Michelle, aquele era o relacionamento mais verdadeiro que já tivera. Ela estava se abrindo durante o sexo, abaixando a guarda e aceitando a vulnerabilidade. Estava conversando sobre o que sentia em vez de adotar o humor como escudo para as emoções.

E sabia que também não era só um lance passageiro para Gabe.

Eu preciso de você, Mich.

Porra, eles não tinham nada que envolver as famílias quando *eles mesmos* não tinham noção do que estava acontecendo.

— A aniversariante já chegou? — perguntou Michelle à *abuela*.

Esperanza sacudiu o pulso, desprezando aquilo como se fosse uma noção ridícula.

— *Ay no.* Talvez daqui a uma hora. Estão tendo uma emergência capilar.

O DJ colocou uma música de Luis Fonsi, e Michelle se animou.

— Eu amo essa música.

Gabe deu a mão a ela.

— *Bueno, vamos a bailar.*

Ele a levou à pista, que já estava cheia de gente, muitas das quais eram parentes de Michelle. Mas, quando Gabe colocou uma mão forte e sólida na cintura dela e a puxou para perto, todo o resto desapareceu. Eram só os dois e a música.

Eles começaram uma *bachata* dominicana sensual com passinhos deslizantes, requebrando o quadril, adicionando passos duplos e triplos conforme a batida acelerava. A diferença de altura devia ter dificultado, mas Gabe tinha pés tão leves e estava tão no controle do corpo que era fácil se entregar e deixar que ele a conduzisse.

Enquanto o ritmo pulsava, Michelle jogou o cabelo, e Gabe a girou para fora e puxou de volta. Segurando-a apertado contra o corpo, ele colocou a coxa no meio das dela, e os dois se balançaram juntos, no ritmo da música, mexendo-se em perfeita harmonia. Eles incluíram ondulações do corpo e do quadril, se divertindo, mas nunca desviando o olhar.

Em resumo, eles dançaram como se *não* estivessem cercados por parentes próximos.

Quando a música terminou e foi trocada por uma de Taylor Swift, Michelle e Gabe pararam. Ela fechou os olhos e apertou a testa contra o peito dele.

— Estou com medo de olhar — murmurou, respirando com força e suando um pouco.

Gabe esfregou as costas dela, acalmando-a.

— Por quê? Só porque todo mundo está olhando a gente?

— Se não estavam falando da gente antes, agora com certeza estão.

— E eu deveria pedir desculpas?

— Deveria. — Ela deu um sorriso malicioso. — Porque eu nunca mais vou querer dançar com outros.

Uma voz conhecida chamou o nome dela.

— Michelle?

Michelle apertou os olhos.

— Ah, merda.

Pega no pulo. Michelle se afastou de Gabe e endireitou os ombros, preparando-se para enfrentar as consequências enquanto a prima Jasmine abria caminho pela multidão, com Ava logo atrás.

Jasmine, atriz de cinema e TV, era incrivelmente bonita, com cabelo castanho-escuro e grosso e pele marrom-dourada. No momento, o rosto famoso dela tinha uma expressão séria de reprovação.

— Pode agradecer por eu ter te deixado terminar a dança — disse Jasmine a Michelle, mal olhando para Gabe. — Oi, Gabe. Bem-vindo de volta. Há quanto tempo.

Michelle prendeu a respiração.

— Olha, Jas…

— Não se preocupe. — Jasmine jogou as mãos para cima, num tom de inocência. — Não vamos fazer escândalo aqui, mas nós *vamos* discutir isso depois. Pode acreditar.

Ava piscou.

— Nós?

Jasmine estreitou os olhos para a prima mais alta e então seu queixo caiu.

— Que porra é essa, Ava? Você sabia disso?

Ava curvou os ombros, culpada, e Jasmine voltou a Michelle.

— Quando eu disse para você não contar a Ava sobre mim e Ashton, você recusou de cara.

Ofendida, Ava levou uma mão à cintura e voltou-se para Jasmine.

— Você mandou Michelle não me contar sobre você e Ashton?

— Eu estava negando meus sentimentos — explicou Jasmine, dando de ombros. Aí, balançou a cabeça para Michelle. — Não estou brava. Só estou decepcionada. Mas também estou brava.

Ashton Suarez, namorado de Jasmine e ator premiado de novelas, apareceu por trás dela.

— *Hola, primas* — disse, depois estendeu a mão para Gabe. — *¿Cómo estás?* Ashton Suarez, prazer.

Gabe apertou a mão dele.

— Gabriel Aguilar.

— Jasmine contou que você é dono de uma academia, é isso?

— Sou, sim. Academia Agility, em Los Angeles.

Ashton assentiu.

— Ouvi falar. Se você abrir uma filial em Nova York, me avise. Vamos, Jasmine. Acho que sua *abuela* está nos procurando.

Enquanto Ashton levava Jasmine, Michelle cutucou Gabe e deu um olhar significativo.

— Um porta-voz em potencial?

Ele estava com uma expressão especulativa.

— Talvez...

Eles dançaram mais juntos e se revezaram dançando com o sobrinho e a sobrinha de Michelle, depois encontraram onde sentar quando a festa engatou. Michelle se sentou a uma mesa redonda com Gabe e os pais dela, além da irmã mais velha, Monica, o marido de Monica e os três filhos deles. O irmão dela, Junior, estava viajando, então a família dele não estava lá.

Monica foi a única que aceitou a presença de Gabe com naturalidade.

— Eu sempre imaginei que fosse acontecer um dia — tinha dito ela, mas Michelle não teve oportunidade de perguntar por quê.

A enteada de Ronnie estava linda, com um vestido rosa-choque, e ainda parecia muito jovem enquanto fazia as coreografias com as amigas. As meninas foram ótimas, mal dava para perceber que três delas estavam chorando menos de meia hora antes — fofoca vinda da mãe *chismosa* de Michelle.

Michelle olhou para Gabe, sentado ao seu lado, lembrando-se de quando tinham 15 anos. Na época, ela achava que sabia tudo, que era praticamente adulta. Mas também tinha sido o ano em que eles começaram a escrever *Destino celestial*, duas crianças ainda encenando suas histórias favoritas. Eles eram tão jovens. E ali estavam, encenando outra história.

A comida era boa, a música era ótima, e Michelle se divertiu de verdade. Mas tinha subestimado a quantidade de pessoas que alegavam estar *tão felizes* por ela *finalmente ter um namorado*. O fato de sua família ser obcecada por casamento e filhos, ou agir como se ela fosse esquisita porque nunca tinha levado um parceiro a um evento de família, nunca antes a tinha incomodado. Aliás, era por isso que ela nunca contava para ninguém, nem Ava ou Jasmine, quando estava ficando com alguém. Só dava para manter segredo naquela família se não contasse a ninguém.

Como ela planejara fazer com Gabe. Exceto que agora a porcaria da família toda sabia dele. O que significava que, depois que ele fosse embora, a porcaria da família toda perguntaria sobre ele pelo resto da vida.

Já era ruim quando eles eram mais novos e os parentes dela supunham que eles na verdade namoravam. Ela sabia a verdade. E, depois que Gabe se fora e as pessoas ainda perguntavam dele, a mãe dela tinha intervindo, avisando todas as *tías* para não mencionar o nome dele.

Ia ser cem vezes pior.

No fim da noite, a habilidade de Michelle de manter o bom humor estava sendo duramente testada. Depois de ela se despedir de todo mundo de quem era parente e dar um abraço na aniversariante, Gabe a puxou de lado.

— Ei, você está bem? — Ele estava com as sobrancelhas franzidas de preocupação. — Parece chateada.

Ela soltou um longo suspiro.

— Fico achando que a gente fez ainda mais merda ao envolver todo mundo. Parece real demais, Gabe.

— É real — murmurou ele, puxando-a para seus braços. — Só por este fim de semana. Deixe que seja real.

Como ela ia discutir com aquilo? Ainda mais quando ele se abaixou para beijá-la profundamente.

Nada menos que três pessoas assoviaram, e outra soltou um gritinho. Era a versão latina da reação da plateia quando os atores se beijavam na televisão.

Michelle se afastou e pegou a mão de Gabe.

— Vamos embora daqui. Estou cansada de ter plateia e tenho grandes planos para você hoje.

Capítulo 18

Gabe hesitou na porta do quarto do hotel.

— Só tem uma cama.

— Eu sei. — Michelle passou por ele e se sentou em uma poltrona alta para trocar os saltos por *chanclas*. — Eu não estava esperando dividir o quarto com ninguém e, com tantos parentes andando pelo lobby, seria suspeito se eu pedisse para mudar.

Gabe a olhou com atenção enquanto ela andava para lá e para cá, notando a linguagem corporal e as pistas não verbais. Michelle estava fazendo a encenação de *lá-lá-lá, não tenho preocupação nenhuma*, o que significava que havia algo que não estava dizendo.

— E tudo bem por você?

— Tudo.

Michelle puxou o nécessaire da mala.

— Eu posso ligar para a recepção e pedir para me darem um quarto separado se você quiser privacidade.

— Não precisa.

Jogando o cabelo, ela levou o nécessaire até o banheiro no outro canto do quarto e se fechou lá dentro. Gabe conseguiu ouvir o barulho da tranca.

Hum. Não era nada convincente.

Gabe fechou a porta do quarto e virou-se para analisar a cama. Era um colchão king com uma cabeceira enorme de madeira. Definitivamente grande o bastante para os dois, e ficava de frente para uma lareira em estilo vitoriano, também com moldura de madeira. Não podia ser mais romântico nem se ele tivesse planejado. Mas, por mais que quisesse dormir de conchinha com ela e acordar todo quente e aconchegado antes de começar o dia, Michelle tinha sido clara: ela não dormia na mesma cama que seus parceiros sexuais. Ele não queria que ela fizesse algo que não queria só por causa da circunstância, por causa de uma mentira que ele tinha contado ao pai. Se fosse a forma dela de manter distância, ele precisava respeitar. Afinal, ia embora em alguns dias, embora ainda não tivesse comprado a passagem para Los Angeles.

Ele pensou no que tinha dito a ela na festa.

É real. Só por esse fim de semana.

Se era real, eles deviam compartilhar a cama? Era estranho ser aquela a fronteira não cruzada, mas nada na situação deles era normal.

Merda, talvez ela o estivesse deixando ficar porque tinha medo de magoá-lo ou algo assim. Pensar naquilo fez ele sentir uma pontada na barriga, e ele atravessou o quarto, levantando a voz para ela ouvi-lo através da porta do banheiro.

— Estou só dizendo, você já fez mais do que o esperado para me ajudar a esconder a academia do meu pai, então, se quiser que eu...

— Eu já falei que tudo bem, Gabe! Relaxa!

Ela parecia irritada, então ele largou o assunto e tentou aceitar o conselho.

Relaxar. Ok, ele podia relaxar.

Tirou a camisa, que servia mal — os alfaiates da loja de departamento tinham feito o possível no tempo limitado, mas ele sentira falta do alfaiate de costume em Los Angeles —, e as calças, que serviam melhor do que o esperado. Pendurou-as e puxou uns shorts de basquete, só para o caso de Michelle mudar de ideia e querer expulsá-lo.

Comprar uma roupa para a *quinceañera* com Michelle o lembrara de antigamente. Claro, Gabe tentara mais de uma vez convencê-la a entrar no provador com ele, o que não fazia quando eram adolescentes andando pela Fordham Road no Bronx ou pela St. Mark's Place em Manhattan. Mas eles tinham brincado e se divertido.

— Lembra o episódio da mudança de visual de *Destino celestial*? — perguntara ela enquanto ele experimentava camisas na Macy's.

— Aquele capítulo foi ideia *sua* — ele a lembrara de dentro do provador. — Durante a trama interminável da amnésia.

— Ei, nossos leitores amavam a trama da amnésia.

— Ela durou *sete episódios*. E aí você me obrigou a terminar com uma mudança de visual.

— Eu tinha acabado de fazer compras com a Jasmine para a volta às aulas e achei que ia ser divertido para Zack e Riva.

— Divertido na teoria, mas você me obrigou a ver horas de programas de moda na TV antes de escrever.

— Se me lembro bem, você acabou tendo opiniões bem fortes sobre vincos de calça — provocara ela, e dera um beijo em Gabe quando ele saíra para modelar mais uma camisa social quadradona.

Sorrindo ao lembrar, Gabe levou as malas mais para perto da parede, onde não correriam risco de tropeçar caso se levantassem durante a noite. Era gostoso ter uma história compartilhada tão extensa com alguém que ele estava... não namorando exatamente, mas...

Com quem estava envolvido. Pronto. Soava melhor do que *alguém que ele andava comendo* e, embora eles definitivamente andassem transando, Gabe seria um idiota de pensar que era a única coisa acontecendo ali.

Michelle tinha sido seu primeiro amor e, embora ele mais tarde tivesse tentado menosprezar aqueles sentimentos como "só uma paixonite", eram impressionantemente semelhantes ao que estava sentindo no momento — ao mesmo tempo em que nem chegavam aos seus pés.

A única coisa que ele podia fazer era viver o momento com ela pelo tempo que durasse. E, quando terminasse... bem, ele faria o que sempre tinha feito. Mergulharia no trabalho.

Enquanto esperava Michelle sair, ele examinou a lareira e achou um controle remoto para ligá-la. Fazia mais frio no norte do estado de Nova York que na cidade. Não frio o bastante para uma lareira, mas ele podia acender o fogo baixinho, só para criar uma atmosfera.

A porta do banheiro se abriu e Gabe se virou para perguntar a Michelle se ela queria pedir comida, mas o pensamento saiu voando da cabeça quando ele a viu. Ele não sabia do que chamar o que ela estava vestindo. Lingerie, provavelmente, mas parecia uma palavra comportada demais, evocando imagens de seda e renda.

Michelle estava, na verdade, vestida com algum tipo de... geringonça. Havia renda, sim, umas tirinhas pretas, mas o resto era composto de fitas e faixas cruzadas que acentuavam as curvas e envolviam e levantavam os seios dela de forma verdadeiramente magnífica.

— O gato comeu sua língua?

As palavras eram de provocação, mas o sorriso dela era malicioso, como se ela soubesse exatamente o que a roupa estava fazendo com ele.

— Você comprou isso ontem? — perguntou ele, porque *deixe que eu te idolatre* parecia demais.

Durante a expedição de compras, ela tinha dado uma fugida enquanto ele estava experimentando calças, alegando uma ida ao banheiro. Ela tinha passado muito tempo longe, e seria falta de educação comentar, então Gabe não comentara.

— Comprei. — Michelle entrou no quarto devagar, usando sapatos pretos de salto alto que definitivamente não estava usando na festa. — Agora você acredita que não quero que você pegue outro quarto?

— Estou tendo é dificuldade de acreditar no que estou vendo.

Gabe diminuiu a distância entre eles e estendeu a mão para o quadril dela, mas, no último segundo, hesitou, sem tocá-la. Em vez disso, parou a mão perto das curvas exuberantes dela, os dedos quase tremendo de anseio.

— Pode me tocar — sussurrou ela. — Eu quero que me toque.

Lentamente, com reverência pelo presente que estava recebendo, Gabe pousou as mãos na cintura dela e olhou até cansar. Os pedaços de renda eram transparentes, e ele via o contorno dos mamilos rosados e a sombra dos pelos bem-aparados no encontro das coxas. Ele passou as mãos pelos quadris dela, permitindo que os dedões puxassem de leve os elásticos de cetim, antes de girá-la para olhar de trás.

Puta que pariu.

A calcinha rendada era fio-dental, com um triângulo minúsculo de renda preta no topo e alças delineando aquela bunda fantástica.

Com uma risada estrangulada, ele deslizou as mãos pela cintura dela e baixou a cabeça para o ombro dela, falando junto ao pescoço.

— Para que é tudo isso, Mich? Eu amei, mas não precisava fazer isso por mim.

Gabe quase completou: *Eu te amo usando qualquer coisa ou nada*, mas segurou a língua.

Ela levantou a mão e acariciou a bochecha dele.

— Como falei antes, eu tenho grandes planos para você hoje… se estiver a fim, claro.

— Ah, eu posso provar que estou a fim.

Gabe mexeu o quadril, deixando que ela sentisse a ereção contra a bunda.

Michelle deu uma risadinha, mas ele notou que ela estava um pouco nervosa.

— Achei que podíamos realizar uma fantasia minha.

— Me conta sua fantasia, Mich — murmurou ele, beijando o pescoço dela.

O que quer que fosse, ele ia fazer. Faria qualquer coisa por ela.

— Bom, normalmente, eu não chego ao orgasmo com outras pessoas.

Confuso, Gabe levantou a cabeça e a virou para ele.

— Como assim? Eu já vi você chegar.

— É, bom... com você, é diferente. — Ela mordeu o lábio, e seu olhar percorreu o quarto, sem encontrar o dele.

— Em geral, nem me dou ao trabalho de tentar. Demora demais...

— Não demora, não. — Ele pegou o rosto dela e esperou até que ela o olhasse, em vez de olhar para a paisagem em aquarela atrás dele, antes de continuar. — Não importa quanto tempo leve, seu prazer vale a pena. Qualquer um que tenha feito você se sentir assim não era... — Ele se esforçou para tirar a raiva da voz, porque não estava com raiva *dela*. — Só sinto muito por alguém ter feito você se sentir assim.

Os cílios dela tremularam, como se ela não conseguisse mais sustentar o olhar dele.

— Não sei bem por quê, mas prefiro fazer sozinha. Provavelmente para evitar intimidade emocional, sei lá.

— Por que agora? — perguntou ele, quando na verdade queria dizer: *Por que eu?*

Ela deu de ombros.

— Eu não me sentia confortável fazendo tudo isso na casa dos meus pais, e é bom a gente aproveitar este quarto. Além do mais, você é, tipo, muito bom nisso e eu... confio em você.

A confiança dela o comoveu. Era mais do que ele merecia. Ele apoiou as mãos nos ombros dela e beijou sua testa.

— Obrigado.

Ela se mexeu, desconfortável.

— Enfim, minha fantasia é gozar. Muito. Com a mão de outra pessoa. Ou... as partes.

— Desafio aceito. E Mich?

— Sim?

O tom dela era apreensivo, como se ela esperasse que ele fosse rejeitá-la, então ele a abraçou e tentou deixar todo o desejo e amor que sentia transparecer nos olhos, na voz.

— Se eu gozar, e pode acontecer, porque te ver em êxtase também me dá prazer, não quer dizer que a noite acabou. A gente continua enquanto você tiver vontade. Tá?

Ela deu um sorrisinho que não se parecia em nada com os sorrisos irônicos ou sedutores de costume. Era vulnerável e um pouco nervoso.

— Obrigada.

QUANDO MICHELLE TINHA pensado naquele plano no departamento de vestuário masculino da Macy's, ela não havia duvidado que Gabe ia topar. Sexo era a parte fácil com ele — o complicado era todo o resto.

Ela duvidava era da própria capacidade de ir em frente com o pedido.

Ela havia comprado a lingerie sexy e colocado na mala os saltos e algumas outras coisinhas, mas foi só quando estavam saindo da festa que achou coragem.

Depois que ele tinha dito "Deixe que seja real".

Não dava para ser mais real do que admitir que ela não havia gozado com mais ninguém. Ela não planejara dizer aquilo, mas era tão fácil se abrir com Gabe que acabara escapando.

E, finalmente, ele a olhava como se fosse um lobo prestes a devorá-la.

— Tem algum limite? — perguntou ele.

Ela fez que não.

— Não com você.

Alguma emoção que ela não conseguia nomear passou pelo rosto dele, mas Gabe só apertou o abraço e a puxou mais para perto. Ele ainda estava de regata e short, e ela estava vestida como uma espécie de super-heroína do sexo.

— Tem alguns presentes para você no banheiro — disse ela, com um gesto de cabeça na direção da porta. — Dá uma olhada.

Ele a soltou com muita relutância e, enquanto ia buscar a sacola — incluindo camisinhas, lubrificante e um vibrador pequeno do tipo varinha mágica — que Michelle deixara lá, ela arrancou as cobertas e subiu no meio da cama. Ele voltou com um sorriso voraz, só de cueca boxer preta. Michelle esperava que ele fosse deitar na cama, mas, em vez disso, Gabe encaixou os braços por baixo das coxas dela e a puxou até a ponta do colchão. Abriu bem as pernas dela e se ajoelhou no meio. E, embora sua intenção estivesse nítida naquele olhar faminto, ela ainda deu um pulo quando a língua dele passou por cima da renda transparente que a cobria.

Gabe pausou e levantou o olhar do meio das pernas dela.

— Algum problema?

Ela tinha um problema, sim. O homem mais sexy do mundo estava disposto a chupá-la até a semana que vem, e, de tanta ansiedade, Michelle estava à beira de um ataque de riso enorme.

— Não.

Ele apertou os olhos.

— Você está nervosa.

Ela mordeu o lábio.

— Hã, talvez.

Deslizando os braços por baixo das pernas de Michelle, ele descansou a cabeça na coxa e apoiou as mãos na barriga dela, como se estivesse se acomodando para uma conversa fascinante.

— Por quê?

— Não sei. — Ela soltou uma risadinha levemente histérica e cobriu com as mãos o rosto cada vez mais quente para disfarçar o rubor. — Não é como se não tivéssemos feito isso antes.

— É por que você abriu mão do controle? Pediu o que você quer? — A voz dele estava baixa e sedosa, compelindo-a a abaixar as mãos e olhá-lo. Ela fez isso, e o olhar escuro dele capturou o dela. — *Me deixa entrar.*

Michelle não sabia se era uma pergunta ou uma ordem. Não tinha importância. Ela estava com medo de deixá-lo entrar, sim — na vida dela, no coração dela, nos momentos que ficariam na memória.

Mas deixaria mesmo assim.

Em resposta, ela abriu mais as pernas.

Uma intensidade brilhou nos olhos dele antes de ele fechá-los e pressionar um beijo suave na coxa dela.

— Não se preocupe, Mich — murmurou ele. — Vou realizar sua fantasia.

E, sim, *puta que pariu, sim*, ele realizou. Gabe deu em todas as posições que conseguiu imaginar, indo muito além até das fantasias mais loucas dela. Sentado na lateral da cama com ela no colo, subindo-a e descendo-a enquanto usava os quadris como um pistão. Dobrando-a na lateral do colchão e estocando por trás. Entre as transas, ele a chupava, lambendo até ela gozar. Quando estava dentro dela, ele usava o vibrador ou a mão.

E ele também falava sacanagem. Gabe era bom com a língua em todos os sentidos, e foi tudo para Michelle.

Eles estavam na cama, de conchinha com uma das pernas dela jogada para trás por cima do quadril dele para ele poder tocar o clitóris dela com o vibrador. A outra mão dele agarrava o peito dela, rolando o mamilo e beliscando de leve.

— Queria poder te lamber enquanto meu pau está dentro de você — murmurou ele no ouvido dela. — Mas acho que isso vai ter que servir.

Gabe pressionou o vibrador nela, e ela explodiu.

Enquanto isso, ele estocava lentamente. Michelle engoliu em seco, os cílios tremulando. Mas então abriu os olhos e encontrou o olhar dele.

— Mais forte — pediu.

Ele parou, lendo o desejo na expressão dela.

— Você gosta meio selvagem, né?

Quando ela fez que sim, ele a dobrou no meio e fez como ela queria, jogando o vibrador de lado e usando a mão.

— ¿Así? — perguntava repetidamente. — Assim?

Toda vez, ela dizia *sim*.

Por mais que tentasse registrar, Michelle perdeu a conta de quantas vezes gozou.

— Estou quase, meu bem. — A respiração dele estava forte e quente no ouvido dela. — Aguenta mais uma?

— Não sei — disse ela, com a voz entrecortada.

Seu corpo estava tomado de sensação, muito longe do plano terreno. Só existia Gabe e todas as coisas incríveis que ele a fazia sentir.

— O que você quiser, eu te dou. Mas você tem que me falar o que quer.

— Eu quero… você.

Ela terminou num sussurro, a confissão arrancada pelo movimento do corpo dele no dela e o controle que ele tinha sobre seu coração.

Ele apertou o abraço, e gemeu no pescoço dela.

— Meu Deus, Mich. Você vai me destruir.

— Isso é algo bom? — gemeu ela enquanto os dedos dele aumentavam o ritmo entre as pernas dela, bem como ela gostava.

— *Bom pra caralho.*

Os toques dele se aprofundaram, ficando erráticos. A perda de controle, que ele tinha mantido em rédea curta a noite toda, foi o que a desfez pela última vez. O orgasmo chegou como um raio; ondas de prazer elétrico percorreram os nervos dela e arrancaram soluços rasgados da garganta.

A energia ecoou em Gabe, que jogou os quadris com força contra a bunda dela e gozou com um gemido longo e agonizado.

Quando acabaram, eles ficaram deitados lado a lado na cama, suados e exaustos, mas de mãos dadas.

— Lembra a cena do saco de dormir em *Destino celestial*? — perguntou ela, rouca.

A respiração dele estava pesada e rápida.

— Foi minha cena favorita na fic inteira.

— De quem foi a ideia?

— Minha. Com certeza.

Ela ficou em silêncio por um momento.

— Eu devia ter percebido — disse ela. — O que você sentia por mim. Desculpa por não ter visto na época.

Ele chegou mais perto e aconchegou o rosto no ombro dela.

— Foi melhor você não saber. Na época, eu era bem idiota. Ia ter dado um jeito de estragar tudo. E, aí, não estaríamos aqui agora.

— Mas podíamos ter tido... — A voz dela se perdeu, e ela apertou forte a mão dele. — Isso. Podíamos ter tido isso.

— Sempre me perguntei — admitiu Gabe. — Mas eu precisei ir embora, Mich. Precisei me afastar dele para ser independente.

O pai dele.

— Eu entendo. Desculpa também por não ter entendido isso na época.

— A gente era jovem — respondeu ele, tranquilo. — E fico muito feliz que você entenda agora. Mas, Mich, eu senti sua falta. Todo dia.

Ela se virou e permitiu que ele a envolvesse no abraço forte. Com os olhos fechados e o rosto pressionado no peito dele, ela sussurrou aquilo que a assustava:

— Por que isto parece tão certo?

Gabe acariciou as costas dela com aquelas mãos grandes e quentes. Quando ele a abraçava assim, ela se sentia mais segura do que nunca. Como se nada pudesse dar errado.

— Sempre nos demos bem — considerou ele. — Como amigos. Acho que isto é uma evolução.

Amizade 2.0, pensou ela, se lembrando da lista.

— Não acho que podemos mais nos apegar à bobagem de "só amigos".

Ele soltou uma risadinha surpresa.

— Não. Acho que já estamos bem além disso.

Bem além disso e a caminho do quê?

Ela achava que sabia a resposta, pelo menos de sua parte.

Deixe que seja real.

Catorze anos atrás

Transcrição do chat do Windows Messenger

Destino celestial: Sessão de Planejamento do Episódio 9

Gabe:
Acho que chegamos ao limite dessa trama da amnésia.

Michelle:
É, esticamos por mais episódios do que eu esperava. Hora de devolver a memória de Zack.

Gabe:
Mas precisamos de uma motivação grande para Riva curar ele.

Michelle:
Tipo o quê?

Gabe:
Eles estão exaustos de uma série de ataques constantes, sempre escapando por pouco. E estamos equilibrando esse vai ou não vai há vários episódios. Acho que é hora de dar o que os leitores querem.

Michelle:
Você está dizendo o que eu acho?

Gabe:
Que Zack e Riva deviam se beijar?

Michelle:
É.

Gabe:

Hã, acho que é isso que estou dizendo, sim.

Michelle:

Tá, mas tem que ser ele. Isso vai fazer Riva se sentir culpada por mentir para ele, e aí ela finalmente vai curar a amnésia.

Gabe:

Boa.

Michelle:

Zack vai ficar PUTO.

Gabe:

Ah, vai. Vai mesmo.

Capítulo 19

Na manhã seguinte, Michelle deu a Gabe a chave do Fiat para ele visitar a irmã em Yonkers e encontrou os pais no saguão do hotel para voltar ao Bronx na van deles. Não foi o ideal, já que a mãe passou a maior parte do caminho falando de como estava *animadíssima* com o fato de que Michelle e Gabe finalmente estavam juntos.

— Eu sempre soube — Valentina dizia sem parar numa voz arrogante.

— Bom, eu não — Michelle enfim murmurou do banco do meio, e o pai dela aproveitou a oportunidade para aumentar o som.

Michelle tentou se anestesiar com os grandes hits de Bon Jovi, mas não conseguia parar de repassar as coisas que ela e Gabe tinham dito um ao outro na noite anterior.

Eu senti sua falta. Todo dia.

Por que parece tão certo?

Deixe que seja real.

Quando chegaram em casa, Michelle viu um Prius azul estacionado na frente e o Toyota branco de Ava do outro lado da rua. Ela gemeu.

— Por que a gente deu uma chave para Ava?

— Para emergências — respondeu a mãe.

Depois de tanto tempo, Valentina não achava nada demais chegar em casa e achar as Primas Poderosas lá.

O pai de Michelle teve uma reação diferente.

— Vou descer para o porão. Vocês podem ficar gritando lá em cima.

Depois de passar um tempo com os Rodriguez, Dominic Amato em geral precisava ficar um pouco sozinho. E frequentemente reclamava que Michelle e as primas "berravam demais" quando se juntavam. Era a mesma coisa que dizia da esposa e das irmãs dela.

— Como se sua família italiana fosse quietinha — retrucou Michelle.

O pai suspirou e estacionou na entrada.

Dentro de casa, Michelle achou as primas tomando café na mesa de jantar.

— Lá para cima — disse ela.

Ava e Jasmine se abaixaram para beijar a bochecha do *tío* e da *tía* no caminho e subiram atrás de Michelle.

— Ah, olha, café — comentou Dominic, de trás delas.

— É para você, *tío* — avisou Ava.

— *Grazie*, Ava!

Michelle as levou para a sala de artesanato, que havia liberado antes de sair no dia anterior. Tinha-lhe ocorrido de última hora que os pais imaginariam que ela estava dormindo no mesmo quarto de Gabe. Ela não estava lá muito animada com aquilo — dormir em camas separadas era a última barreira que mantinha —, mas não via forma de contornar.

O quarto de hotel tinha sido diferente. Ela não ia voltar lá, e fora como uma fuga, um tempo fora do tempo.

Compartilhar o antigo quarto do irmão com Gabe ia ser estranho.

Assim que as primas estavam todas sentadas na sala de artesanato com a porta fechada — Michelle e Jasmine na cama, Ava na cadeira ergonômica de trabalho de Valentina —, Jasmine começou.

— Não acredito que você escondeu isso de mim, especialmente se Ava já sabia.

— Não era para Ava saber também — resmungou Michelle. — Não era para ninguém saber.

— O importante não é isso. Vocês não *me* deixam ter segredos sobre meus relacionamentos.

— Não, é só que você só é horrível em guardar segredos, então, é mais fácil arrancar tudo de uma vez em vez de esperar você contar a conta-gotas.

Michelle não comentou sobre o término de Jasmine no ano anterior, que tinha sido estampado em todas as revistas de fofocas. Teria sido um golpe baixo, e não era culpa de Jasmine.

Ava, sempre pacificadora, interveio.

— Michelle, só estamos preocupadas.

— E queremos saber o que está acontecendo. — Jasmine se inclinou à frente, segurando a caneca com as duas mãos. — Você *nunca* trouxe ninguém para conhecer a família. Você nem fala de namorados. E aí aparece justamente com *Gabe*?

— Você me disse outro dia que ele estava aqui para trabalhar em um projeto — lembrou Ava.

— Se ele está aqui para trabalhar em um projeto, por que desfilar com ele na festa daquele jeito? — perguntou Jasmine, perplexa.

Michelle não podia culpá-la por estar confusa.

— Por favor, só conta para a gente o que está acontecendo — insistiu Ava, cujos olhos demonstravam paciência, mas também preocupação.

Michelle olhou de uma prima a outra. Era verdade: em geral mantinha a boca fechada em relação a qualquer coisa ligada a sexo ou relacionamentos. Era a força do hábito, mas até ela podia admitir que estava perdendo o controle. Talvez precisasse mesmo de conselhos das primas. Ela pegou a caneca de Jasmine e tomou um gole do café preto amargo para criar coragem.

— Tá bom — disse Michelle. — Querem saber o que está acontecendo? Precisamos voltar um pouco no tempo. Lembram quando o Gabe foi embora para a faculdade?

A expressão de Jasmine ficou sombria.

— Como poderíamos esquecer?

— E lembram o que eu contei que a gente fez antes de ele ir?

Ava assentiu em confirmação.

— Tá, então, agora precisamos pular para a frente. Porque eu nunca contei para vocês duas de Nathaniel.

Jasmine pegou o café de volta.

— Quem caralho é Nathaniel?

Portanto, Michelle explicou sobre Nathaniel, seu colega de trabalho, e como as noites viradas trabalhando em projetos desafiadores os tinham aproximado. Nathaniel sempre fora discreto, mas, quanto mais tempo eles passavam juntos, mais ele flertava. Uma coisa levara a outra e eles logo começaram a liberar a tensão depois de dias longos.

Não era sério, insistiu Michelle. Mas ela gostava de passar tempo com ele e podia conversar de trabalho. Eles falavam de outras coisas também, como família. E, quando abrira uma vaga melhor, Nathaniel usara aquilo contra ela, se insinuando para os chefes e a deixando de fora. Ele tinha ido para o escritório de Los Angeles com o emprego que devia ser dela.

Michelle ainda tinha ficado na Rosen & Anders por um tempinho, mas o sentimento de traição e os turnos longos finalmente a quebraram, até ela parar no pronto-socorro com um diagnóstico de "estresse e exaustão".

— Foi por isso que você se demitiu — murmurou Jasmine. — Eu sempre me perguntei se tinha caroço nesse angu.

— É. Quer dizer, eu estava com *burnout*. Mas essa parada do Nathaniel não ajudou em nada.

Os olhos de Ava brilharam.

— Por que você não contou para a gente?

Michelle deu de ombros.

— Por que vocês não me fizeram uma xícara de café?

Com a expressão de Ava, olhos apertados que diziam *Não tente mudar de assunto*, Michelle suspirou.

— Vocês duas têm seus próprios problemas. Não gosto de incomodar ninguém com meus sentimentos.

— Um peso compartilhado é um peso pela metade — declarou Ava, e Michelle revirou os olhos.

— Não sou uma de suas alunas, A.

— Será que não?

Os olhos de Ava brilharam travessos quando ela levantou a caneca e bebeu um gole.

Jasmine fez carinho nas costas de Michelle.

— Mich, você sempre esteve do nosso lado. Tem que deixar a gente te apoiar também.

— Eu sei que isso vale para os dois lados — disse Michelle, mais comovida pelas palavras da prima do que queria admitir. — Mas é difícil.

— Bom, comece agora e nos diga o que realmente está rolando com Gabe. Porque não acredito naquela *basura* de "a gente se reconectou no Instagram" nem por um minuto.

Michelle devia saber que não daria para enganar Jasmine. Ela contou sobre o e-mail de Fabian, sobre a lista de prós e contras e sobre o medo de que, se ela recusasse, o trabalho fosse para Nathaniel.

— Não tinha forma melhor de estragar a vida de Gabe do que arrastá-lo para uma reunião familiar — comentou Jasmine quando Michelle terminou, levantando a caneca em um brinde.

— Eu estava brincando sobre estragar a vida dele. Além do mais, era para ele ir embora na sexta, antes dos meus pais voltarem.

— Por que não foi? — quis saber Ava.

— Nós fomos pegos.

Michelle explicou que o pai de Gabe o tinha visto comprando camisinhas e que ele não queria contar ao pai que estava abrindo uma academia em Nova York.

Jasmine enrugou a testa, confusa.

— Por que Gabe não queria contar ao pai da academia?

— Ele está afastado há anos dos pais. A relação deles é... complicada.

— Dá para entender — murmurou Jasmine.

— E, claro, o pai de Gabe contou para a mãe dele, que contou para a *minha* mãe, que aí contou para a família inteira. E aqui estamos.

Michelle levantou as mãos, depois deixou-as cair no colo.

Jasmine ficou quieta por um momento, e olhou de soslaio para Michelle.

— Mas você *está* transando com ele, né?

— Ah, sim. Sem parar. É incrível.

Jasmine levantou uma sobrancelha.

— Bom, pelo menos isso.

Mas Ava suspirou.

— Que bom que o sexo está ótimo, Mich. Sério mesmo. Mas... vocês dois têm uma história tão complicada.

— E, tecnicamente, você está trabalhando para ele — completou Jasmine, fazendo uma careta. — Eu sei que é um frila e você está revisitando um território antigo com essa brincadeira, mas, acredite em mim, não é uma boa ideia.

— Deu certo para você.

Jasmine sorriu.

— Só porque eu tinha duas primas para colocar juízo na minha cabeça.

— Eu sei. Você tem razão. Não era minha intenção quando eu o trouxe aqui.

— Então, qual *era* a sua intenção? — perguntou Ava.

Michelle suspirou e se recostou, apoiando os antebraços no colchão.

— Eu só queria vê-lo de novo — disse ela, com a voz baixinha. — E queria saber por quê.

— Por que o quê? — perguntou Ava, com gentileza.

— Por que ele me abandonou completamente. — Michelle deu de ombros e desviou o olhar. — Desde aquela época, eu não quis me aproximar romanticamente de ninguém. É como se, se eu não me envolver por inteiro, não fosse doer quando inevitavelmente forem embora.

Jasmine soltou uma expiração lenta.

— O que você vai fazer quando Gabe voltar para a Califórnia? Estou imaginando que esse seja o plano dele.

Michelle olhou para o teto.

— Não discutimos nada tão no futuro, mas… acho que vamos falar para todo mundo que tentamos e não deu certo. A vida de Gabe é em Los Angeles. A minha é aqui.

Ava inclinou-se à frente, apoiando os cotovelos nos joelhos. A expressão nos olhos dela era intensa.

— Michelle. O que você sente por Gabe? De verdade. Sem papinho.

— Sem papinho? — Michelle puxou uma respiração trêmula e odiou sentir a tensão na garganta. — Querem a verdade?

Quando as primas fizeram que sim, Michelle apertou os olhos com os dedos para aliviar a pressão crescente.

— Fico muito feliz quando estou com ele. Quero achar um jeito de continuar, mas não sei como. E, ainda por cima, estou gostando do trabalho.

Ela abaixou as mãos e olhou para as primas. As palavras saíram dela num fluxo apressado, como se a represa que tinha construído ao redor dos sentimentos finalmente houvesse rompido.

— A verdade é que… ando me sentindo empacada. Estava aceitando trabalhos fáceis de design por causa do *burnout*, mas eles são um porre. Fazer a consultoria para a campanha dele fez com que eu me sentisse viva de novo. E estar com Gabe é… é a melhor coisa. Não sei mais como explicar. É como se ele estivesse esse tempo todo segurando um pedaço de mim e eu tivesse acabado de receber de volta.

A voz dela vacilou no fim, e as duas primas a agarraram em um abraço.

Michelle riu no meio do soluço de choro.

— Quando foi a última vez que fizemos um abraço em grupo?

— Não sei, mas faz tempo demais — murmurou Ava por cima da cabeça de Michelle.

Depois de mais um apertão, elas a soltaram, e Jasmine lhe deu um olhar de empatia.

— Você sabe que a família nunca vai parar de te encher por isso.

— Eu sei. Achei que não ia ser nada grave, mas, do jeito que todo mundo reagiu ontem…

— Você não é a única que vai ter que lidar com os parentes — completou Ava. — Gabe tem muito trabalho a fazer com os pais dele.

Michelle suspirou.

— Tomara que ele não os afaste de novo. Eles ficaram tão felizes de vê-lo. Acho que ele nem percebeu.

— Provavelmente não — concordou Ava. — Mas você não pode curar essa ferida por ele.

— É, eu sei. — Mas curaria, se pudesse. — Ele está na casa da irmã hoje, mas vai voltar à noite.

— Quando ele vai embora? — perguntou Jasmine.

— Ele ainda não comprou a passagem, mas deve ser daqui a alguns dias.

Era o plano, mas Michelle não podia deixar de torcer para que Gabe ficasse em Nova York até a filial ser finalizada. Mais tempo. Era só o que queria. Um pouco mais de tempo.

Mas o que aconteceria quando ela tivesse mais tempo? Ia querer mais, e mais, e mais. Nunca seria suficiente.

Michelle queria tudo dele.

— Só tome cuidado, tá? — disse Jasmine.

— Vou tomar.

Ela estava tentando, mas não restava quase nenhuma defesa.

— E fale com a gente — adicionou Ava. — Estamos aqui. Aconteça o que acontecer.

Michelle assentiu.

— Eu sei. Obrigada. Às duas.

Ela precisaria delas, percebeu. Depois que Gabe fosse embora, precisaria que elas amenizassem a situação com a família.

Mas, mais do que isso, precisaria da ajuda delas mais uma vez para se recuperar. Porque o que ela não havia contado era que tinha quase certeza de estar perdidamente apaixonada por Gabe.

GABE TINHA ESQUECIDO como os deveres de *tío* podiam ser exaustivos. Como era a primeira vez que visitava os filhos de Nikki em casa, eles tinham decidido ser bons anfitriões. Oliver, de 7 anos, havia se empenhado em mostrar a Gabe todos os Legos que tinha, além de fazer comentários detalhados sobre as "características especiais" de cada um, e Lucy, de 9, tinha insistido que eles brincassem de todas os jogos ao ar livre que conseguia imaginar, de pega-pega a pistolas de água a andar de cavalinho. Não teria problema, exceto por Gabe ser o cavalinho e as crianças terem se revezado para pular nas costas dele e berrar no seu ouvido para *correr mais rápido*. Depois de horas de diversão, Oliver e Lucy ficaram exaustos, e Gabe considerou que tinha feito mais que sua cota de aeróbico por um dia.

Quando as crianças voltaram para dentro de casa, atrás de ar-condicionado e videogame, Gabe se sentou com a irmã no deque, tomando cerveja.

Nikki e Gabe tinham as mesmas covinhas e cor de pele, mas o cabelo encaracolado e a estatura baixa dela vinham da mãe, enquanto Gabe puxava o pai. Ela o olhou séria, com olhos quase idênticos aos dele.

— Ainda estou irritada por você ter vindo a Nova York sem nem me contar. E se a gente não estivesse aqui?

Gabe suspirou e tomou um longo gole da garrafa. Era melhor ir devagar. Ele só ia beber aquela antes de voltar dirigindo ao Bronx.

— Desculpa, Nik. Nada nesta viagem foi como o esperado.

Para dizer o mínimo.

— O homem faz planos, e Deus ri — murmurou Nikki, e Gabe levantou a cerveja em um brinde. — Você vai voltar para a Califórnia?

— Vou, em alguns dias.

— Permanentemente?

— Claro. Eu moro lá.

Nikki se virou na cadeira e lhe deu aquele olhar de irmã mais velha que lembrava demais a mãe.

— Então, que diabo está fazendo aqui? — questionou ela.

Gabe franziu a testa. Ele tinha contado que ia lançar uma filial da Agility em Manhattan.

— Estou aqui para abrir uma...

— Não. Não estou falando do que você está fazendo com a academia, estou falando do que você está fazendo no *Bronx* com *Michelle*.

— Ah.

Gabe baixou o olhar para a cerveja como se ela tivesse as respostas, coisa que ele sabia muito bem que não tinha. Era por isso que ele raramente bebia. O álcool nunca lhe dava clareza em relação aos problemas; na verdade, o levava para o caminho de duvidar de suas escolhas de vida.

— A gente, hã, se reconectou...

— Não me venha com esse papinho que você contou para a mãe. Não acredito nem por um segundo.

Gabe soltou um suspiro pesado. Era quase um alívio ser descoberto, porque ele precisava conversar com *alguém* sobre Michelle. Fabian estava ocupado, e de todo modo Gabe não estava a fim de ouvir "Eu avisei". Ele explicaria ao amigo depois. Por enquanto, a irmã era a melhor opção.

— Michelle na verdade está ajudando a gente com a academia nova — admitiu ele, e aí contou a história toda a Nikki.

Ela ouviu, fazendo perguntas para esclarecer um ponto ou outro, mas sem oferecer opinião. Até o fim.

— Tá bom, olha — começou ela, e Gabe soube que ia escutar um monte. — Eu conheço Michelle há tanto tempo quanto você. Mais tempo, até, se você considerar que eu a vi várias vezes desde que começaram a faculdade e você, não. Conheço nossas duas famílias muito bem. Então, pode acreditar quando eu te digo: é melhor descobrir o que você quer antes de envolvê-la ainda mais nisso.

Gabe fechou a cara com o tom acusatório da irmã.

— Do que você está falando?

— Você a colocou para trabalhar nesse projeto de Nova York, que, vamos ser sinceros, é claramente algum tipo de tentativa de chamar a atenção do pai, e agora está desfilando por aí com ela como se fosse a maior história de amor da nossa geração. Acorda, Gabe. Isso não vai acabar como você quer.

— Eu nem sei o que quero — devolveu ele, e ela levantou as sobrancelhas.

— Aí que está seu problema.

Merda, ela o tinha encurralado, que nem fizera milhões de vezes quando eles eram crianças.

— Abrir uma filial da Agility aqui é parte do acordo de investimento. Era para Fabian cuidar disso.

— Mas aqui está você.

Ali estava ele. Envolvido com Michelle, Powell e a família....

Merda, Nikki tinha razão. Ele não fazia ideia do que queria de nenhuma daquelas pessoas.

Gabe colocou a cerveja na mesa de jardim e apoiou a cabeça nas mãos.

— O que estou fazendo? — gemeu.

Nikki deu tapinhas no ombro dele.

— Você precisa ter mais clareza do que quer, Melzinho.

— Pelo amor de Deus, Nik. Não me chame disso.

Ela sorriu, maliciosa, diante da reação dele ao antigo apelido.

— Então, pare de agir que nem criança. O que você *quer*?

Gabe se endireitou e disse, com o máximo de convicção que conseguiu reunir:

— Quero que a Agility seja um sucesso.

Nikki o olhou impassível por um longo momento, depois deu um gole na cerveja. Finalmente, perguntou:

— E o que isso quer dizer?

— Quer dizer...

Merda, o que *queria* dizer? Pontos de discussão rodopiaram em sua mente, do slogan da academia a burburinho de publicidade ao que contara a Michelle.

A Agility te dá agilidade!

Número 5 na Lista de Melhores Academias das Celebridades de Hollywood

Ajudar as pessoas a se sentirem melhor com seu corpo e conseguir uma amplitude total de movimentos.

O sucesso da Agility tinha a ver com fama? Dinheiro? Ajudar pessoas? Ou tinha a ver com provar ao pai que, afinal, Gabe não precisava dele?

Pensar naquilo dava dor de cabeça.

Nikki interrompeu seus pensamentos conflituosos.

— Vou colocar da seguinte forma. Michelle está trabalhando para você na campanha de Nova York, que você não quer fazer, porque quer ficar em Los Angeles. Mas, enquanto você está aqui, ela também está fingindo que é sua... o quê, namorada? Para te poupar de contar ao pai sobre a academia. O que acontece quando você voltar à Califórnia?

— É temporário. Ela sabe que vou embora logo.

— Mas *ela vai continuar trabalhando para você.*

Nikki enunciou cada palavra, como se para garantir que ele não perdesse nenhuma.

Gabe começou a suar, e não era por causa da umidade de agosto.

— Fabian vai assumir.

Nikki levantou as sobrancelhas.

— Ah, é? Com dois bebês em casa?

Merda. Tudo tinha ficado emaranhado desde que ele tinha deixado aquelas pessoas voltarem à sua vida. Gabe estava ignorando a realidade nos últimos dias, dizendo a si mesmo que seria fácil fazer as malas e ir embora como havia planejado. Mas, quando voltasse a LA, as coisas seriam diferentes. Ele e Michelle haviam contado uma mentira gigante, só para ele poder se proteger de enfrentar o julgamento do pai, e ela ia ficar lá segurando o rojão, enquanto ainda tecnicamente trabalhava para a empresa dele. Para *ele.*

Gabe soltou um longo suspiro.

— Eu nunca devia ter voltado para Nova York.

— Mas voltou. E agora precisa arrumar a bagunça que fez.

— Não sei nem por onde começar.

— Você começa pelo que quer, em relação a Michelle, à academia, à mãe e ao pai. Eu não te contei isso antes, porque sabia que você não estava pronto para ouvir, mas eles ficaram arrasados quando você foi embora. Todos nós ficamos. Bom, menos eu, porque você pelo menos respondia às minhas mensagens. A mãe, o pai, caramba, até nossas tias e tios ficaram putos por você desaparecer depois do meu casamento. Só o *tío* Marco entendeu, e acho que ele tentou conversar com o pai e explicar. Eu também tentei. Mas eles estavam tão magoados, Gabe. Você não tem ideia.

Ele se forçou a dar um golinho na cerveja.

— Eu também estava.

— Eu sei disso. E entendo por que você achou que tinha que ir embora. Mas se você acha que pode só voltar para Los Angeles como se nada tivesse mudado... acho que é melhor pensar duas vezes.

Ele tinha achado aquilo mesmo, mas percebeu que estava se enganando.

O que você quer?

A pergunta da irmã ecoou na mente dele. Gabe fechou os olhos e tentou pensar.

Ele queria...

Michelle.

Ah, que novidade. Ele sempre a quisera.

Mas o que querê-la significava? Além do sexo, além do passado compartilhado.

Ele não sabia. Antigamente, queria um futuro com ela, mas os planos haviam mudado e ele percebera que aquilo era impossível. Michelle estava firmemente enraizada na vida antiga dele, e ele não podia ficar em Nova York, nem por ela. Por outro lado, nunca pediria que ela deixasse sua família por ele.

A realidade era que Gabe não tinha futuro em Nova York e não tinha futuro com Michelle. O que ele queria não importava.

Era doloroso pensar em deixá-la, então voltou os pensamentos para a Agility.

Aquilo, pelo menos, estava ficando mais claro. Ele sentia saudade de ajudar as pessoas a se recuperar de lesões e melhorar sua mobilidade, viver uma vida melhor no corpo que tinham, em vez de num corpo ideal que desejavam ter.

Mas ele era dono da "Quinta melhor academia das celebridades de Hollywood" e tinha obrigação de expandir a marca para um novo mercado.

Quanto aos pais, não queria nada deles, exceto provar que o pai estava errado e mostrar que Gabe podia ser bem-sucedido sozinho. Para isso, precisava que a expansão da academia corresse bem, o que significava que precisava que Michelle continuasse no projeto.

Tinha que parar de fazer qualquer coisa que prejudicasse a Agility. Incluindo ficar com Michelle.

— Já decidiu o que vai fazer? — perguntou Nikki.

Gabe afastou ainda mais a garrafa de cerveja. Não era hora de aumentar a dúvida.

— Vou comprar minha passagem de volta para LA.

Nikki suspirou e balançou a cabeça. Claramente não era a resposta que ela queria ouvir, mas era só o que ele tinha.

De alguma forma, tinha que se desemaranhar de Michelle. Dos pais dele. E, se conseguisse, da responsabilidade de administrar a filial de Nova York.

Catorze anos atrás

Transcrição do chat do Windows Messenger

Destino celestial: Sessão de Planejamento do Episódio 10

Michelle:
    Coitados dos nossos fãs.

Gabe:
    Vamos acabar com eles.

Michelle:
    Eles acham mesmo que a história está quase acabando.

Gabe:
    Estamos só começando.

Michelle:
    Foi divertido ver todo mundo especulando sobre quem está na nave que acaba de aterrissar.

Gabe:
    Mal sabem eles que as coisas estão prestes a ficar muito ruins para nossos intrépidos heróis.

Michelle:
    Papai chegou!

Gabe:
    Quê?

Michelle:

O pai de Zack. O rei Salazar devia finalmente aparecer nesta cena.

Gabe:

Ah, achei que você estivesse falando que o SEU pai chegou.

Michelle:

Hahaha, ele está em casa, mas não foi isso que eu quis dizer.

Gabe:

O meu está na loja, ainda bem.

Michelle:

Ótimo, você pode trabalhar em paz neste capítulo.

Gabe:

Eu?

Michelle:

Eu escrevi muito do último e, como Zack recuperou as memórias e está vendo o pai pela primeira vez, você devia escrever este. Ele é seu personagem.

Gabe:

Não, eles são NOSSOS personagens.

Michelle:

São, sim. ☺

Capítulo 20

Gabe estava parado ao lado de Michelle no antigo quarto do irmão dela, olhando a cama como se a coberta floral escondesse armadilhas de urso.

— Não imaginei isso — disse ele, numa voz baixa. — Achei que eles fossem me fazer dormir no sofá. Ou no quintal.

Embora Gabe tivesse amado dormir na cama de Michelle no hotel, depois da conversa com Nikki finalmente estava vendo a sabedoria atrás da regra de Michelle quanto a não dividir cama. Eles precisavam de *mais* espaço entre os dois, não menos.

— Eu meio que esperava — admitiu Michelle. — Foi por isso que lavei os lençóis do outro quarto e fiz a cama como se eu não estivesse dormindo lá.

— Ah. Eu fiquei me perguntando por que você tinha decidido lavar roupa de madrugada antes da viagem.

— Claramente, minha mãe decidiu que é melhor arriscar um *escándalo* do que atrapalhar nosso romance secreto. É melhor garantir que eles não furaram as camisinhas.

Gabe tremeu.

— Espero que você esteja brincando.

— Estou. Acho.

— Isso não é reconfortante.

— Olha — disse ela. — Os quartos são conectados. A gente espera até meus pais irem dormir, e eu vou de fininho até o outro quarto pelo banheiro. Aí, eu acordo cedo e refaço a cama para minha mãe não saber que eu dormi lá.

Ele balançou a cabeça.

— Sua mãe com certeza vai saber. Estas paredes são finas e, como você deve ter notado, não somos muito bons em fazer as coisas às escondidas.

Michelle apertou os olhos com o canto das mãos e gemeu.

— Meu Deus. Tem razão. A gente é horrível nisso.

— Eu podia ir dormir na casa dos meus pais.

— Como você explicaria isso? Teria que contar ao seu pai a verdade sobre por que está em Nova York. Está disposto a isso?

Não. Ele não estava.

— Eles fariam um milhão de perguntas, e nossas mães estão *muito* animadas com esse jantar de amanhã. Ficariam arrasadas.

Aquilo ecoava o que Nikki dissera antes, e Gabe sentiu um baque de arrependimento. Ele devia simplesmente ter dito a verdade ao pai — que estava em Nova York a trabalho e Michelle o estava ajudando.

Mas ele ainda teria que explicar as camisinhas. E por que estava se escondendo na casa ao lado. E por que não ligava para eles fazia nove...

Melhor não.

— Tecnicamente, a gente dormiu juntos ontem — argumentou ele.

Por mais esquisita que fosse a situação, parte dele queria muito passar a noite de conchinha com ela de novo.

— Mas era num hotel — respondeu Michelle suavemente, e Gabe entendeu a distinção.

Era um lugar onde eles podiam fingir e realizar juntos todas as suas fantasias. Mas, de volta à casa dos pais dela, eles estavam sendo confrontados com a realidade. E com a falta de privacidade.

— Além do mais, seus pais estão no fim do corredor — completou ele.

— Transar alto onde meus pais consigam ouvir iria realmente convencê-los dessa história do namoro falso.

Gabe passou uma mão pelo rosto.

— Seu pai ia me matar.

— Além do mais, é só uma cama *queen*.

Ela olhou a cama, cética.

— Vamos dar um jeito — disse ele, depois se lembrou do que Nikki lhe tinha dito naquela tarde.

É melhor descobrir o que você quer antes de envolvê-la ainda mais nisso.

Será que ele estava enganando Michelle? Dando a ela falsas esperanças?

— Vou comprar minha passagem amanhã — soltou ele.

Melhor falar logo, antes que aquilo fosse ainda mais longe.

— Ah, é? — Michelle se debruçou para mover os travesseiros, e ele momentaneamente ficou distraído pelo short dela subindo. — Para que dia?

— Em breve. Vou conversar com Fabian amanhã.

— Está bem.

O tom dela era enganosamente leve enquanto puxava o cobertor e o lençol, e Gabe percebeu que estava conversando com a velha Michelle. A Michelle que ele lembrava da adolescência, que parecia despreocupada com as ações alheias, que levava tudo na boa ou transformava em piada. Depois de ver outro lado dela, reconhecia o que aquilo era: uma tática de defesa. Ela estava escondendo seus sentimentos dele. E talvez de si mesma.

Durante a semana anterior, eles tinham conseguido construir algo novo nas cinzas da antiga amizade. Era frágil e indefinido, mas era real.

O que quer que fosse, seria demolido quando ele fosse embora. Magoaria os dois, e ele não tinha ideia de como evitar. *Precisava* voltar.

— Vamos dormir — falou Michelle, soando cansada.

Lado a lado, eles escovaram os dentes no banheiro adjacente. Michelle estava usando o mesmo pijama da primeira manhã deles juntos, e Gabe não conseguiu deixar de olhar os peitos dela balançando no espelho enquanto ela escovava os dentes.

Ela cuspiu, bochechou e deu um sorrisinho para ele.

— Você estava olhando meus peitos?

— Sempre — admitiu, e ela riu.

A tensão nele diminuiu e, quando voltaram ao quarto, a situação não parecia tão ruim.

Michelle ajustou o ventilador de teto e afastou as cobertas.

— Você tem um lado da cama preferido? — perguntou ela.

— Bom, como eu durmo sozinho, durmo no meio.

— Faz sentido — disse ela, sorrindo. — Eu provavelmente vou precisar levantar para fazer xixi no meio da noite, então vou dormir do lado mais perto da porta.

— Está ótimo.

Gabe deitou-se primeiro, indo para o lado para abrir espaço para ela. Michelle se sentou na ponta da cama e desligou o abajur, depois se esticou embaixo do lençol ao lado dele.

Gabe ficou em silêncio por um momento, mal respirando. Todas as suas células estavam hiperatentas a Michelle ao seu lado. Na noite anterior, eles tinham pegado no sono espalhados juntos na cama grande do hotel, exaustos pelas aventuras sexuais. Não houvera tempo de manhã para desconforto, porque tinham precisado ir embora correndo. Ele devia aceitar o conselho de Nikki e abrir espaço entre eles. Deixar Michelle dormir no próprio canto e, acima de tudo, não encostar nela.

Mas não queria.

Rolando de lado, Gabe a encontrou no escuro e beijou o ombro dela.

— Quero ficar abraçado com você.

— Tá bom.

A voz de Michelle estava suave no escuro, mas ela virou a bunda na direção dele, para ele poder fazer a conchinha. Gabe a puxou mais para perto, pressionando as coxas contra as dela e encaixando os joelhos na parte de trás das pernas dela. O cabelo dela estava no rosto dele, mas ele não se importava. O perfume doce de ervas do xampu dela o acalmava. Não tinha um centímetro de espaço entre eles.

E a sensação era tão, tão boa.

Gabe tentou dormir. Tentou mesmo. Mas era duro. *Ele* estava duro. Era impossível não ficar, com a bunda maravilhosa dela pressionada contra a virilha.

Os pais dela estavam no fim do corredor, então sexo estava fora de questão, mas talvez...

Gabe levantou a cabeça para sussurrar no ouvido dela.

— Quero te fazer gozar.

Michelle arfou, e ele a sentiu tensionar.

— Agora?

— Agora mesmo.

Ela abriu as coxas para lhe dar acesso. A aceitação imediata da oferta dele mostrava quanto tudo tinha mudado entre os dois em poucos dias.

Gabe deslizou a mão pelo corpo dela, descendo pelo quadril até o cós do short de pijama e enfiando os dedos por dentro da calcinha.

Quando ela fez um barulhinho, a mão dele ficou imóvel.

— Shh. Você precisa fazer silêncio, querida.

Michelle bufou.

— Vou tentar.

Ele a tocou de novo, acariciando-a gentilmente entre os lábios de baixo até ela se abrir para ele, macia e molhada.

— Meu Deus, eu quero tanto te comer, meu bem. — Ele soprou as palavras no ouvido dela enquanto a acariciava, mudando a posição da mão para deslizar os dedos para dentro dela. — Bem assim. Eu entraria por trás e…

Ele parou e apertou o rosto na nuca dela quando ela segurou um gemido. Por mais que estivesse fazendo aquilo para provocá-la e dar mais prazer, estava provocando a si mesmo também.

— O que mais? — perguntou ela, com a voz rouca de desejo. — O que mais você ia fazer comigo?

Gabe soltou uma expiração trêmula. Era uma tortura das mais deliciosas.

— Eu ia deslizar para dentro de você, e você ia aceitar cada centímetro — continuou, deslizando os dedos molhados para o clitóris dela e circulando enquanto falava. — Eu começaria devagar, mas depois iríamos mais rápido. Você gosta quando é bruto, né, meu bem?

— *Sim.*

A resposta dela mal foi audível em meio à respiração forte enquanto ele combinava a velocidade do toque às imagens que estava descrevendo. Ela estava quase lá, então ele baixou os dedos de novo, enfiando dois dentro dela. Gabe entrou e saiu com os dedos, imitando o que queria fazer com o pau. Michelle requebrou o quadril e, quando soltou uma série de pequenos ganidos, ele capturou a boca dela num beijo antes de voltar os dedos para o clitóris.

Ela tremeu com o toque, gemendo baixinho na boca dele.

Gabe sabia que tinha se segurado quando Michelle perguntou o que ele queria fazer. Queria mais do que só estar dentro dela. Queria abraçá-la assim enquanto ela gozava no pau dele, engolindo seus suspiros de êxtase.

Ele queria dormir de conchinha com ela a noite toda e acordar com ela toda manhã.

Alguns dias e noites não eram o bastante. Um fim de semana fingindo não era o bastante. Ele queria mais com ela. Mais tempo, mais... tudo.

E aquilo o assustava para caralho.

O lugar dele não era ali. Ele era bem-sucedido em Los Angeles. Tinha virado uma pessoa de que ele mesmo gostava, que respeitava. Não podia jogar tudo fora e voltar a ser quem era antes.

Nem por Michelle.

Ela ficou mole contra o corpo dele, ofegante.

— Acho que agora estou pronta para dormir — murmurou, e Gabe segurou uma risada.

— Fico feliz em ter ajudado.

— E você?

Ela o acariciou por cima do short, mas ele afastou a mão dela com cuidado. Aqueles pensamentos assustadores todos o estavam desanimando, e ele realmente não queria ser pego transando pelos pais dela.

— Estou bem, querida. Só me deixa te abraçar, tá? É só isso que quero.

Mas, daquela vez, em vez de ficar de conchinha com ela, ele a envolveu com o corpo todo, emaranhando as pernas e os braços. Pelo menos por uma noite, ele não precisava soltá-la.

APESAR DE TER o sono pesado, Gabe acordou periodicamente durante a noite para checar se Michelle ainda estava lá.

Ela estava.

Pela manhã, ele estava atento a ela, e se mexeu quando a sentiu se levantar da cama. Ele a puxou para um abraço, inspirando o aroma amadeirado de canela. Ela lhe deu um beijo na testa, depois saiu. Ele pegou no sono de novo e dormiu profundamente.

Quando Gabe acordou de verdade, estava grogue, e Jezebel estava aconchegada no lugar de Michelle. A gata levantou a cabeça, dirigindo a ele os grandes olhos amarelos, antes de se esticar para dar uma cabeçada na bochecha dele.

Quem era ele para ignorar um convite daqueles?

Depois de fazer carinho em Jezebel por alguns minutos, Gabe vestiu uma calça de moletom e foi cambaleando até o andar de baixo passar café, só para congelar ao ver o pai de Michelle usando a máquina de expresso.

Dominic olhou Gabe de lado.

— Procurando café?

— Hã, sim, por favor. Obrigado.

Dominic serviu café numa xicrinha e passou a ele. Gabe assoprou e deu um gole. Ele preferia café com bastante leite, mas precisava acordar. Rápido.

— Achei que nunca mais fosse ver você por aqui — disse Dominic em tom de conversa enquanto olhava fixamente para a própria xícara.

— E eu nunca achei que fosse voltar — respondeu Gabe com sinceridade, depois bebeu um pouco mais.

O cérebro dele claramente ainda não estava funcionando na potência total.

— Que história é essa que ouvi falar de uma academia? — perguntou Dominic.

— Bom, eu sou dono de uma academia. — O que o homem queria saber? — Também sou fisioterapeuta.

— Ah, é? — Dominic levantou as sobrancelhas como se estivesse impressionado. — E é o quê, uma dessas academias de fisiculturista? Boxe?

— Não exatamente. Fazemos treinamento de movimento e trabalho corporal, além de treino de luta para atores.

Dominic fez um gesto para ele.

— Com a sua aparência agora, imaginei que você competisse e tal.

— Já pensei nisso — contou Gabe. — Fiz algumas competições quando era mais novo. Mas só gosto da rotina.

— Provavelmente é mais difícil de manter aqui. — Dominic acenou com a cabeça em direção à porta do porão. — Nossa academia caseira é meio patética. Val usa mais do que eu. Eu ainda vou até o quartel quando quero malhar de verdade.

— Você está aposentado?

— Sim, há alguns anos. — Ele deu de ombros. — Não sei mais que diabo fazer da vida. Comecei a fazer um bico de segurança só para me ocupar. Val tem as coisas de artesanato lá em cima. Você deve ter visto.

— Vi, mas não entendi o que era nada daquilo.

Dominic riu alto.

— Eu nem pergunto mais. E agora ela quer abrir uma lojinha num negócio chamado Etsy para vender bijuterias. Construí um cantinho com luzes para ela poder tirar fotos boas. Ela fica feliz, e as bijuterias são muito boas.

Era provavelmente o máximo que Dominic já tinha dito diretamente a Gabe, exceto pelas poucas vezes que o ameaçara. Para ser sincero, Gabe estava esperando mais ameaças, mas, não, pelo visto eles eram capazes de conversar cara a cara. Como adultos.

Dominic deu um tapinha no ombro de Gabe ao passar a caminho da porta do porão.

— Michie está lá embaixo, usando a impressora. É melhor você usar a mesa no quarto de artesanato se quiser trabalhar. Val vai voltar já, já e começar a cozinhar e limpar para hoje à noite. Ela já me avisou que vai me dar alguns projetos, então vou relaxar enquanto posso. — Ele levantou a xícara numa saudação. — Até mais tarde, garoto.

Gabe murmurou uma despedida, depois olhou o relógio. Merda, ele tinha pouco mais de dez minutos antes da reunião de gerência.

No bolso, o celular dele apitou com um alerta de calendário. Ou seja, dez minutos exatos. Apesar de ter dito a Fabian que não ia conseguir participar, Gabe se sentiria culpado demais de matar a reunião.

Ele pegou ingredientes para uma vitamina na geladeira e no freezer, bateu e lavou o liquidificador em tempo recorde. Aí, subiu correndo, vestiu uma camiseta e abriu o notebook faltando segundos. No último instante, pegou um boné dos Yankees, já que ainda não tinha penteado o cabelo.

Uma reunião levou a outra, o que levou a um fluxo sem fim de e-mails. Ele estava atrasado com a comunicação porque passara três dias sem abrir a caixa de entrada e, quando abriu naquela manhã, quis chorar.

Fabian havia perdido a reunião e não respondera a nenhuma das mensagens de Gabe. Gabe mandou um e-mail para ele, e depois falou com Powell, o corretor imobiliário e até com Rocky Lim. Também finalizou a ficha de Michelle e digitou todas as respostas em um e-mail. Enviou a ela, embora tivesse uma sensação esquisita de que várias das respostas, por algum motivo, estavam... erradas.

Ela respondeu alguns minutos depois com uma mensagem.

> **Michelle:** Desce aqui.

Gabe conferiu o relógio. Ele estava trabalhando havia quatro horas seguidas e estava morto de fome. Era um bom momento para uma pausa. Fechou o notebook, finalmente penteou o cabelo para trás com gel e desceu.

Michelle estava na sala e, para sua surpresa, tinha toda uma apresentação montada na mesa de centro. Ele se lembrou de repente dos projetos escolares de Michelle. Ela sempre amara uma boa apresentação.

— O que é tudo isso? — perguntou ele.

— O *storyboard* da sua campanha.

— Mas eu acabei de te mandar o e-mail, faz cinco minutos.

Ela acenou como se não tivesse importância.

— Nunca achei que você fosse preencher aquilo. Estou te ouvindo falar de você e da empresa há dias. Também fiz uma análise do seu site e das redes sociais e, entre minha própria pesquisa de mercado para a Victory e o que Fabian me enviou para a Agility, eu tinha o suficiente para montar uma proposta preliminar. Está pronto para ouvir?

Gabe analisou o quadro, que estava dividido em três seções coloridas: Percepção do Consumidor, A Ideia e Plano de Ativação. Cada área continha dados e fotos impressas.

— Quando você fez tudo isso?

— Aqui e ali. — Michelle deu um tapinha na almofada do sofá ao lado dela. — Eu sou boa no que faço.

— Mas você não faz mais este tipo de trabalho, né?

Ela olhou para o chão.

— Não. Não faço.

Dava para ouvir uma salsa da cozinha, e Valentina cantava junto, desafinada. Do quintal, Gabe ouvia sons de martelo. Um dos projetos que Dominic havia mencionado?

Gabe estava com fome, mas Michelle estava lhe dando um olhar cheio de expectativas. Ela parecia tão satisfeita que ele se sentou no sofá sem fazer mais perguntas.

Michelle começou com uma análise da pesquisa, usando termos como *escuta social*, *necessidades não atendidas* e *brechas no mercado*.

— Nova York é um mercado saturado de academias — explicou ela. — Você precisa mostrar aos clientes que tem uma abordagem diferenciada que vai atender às necessidades deles melhor do que os concorrentes.

Gabe fez que sim. Ele se lembrava vagamente daquelas coisas de quando haviam lançado a Agility em Los Angeles, mas, claro, Fabian estivera encarregado daquela parte, e Powell tinha contribuído em peso com suas ideias.

Michelle continuou, destacando a oportunidade de renovar a marca com um novo logo, um site reformulado e uma declaração de missão mais clara, para alcançar as pessoas que Gabe realmente queria ajudar. O *storyboard* incluía protótipos de design.

— Precisaríamos fazer um teste de mercado dos conceitos com os consumidores — explicou Michelle. — Mas é um começo.

Ela passou à segunda seção da apresentação, A Ideia.

— O foco da sua academia é ajudar as pessoas a conquistarem uma amplitude total de movimento, certo? Vamos explorar isso na campanha, chamando trapezistas e contorcionistas e tal e fotografando-os com roupa normal de ginástica, malhando nos equipamentos. E vamos chamar pessoas de várias idades, tipos de corpo, raças, etnias e gêneros, com e sem deficiência, para mostrar que sua academia é inclusiva e todo mundo é bem-vindo nela.

O painel incluía ideias de slogans como "Corpos em movimento ficam em movimento", "Uma solução de movimento para cada corpo" e "Harmonia de movimento". Ele gostava de todas mais do que de "A Agility te dá agilidade!", que tinha certeza de que era ideia da equipe de Powell.

Michelle entrou no Plano de Ativação, desenrolando uma história a partir dos elementos visuais do painel.

— As pessoas pagam por experiências — disse ela. — Para o lançamento, vamos convidá-las para uma experiência ao vivo na academia. Sabe aquelas peças de teatro interativas, em que as plateias são incluídas na apresentação em si? Podíamos trabalhar com uma companhia teatral para criar a história e os personagens e conseguir que uma marca esportiva patrocine os figurinos, que vão ser só roupas de academia com o logo. Os atores vão ser como os dos anúncios, mas as pessoas vão vê-los ao vivo, interagindo com a academia e os equipamentos. Pode ser uma história de movimento, de alcançar a mobilidade total. Os consumidores vão associar essa história à marca Agility. E talvez você possa fazer esse evento de vez em quando como surpresa, tipo uma apresentação secreta *pop-up*. Os nova-iorquinos amam um show ao vivo, mas amam especialmente quando podem se gabar de que é algo que só existe aqui.

Michelle concluiu com um resumo de sugestões finais e acenou as mãos com um floreio.

— E aí está. Academia Agility dominando Nova York.

A mente de Gabe rodopiava com as imagens e ideias que ela apresentara. Ele via tudo com muita clareza, e aquilo o animava mais do que qualquer coisa relacionada a marketing até então. Gabe tinha certeza de que Trung, que cuidava da agenda de clientes da Agility, seria ideal na campanha e adoraria voltar às raízes acrobáticas. Michelle era genial.

— Uau. Eu… Uau, Mich. É bem mais do que eu esperava, em especial depois de só alguns dias.

O sorriso dela era um pouco triste.

— Eu gosto de fazer isso.

— E você é incrível nisso.

Parecia importante dizer isso a ela. Gabe sabia que Michelle tinha sido machucada no passado, mas ela tinha um talento para aquele trabalho.

— Mas você ainda não disse se acha que é a direção certa — comentou ela.

Ele não dissera, mesmo. Porque, por mais que Gabe amasse a ideia, já podia imaginar a reação de Powell. O investidor provavelmente não acharia "descolado" o bastante. Insistiria em mais celebridades, mais corpos idealizados, mais brilhos. A ideia de Michelle ia ao cerne do que Gabe tinha pretendido fazer. Infelizmente, não combinava com o que a academia era no momento.

Embora combinasse com o que ele sempre quisera que fosse.

Foi então que ele se tocou. Ainda estava sendo atropelado, deixando outra pessoa influenciar suas decisões. Quando era mais jovem, o pai tomava todas as decisões para a família. Gabe era forçado a aceitar, independentemente do que quisesse. Escola, amigos, beisebol, faculdade — o pai dele deixava tudo em segundo plano, secundários diante da obrigação familiar, que, durante a adolescência de Gabe, consistia em trabalhar na papelaria.

Desde que Gabe conhecera Powell, o investidor tinha feito a mesma coisa, pressionando Gabe e Fabian a incluir coisas tipo treinamento de coreografias de luta, a fazer escolhas que atrairiam clientes famosos, a abrir uma filial em Nova York, apesar de Gabe ter sido veementemente contra.

Gabe tinha se livrado do pai só para substituí-lo por Powell.

O pensamento lhe deixou enjoado, então ele o ignorou.

— Eu gostei — disse a Michelle, porque era verdade. — Acho inteligente e divertido, e vai se conectar com as pessoas. Mas vamos ter que convencer Fabian e Powell também.

— Entendido. E, lembre, é só o conceito preliminar. Ainda tem muito mais ajustes finos, ou podemos voltar ao começo.

— Certo. Obrigado por... tudo isso.

E, como as palavras não eram o bastante, ele pegou a nuca dela e a puxou para um beijo.

Gabe não ligava que a mãe dela estivesse na cozinha nem que o pai dela pudesse entrar a qualquer momento. A apresentação havia despertado muitos sentimentos conflitantes dentro dele, sentimentos que não tinham para onde ir. Ele precisava da conexão com Michelle para aterrá-lo, para dar um lar a algumas de suas emoções. Amor. Gratidão. Esperança. Ele nem sabia mais o quê. Só sabia que ela o tornava mais forte.

Michelle não o questionou nem fez piada. Só se inclinou, encontrando a boca dele com a dela e se abrindo para receber a língua dele. Gabe a beijou devagar e com cuidado, tentando mostrar, sem palavras, o quanto ela era importante para ele.

Ela agarrou a camiseta dele com a mão em punho e o puxou mais para perto. Gabe deslizou os dedos no cabelo dela, virando a cabeça de Michelle para poder emaranhar a língua mais completamente na dela. O beijo se aprofundou e esquentou. As bocas se fundiram até os dois precisarem se desgrudar um pouco para respirar.

Gabe estava prestes a pegar Michelle no colo e roçar nela por cima da roupa, mas a mãe dela estava no cômodo ao lado, a uma porta aberta de distância. Em vez disso, ele se afastou, com um gemido relutante.

Os olhos cor de mel dela estavam atordoados e sonhadores. Ela piscou devagar e lambeu o lábio inferior.

— Por que isso?

Por você ser incrível.

Por me ver e ver minha visão claramente.

Por se importar com a minha academia.

Por se importar comigo.

Antes que ele pudesse se decidir por uma resposta, Valentina os chamou da cozinha.

— *Oye, nenes. ¿Quieres comer?*

Gabe pulou ao som da voz de Valentina, e o momento se perdeu. Michelle se afastou dele, e ele não falou nada do que estava na ponta da língua.

— Você acha que um dia vão parar de chamar a gente de criança? — murmurou Michelle, dobrando o painel.

— Nunca.

Gabe ficou feliz com a interrupção, que o tinha impedido de revelar demais. E, de forma estranha, gostou do lembrete de que havia pessoas mais velhas e sábias cuidando dele. Era algo que ele não vivia havia quase dez anos.

Enquanto seguia o cheiro de *tostones* até a cozinha, percebeu que não eram só seus sentimentos por Michelle que estavam atrasando a compra da passagem de volta. O senso de lar, de família, de ser cuidado era quase inebriante. Ele não podia se permitir se acostumar com aquilo, mas podia curtir enquanto durasse.

E pequena parte dele estava até animada para ver os pais de novo à noite. Ele não tinha certeza de por que ou como havia acontecido, mas, pelo menos uma vez, decidiu não resistir.

Capítulo 21

A campainha tocou pela enésima vez e Michelle foi abrir a porta, Gabe vindo logo atrás.

— Isto não é um jantarzinho de família — sibilou ele.

Michelle riu pelo nariz.

— Para minha mãe, é, sim.

— Já tem mais de trinta pessoas aqui!

— Exatamente. Um jantarzinho de família. — Michelle riu com o olhar de perturbação dele e o puxou para um beijo. — Relaxa. Eles só vieram comer.

A campainha tocou de novo, com mais insistência.

— Alguém atende a porcaria da porta! — gritou Valentina da cozinha.

— Já vou! — gritou Michelle de volta.

— Esqueci como nossas famílias são barulhentas — murmurou Gabe.

— Isso não é nada.

Michelle abriu a porta e revirou os olhos ao ver o primo Sammy parado do outro lado com a esposa e os filhos. Sammy era irmão de Ronnie e o mais velho dos primos Rodriguez. Também era um tremendo pé no saco.

Michelle deu um passo para trás, para deixá-los passar, e cumprimentou todo mundo com beijos.

— Sammy, o que você está fazendo aqui? Está atrás de comida grátis?

— Me disseram que é uma festa de noivado, então trouxe presentes — brincou Sammy e, diante do olhar frio de Michelle, riu. — Relaxa, *Mitch*. Sua mãe me pediu para trazer uma caixa de *cannoli* da Arthur Avenue.

Ele entregou uma grande caixa branca amarrada com barbante vermelho e branco. Michelle sentiu o cheiro doce da sobremesa italiana saindo pelas bordas.

— Tá bom, está perdoado pela piadinha da festa de noivado, mas só porque trouxe *cannoli*. E não vá repetir a piada, porque é assim que os boatos começam, e eu *realmente* não preciso disso agora.

Sammy riu, cumprimentou Gabe com um soquinho e entrou na casa.

Apesar de suas garantias a Gabe, Michelle tinha que admitir que era maior do que um simples churrasco de família. O pai dela e o de Gabe tinham removido parte da cerca que separava os quintais para os vários parentes Rodriguez e Aguilar poderem ir de uma casa para a outra com facilidade. A irmã e o irmão dela estavam lá com os cônjuges e filhos. A irmã de Gabe tinha vindo com a família e parecia que todas as tias e tios tinham aparecido, com alguns primos. Ava e a mãe estavam lá, e Jasmine tinha levado Ashton e o filho dele, Yadiel. Os avós porto-riquenhos de Michelle estavam presentes, com a irmã da mãe e o irmão do pai.

Grandes festas em casa não eram incomuns na família dela, mas a piada de Sammy fez Michelle se perguntar qual era exatamente a ocasião que a mãe dela tinha dito a todo mundo. Era a cara de Valentina falar que era uma festa de "pré-noivado", apesar das inúmeras vezes que Michelle dissera que não planejava se casar nunca.

Sua desconfiança cresceu conforme a noite seguia e Gabe desviava de perguntas cada vez mais invasivas. A mais comum era "Quando é o casamento?", mas todo mundo também queria saber se Gabe ia voltar a morar em Nova York. Titi Nita, mãe de Sammy e Ronnie, anunciou que tivera um sonho em que Michelle se mudava para Los Angeles e assumia o apartamento vazio de Jasmine. Quando isso foi mencionado, a prima saiu voando da sala. E pelo menos duas pessoas perguntaram a Michelle quando ela ia conseguir outro "emprego de verdade". Ela não tinha energia de responder com mais do que "Eu já tenho um emprego de verdade".

Quando Michelle pedira demissão do mundo corporativo e tomara a decisão de ser freelancer, ninguém tinha entendido por que ela ia abrir mão de um cargo seguro — com benefícios! — para trabalhar de casa. Uma das tias-avós havia chegado a dar a entender que Michelle — e toda a geração dela — era preguiçosa, e Ava arrastara Michelle para longe antes de ela poder dizer o que a *viejita* deveria fazer com aquelas opiniões.

Depois de Sammy brindar Gabe com a cerveja e fazer um discurso elaborado de boas-vindas à família, Ava puxou Michelle de lado.

— Isso está saindo de controle — alertou Ava em voz baixa. — Eu não ficaria surpresa se *abuela* já tiver chamado o padre.

— Não vou me casar e, mesmo se fosse, com certeza não seria na igreja — retorquiu Michelle. — Por que eles têm que fazer tanto alarde com tudo?

— Não é com tudo — considerou Ava. — Só relacionamentos.

Michelle deu um tapinha na mão da prima. Alguns dos parentes delas agiam como se fosse *uma pena* Ava ter se divorciado, como se ela fosse defeituosa. O número de vezes que elas tinham ouvido "*Ay, qué pena*" naquele ano irritara Michelle enormemente, mas Ava a havia proibido de falar poucas e boas.

Era uma cena recorrente. Michelle querendo xingar alguém, e Ava a acalmando.

Ava a olhou, sem disfarçar a preocupação.

— Por mais quanto tempo vocês vão deixar isso continuar?

Era uma boa pergunta, para a qual Michelle não tinha uma resposta definida. Originalmente, parecia que iam só curtir aquele tempo juntos enquanto ele estivesse ali, até que a família toda se envolvera. Será que esperariam que ela e Gabe ainda estivessem juntos sempre que ele viajasse para lá para trabalhar na academia? E o que Gabe esperava? O que queria?

Michelle sabia o que ela queria. Queria mais dele, como fosse possível.

Mas não parecia ser o que ele queria.

— Ele disse que ia comprar a passagem de volta hoje. — Michelle mordeu o lábio. — Fora isso... não sei.

Como ela não via Gabe havia um tempo, Michelle decidiu ir procurá-lo. Aquela festa era o exato tipo de situação que ele estava tentando evitar, e ele já tinha tentado fugir uma vez. Ela não achava impossível ele tentar de novo.

Depois de quase uma década sem ver nenhum parente próximo fora a irmã, Gabe estava completa e totalmente atordoado.

A casa dos pais dele era um pouco menor que a dos pais de Michelle, e sua mãe tinha uma preferência por móveis enormes e bricabraques de cerâmica. Como resultado, a casa dos Aguilar sempre estava um pouco mais cheia e apertada do que o estritamente necessário — devia ser por isso que Gabe valorizava espaços abertos e minimalismo no próprio habitat. E, cheia de tias, tios e primos que ainda viviam na região de Nova York, a casa dos Aguilar estava cheia até a tampa. Ninguém queria perder a volta do filho pródigo, uma expressão que Gabe já ouvira nada menos que quatro vezes ao longo da noite.

Nikki apareceu com Patrick e as crianças, e Lucy e Oliver agarraram as mãos de Gabe e o arrastaram para o antigo quarto dele assim que chegaram. Lá em cima, eles o encheram com um milhão de perguntas, querendo saber se podiam ficar com seus velhos brinquedos, que, para surpresa de Gabe, ainda estavam encaixotados no armário.

Na porta do quarto, Nikki deu a Gabe um olhar de censura.

— Estou vendo que nossa conversa fez efeito — murmurou ela.

— Estou trabalhando nisso — conseguiu dizer em resposta, e perdeu o fôlego quando Oliver saltou em suas costas e exigiu uma volta de cavalinho.

Mais tarde, depois de comer uma bela porção de *carne asada*, Gabe estava na sala de estar colocando a conversa em dia com alguns dos primos quando *tío* Marco entrou na casa como um trem de carga.

— Cadê ele? — gritou Marco e, quando avistou Gabe, foi direto para ele e o pegou em um abraço de esmagar os ossos.

— Ei, Nino — disse Gabe, retribuindo o abraço.

— Você finalmente voltou, hein, Pirralho?

O tio deu um tapa forte em suas costas.

O velho apelido arrancou uma gargalhada de Gabe. A ligação deles, pelo menos, fazia parecer que nenhum tempo tivesse passado, mas ele ficou impressionado com o quanto estavam parecidos. Marco poderia ser seu irmão mais velho.

Os pais de Gabe haviam nascido no México e em Porto Rico e, apesar de a maioria dos parentes imediatos também terem ido parar na área de Nova York e Nova Jersey, *tío* Marco havia sido o apoio adulto mais próximo de Gabe. Ele só tinha 21 anos quando Gabe nascera e levava a sério o papel de padrinho.

Marco se afastou um pouco, mas manteve um braço ao redor dos ombros do Gabe.

— Lembre-se... — disse ele, inclinando-se para que os parentes que estavam na sala não ouvissem — Se precisar de ajuda para lidar com ele, é só pedir.

Gabe engoliu em seco.

— Eu sei. Obrigado.

Depois do casamento de Nikki, *tío* Marco havia enviado uma mensagem a Gabe para dizer que o entendia e que respeitaria suas escolhas, mas, se quisesse ajuda para se reaproximar de Esteban, ele estaria lá. Mais do que ninguém, Marco compreendia como era ser criado por Esteban, que era dez anos mais velho do que ele e tinha se tornado uma figura paterna substituta depois que o avô de Gabe falecera.

— E que história é essa de *una mujer*? — *Tío* Marco levantou as sobrancelhas.

Gabe não tinha coragem de contar ao padrinho a verdade sobre ele e Michelle, então apenas acenou, e um momento depois seus pais vieram cumprimentar Marco.

De alguma forma, Gabe acabou voltando para o quintal de Michelle, e, depois que a *abuela* dela confessou uma dor no ombro, escoltou a mulher mais velha para um tratamento rápido na sala de estar dos Amato, o único lugar calmo nas duas casas. Foi lá que Michelle o encontrou.

— O que você está fazendo com minha avó? — perguntou Michelle, caminhando até eles.

Esperanza olhou para cima com uma careta.

— *Tu novio está arreglando mi hombro.*

— Consertando seu ombro? — Michelle franziu o cenho.
— O que há de errado com seu ombro, *'buela*?

— *Estoy vieja* — disse Esperanza com uma gargalhada, e depois se encolheu. — *Ay, mira, Gabriel. Cuidadito con mi cuerpo.*

Gabe sorriu amplamente para deixá-la à vontade.

— *No te preocupes, señora.* Sou muito cuidadoso.

Michelle sentou-se e o observou pressionar o espaço ao redor da escápula de Esperanza com os dedos, instruindo-a a mover o braço para a frente e para trás. Se não fosse um trabalho tão instintivo para ele, o olhar curioso de Michelle poderia tê-lo distraído. Quando terminou, ele se afastou.

— E então? — perguntou ele.

Esperanza mexeu o braço experimentalmente, e levantou as sobrancelhas em surpresa.

— *Es mejor.*

— Viu? — Gabe a ajudou a se levantar. — Às vezes a gente precisa passar por um pouco de desconforto, mas fica melhor no final. Por favor, lembre de colocar gelo.

— *Es un milagro.* — Esperanza pegou o rosto de Gabe e deu palmadinhas nas bochechas. — *Gracias, muchacho.*

— *De nada, doña Esperanza.*

Esperanza se virou, deu uma piscadela à neta e os deixou sozinhos na sala de estar.

Gabe afundou no sofá e se inclinou para a frente, apoiando os antebraços nos joelhos. Michelle massageou as costas dele, a mão quente e reconfortante através do tecido da camiseta. Embora ele se sentisse tentado a se aconchegar com ela ali mesmo na sala de estar tranquila, estava desgastado demais.

— Que merda é essa que estamos fazendo? — sussurrou ele, com a voz desolada.

Ela soltou um suspiro suave.

— Ava acha que devemos parar com a farsa.

— Nikki também. — Ele esfregou o rosto com uma mão, mas a outra pegou a de Michelle e entrelaçou os dedos deles. — Ela me encurralou no meu antigo quarto. Você sabia que minhas coisas ainda estão lá?

Michelle balançou a cabeça.

— Não fui muito na sua casa desde que você foi embora. É claro que não. Por que teria ido?

— Quer dizer, está tudo em caixas no armário. Mas os móveis são os mesmos, e minha mãe não jogou fora nenhuma das minhas coisas. Ela disse que estava guardando para quando eu voltasse. — Ele apertou os olhos com os dedos, tentando não pensar no quanto se sentira horrível quando a mãe havia deixado escapar aquilo. — Eu não sei como vamos sair dessa, Mich. Todos estão esperando... alguma coisa.

— Estão assobiando a marcha nupcial — comentou ela. — Infelizmente, vão se decepcionar.

Gabe encontrou o olhar dela, sentindo um buraco se abrir na barriga, apesar de toda a comida mexicana, porto-riquenha e italiana que havia consumido naquela noite.

— Você é quem vai suportar o peso disso quando eu for embora.

Como ele a observava atentamente, notou o momento em que Michelle fechou os olhos e firmou o queixo. Mas ela não respondeu. Em vez disso, levantou-se e lhe deu um puxão.

— Vamos lá. Se desaparecermos por muito tempo, eles vão esperar que eu volte de aliança.

Gabe gemeu, mas deixou que ela o levantasse e levasse de volta à festa.

Mais tarde, eles caíram na cama, um ao lado do outro, exaustos.

— Esqueci como eram essas reuniões de família — murmurou ele.

— É muito pior quando se é o centro das atenções — concordou ela, soando cansada. — Você comprou sua passagem?

— Merda. Eu esqueci. — Ele exalou forte. — Faço isso amanhã. Meus pais me pediram para ir conversar com eles antes de partir.

Ele estava surpreso por ter conseguido adiar aquela conversa por tanto tempo. Seus pais tinham sido civilizados a noite toda, fazendo-se de anfitriões encantadores, mas Gabe sabia que a paciência deles estava se esgotando. Eles iam querer respostas.

E ele ainda não fazia ideia do que diria.

Michelle ficou quieta, traçando círculos suaves no peito dele. Gabe pegou a mão dela e a puxou para mais perto. E, apesar de estar cansado até os ossos, ele não pegou no sono até que ela tivesse adormecido em seus braços.

MICHELLE JÁ TINHA saído quando Gabe acordou na manhã seguinte. Antes mesmo de ele poder se levantar da cama, o celular tocou. Era Fabian. Gabe subtraiu três horas do tempo e, merda, era supercedo na Califórnia. Depois de quase uma semana em Nova York, Gabe estava apenas começando a se aclimatar à diferença de fuso. Por que Fabian estaria acordado?

Ele aceitou a ligação rapidamente e levou o celular à orelha.

— Fabian? O que foi? Tudo bem?

Na outra ponta, Fabian soltou um suspiro longo e lento.

— Cara, você nem sabe...

— Diga. Está tudo bem?

— É a Iris. Ela entrou em trabalho de parto antes do que esperávamos. Fomos ao hospital, eles fizeram uma cesariana de emergência, e os gêmeos, eles estão...

— Eles estão o quê?

Gabe apertou o celular com força enquanto esperava a resposta.

— Eles estão bem. Mais do que bem, na verdade. Eles são lindos, são perfeitos, mas estão *aqui*. Agora.

— Uau. Parabéns, cara.

— Valeu. Mas agora minha esposa está se recuperando do parto, a perna da minha mãe está engessada e meu pai ainda vai ser operado do coração em uma semana. Além disso, eu tenho dois bebês prematuros para cuidar. A porra do quartinho ainda nem está pronto.

— Merda. Tem alguma coisa que eu possa fazer? Você precisa de ajuda?

— Valeu, cara. Minha irmã vai vir da Flórida hoje à noite. Ela vai passar três meses aqui. A gente vai dar um jeito. Mas Gabe... alguma coisa tem que mudar.

Gabe sentiu um calafrio com o tom fatalista de Fabian.

— Como assim?

— Preciso de mais flexibilidade. Mais tempo. E não só agora, mas no futuro próximo. O que quero dizer é… — Fabian respirou fundo. — A gente devia vender a academia. Powell está disposto a comprar. Já estamos atolados com um só local. Como vamos lidar com Nova York também? E eu sei que você não quer ficar indo de lá pra cá sem parar para resolver cada coisinha. Este é o melhor negócio que vamos conseguir, e acho que devemos aceitar.

— Espera. — Gabe encostou a testa na mão. — Powell já falou com você de vender?

— Cara, *faz tempo* que Powell anda me pressionando para vender. Tipo, dois anos. Ele quer transformar em uma franquia. Eu disse a ele que não estávamos interessados. Mas, depois de encontrar com você e sua garota na semana passada, ele me ligou e melhorou a oferta. Desculpe por jogar isso tudo em você de uma vez. Eu deveria ter te contado sobre a oferta de Powell assim que aconteceu. Com tudo o que está rolando, não tive a oportunidade de pensar sobre isso, muito menos de te contar os detalhes.

— Qual é a oferta? — perguntou Gabe, entorpecido.

Fabian recitou um número que deu um frio na barriga de Gabe.

— Puta merda — sussurrou ele.

— Eu sei. Ele acha que a filial de Nova York vai ser um sucesso. Se ofereceu para comprar a minha parte e fazer sociedade com você, ou comprar a parte de nós dois e tocar sozinho. Se você vendesse, estaria livre. Nada de viagens para Nova York. Nada de alertas do calendário. Nada de e-mails.

Gabe pestanejou, a mente rodando. Uma semana antes, aquilo era tudo o que ele teria desejado, uma razão para não administrar a filial de Nova York, uma maneira de voltar para casa.

Mas, no fundo, ele também queria que fosse um sucesso, para poder finalmente provar ao pai que não precisava dele. E talvez, finalmente, receber a validação que sempre desejara.

Estava tudo escapando do seu alcance, seus sonhos se transformando em areia e caindo por entre seus dedos. Parte de Gabe desejava poder dizer a Fabian para se virar, que eles estavam juntos naquilo, que não podiam desistir.

Outra parte desejava que ele fosse forte o suficiente para dar conta daquilo sozinho, sem Fabian, sem Powell. Se não precisasse tanto deles, não estaria provando que o pai estava certo desde o começo.

Ele não daria conta sozinho.

E Gabe tinha que admitir que parte dele queria uma desculpa para visitar Nova York com mais frequência. Embora fosse principalmente para explorar o que quer que tivesse com Michelle, era também para ver a família. Os pais, a irmã e os filhos dela, até mesmo as tias e os tios. Ele tinha sentido saudade de todo mundo. A festa da noite anterior havia lhe mostrado que ele tinha muito tempo perdido para compensar.

Mas a venda da academia não tinha estado no seu radar. Era *dele*, a coisa mais próxima que ele tinha de um filho. Vendê-la de uma só vez parecia errado. Parecia uma desistência.

Fabian tinha a família, um lar e, finalmente, os filhos. A vida dele estava preenchida sem a Agility.

Mas não era o nome de Fabian na academia, era o de Gabe — a prova de que ele tinha feito sucesso, que tinha feito o que seu pai não conseguira.

Que sair de Nova York — deixar *Michelle* — tinha valido a pena.

— Tenho que pensar — disse Gabe, enfim. — Vai ficar com sua família. A gente se fala mais tarde.

— Me avisa. E, Gabe, foi mal, cara. Eu sei que não é uma escolha fácil.

Para você, é, pensou Gabe. Mas ele só desejou felicidades ao amigo e desligou.

Era fácil para Fabian, porque ele tinha algo mais importante na vida do que a academia. Mas a academia fazia parte da identidade de Gabe. Sem ela?

Ele não teria nada. Não *seria* nada.

Mas, merda, era dinheiro para caralho na mesa.

O que mais ele poderia fazer? Não tinha como comprar a parte de Fabian na empresa. E a ideia de administrar o negócio com Powell lhe dava calafrios.

Ele já sentia tudo escapando. Fabian ia vender a parte dele. Era a escolha certa para ele, e Gabe não podia culpá-lo. Com a educação e experiência de Fabian, poderia virar consultor ou dar aulas sem problemas, um trabalho com menos horas e menos responsabilidade.

Gabe, por outro lado…

Ele pensou na apresentação de Michelle e na verdade que não queria ver. As observações dela haviam destacado a desconexão gritante entre o que ele havia imaginado para o negócio e o que a academia havia se tornado.

Um alerta de calendário veio de seu telefone. Deveria visitar seus pais de manhã, para "conversar". Tinha chegado até ali para provar ao pai que era um sucesso. E, no final, ele teria que ir até lá e admitir que era um fracasso. Afinal, o que mais poderia fazer além de vender?

Vender e ficar sem nada para chamar de seu. Ou manter a academia e fazer parceria com Powell, que passaria por cima dele a todo momento ou o usaria como a cara da empresa e nada mais. Um garoto-propaganda. Um adereço da diversidade.

Fabian merecia uma resposta em breve, para que pudesse se concentrar na família. Não era justo Gabe arrastar a situação, deixar Fabian no suspense enquanto ele se decidia, empurrar com a barriga até resolver as coisas ali com os pais e Michelle.

Se ao menos ele pudesse pedir conselhos aos pais. O pai dele já havia estado naquela posição antes, havia tomado a difícil decisão de fechar um negócio. Mas será que tinha se arrependido? Ele odiava o cargo de gerente de varejo que tinha sido obrigado a assumir depois de fechar a loja. Talvez ele aconselhasse Gabe a resistir, independentemente de qualquer coisa. Ou talvez lhe dissesse para aceitar o dinheiro e seguir em frente.

Tanto fazia, porque pedir conselhos estava fora de questão. Já se passara muito tempo e Gabe havia trabalhado demais para tirar a voz do pai de sua cabeça. Ele precisava resolver aquilo por conta própria. Tinha se metido naquela confusão e era o único que podia arrumá-la.

Não teria tempo de revirar o passado como suspeitava que eles queriam, mas o mínimo que podia fazer era se despedir pessoalmente.

E Michelle. O que Gabe diria? *Desculpe por arrastar você para esta situação, mas ou vou vender a academia ou fazer sociedade com o investidor, e, mesmo que eu ache que sua ideia é perfeita, ele não vai aceitar.* Porra, que bagunça. Aquilo lhe dizia tudo o que precisava saber sobre o quanto seu próprio negócio já havia escapado de suas mãos.

Era tudo uma vergonha desgraçada. Depois de tudo pelo que tinham passado naquela viagem por causa da academia,

Gabe teria que admitir que era um fracasso. Ele se certificaria de que Michelle fosse paga pelo trabalho que tinha feito e depois… não sabia o que fariam. Ele não tinha nada a oferecer a não ser velhas lembranças e um pau grande. Ela era inteligente, engraçada e bonita e merecia mais.

Por enquanto, tinha que sair dali. Aquela não era mais a vida dele. Sua vida estava lá em Los Angeles, e ele já passara muito tempo longe.

Antes que pudesse mudar de ideia, Gabe abriu o aplicativo da companhia aérea. Havia um voo dentro de algumas horas. Ele comprou uma passagem e começou a fazer a mala.

Catorze anos atrás

Transcrição do chat do Windows Messenger

Destino celestial: Sessão de Planejamento do Episódio 11

Gabe:
Acho que encurralei a gente com o que escrevi.

Michelle:
Não se preocupa, a gente descobre um jeito de fugir da masmorra.

Gabe:
De uma forma que não seja totalmente forçada?

Michelle:
Zack recuperou a memória, então já sabe quais são seus poderes.

Gabe:
Mas ele não os usa há anos.

Michelle:
Ele pode tentar usar para saírem, mas fracassar.

Gabe:
Ele vai morrer com isso.

Michelle:
Não literalmente!

Gabe:
Não, mas ele vai odiar fracassar.

Michelle:

E daí? Eles ainda não chegaram no fim. Não dá para ele crescer muito neste ponto. Vamos deixar ele se lamentar por um tempo.

Gabe:

Tá, mas você vai escrever as cenas de lamento.

Michelle:

Mas você se lamenta tão bem! ☺

Gabe:

☹

Capítulo 22

Michelle estava no porão, à mesa do pai, trabalhando em um novo desenho vetorial para o logotipo da Agility, quando Gabe desceu.

Ela se virou com um sorriso, que vacilou quando viu o olhar abatido dele.

— O que houve? — perguntou ela, levantando-se e indo até ele. — Seus pais...

— Estou indo embora.

— Ah. — Era a chance dela de dar indiretas sobre como continuar a explorar o que estava crescendo entre eles. — Você voltará em algum momento para...

— Não. Provavelmente vamos vender a academia.

As palavras lhe atingiram como um soco. Era a última coisa que ela pensou que ele diria.

— Como assim? Pensei que vocês iam abrir uma filial.

A voz de Gabe estava dura e formal.

— A situação mudou e a melhor opção agora é vender. Agradeço todo o trabalho que você investiu nisto, mas...

— Gabe, o que *aconteceu*? Ontem eu fiz a apresentação e hoje você está dizendo que tudo acabou. — Michelle não gostava daquela versão apática e reservada de Gabe, nem da sensação de que a academia era a única coisa que o mantinha na vida dela. Porque sem isso... em que eles se apoiariam?

— Por que é a melhor opção?

O tom dele estava cheio de amargura.

— Fabian saiu e Powell está pronto para comprar imediatamente. A escolha inteligente é jogar fora tudo pelo que trabalhei.

— Mas você vai vender — disse ela, tentando entender. — Você não vai jogar fora.

Ele comprimiu a boca e balançou a cabeça.

— A sensação é igual.

— Por que você não se senta? Vamos pensar nisso juntos. Você não tem que tomar esta decisão sozinho.

— Tenho, sim — disse ele, teimoso. — Está tudo nas minhas costas.

— Gabe...

— Enfim, desci para te dizer que estou indo.

Ele não quis enfrentar o olhar dela.

A respiração dela ficou presa.

— Quando?

— Agora.

Um abismo se abriu dentro dela, ameaçando sugá-la para dentro. Estava tudo acontecendo mais cedo, e mais rápido, do que Michelle esperava. Mas ela se recompôs e enunciou a pergunta em seu coração.

— Você não pode ficar um pouco mais?

— Michelle, meu negócio está desmoronando.

— Talvez se conversássemos sobre isso...

— O que tem para conversar? — Gabe passou as mãos pelo cabelo. — Você sabia que eu ia embora. E agora está acontecendo. Eu já teria ido embora se não tivesse encontrado meu pai.

Michelle não tinha ideia de como eles haviam passado do planejamento da expansão para uma aquisição corporativa, mas aquilo não era o mais importante. Gabe estava claramente em conflito com a decisão e, se Michelle conseguisse fazer com que ele se acalmasse e discutisse o assunto, tinha certeza de que eles poderiam resolver o problema.

E talvez fossem capazes de resolver algo entre os dois também.

Treze anos antes, Gabe havia dito a ela que estava partindo. Caramba, ela não cometeria o mesmo erro da última vez.

— Gabe. Por favor, fique.

Pronto. Ela tinha falado. Em termos inequívocos. Estava arriscando seu coração, mostrando vulnerabilidade. Era assustador para caramba, mas valia a pena.

Ele valia a pena.

— Mich, eu *não posso*. — A angústia endureceu a voz dele, e os olhos suplicavam a ela que entendesse. — Eu tenho que voltar e resolver isso.

Michelle esperou, mas ele parou por aí. Nada sobre como ele voltaria depois de ter resolvido, ou como ligaria para ela quando estivesse em um melhor momento. Nenhuma menção ao futuro.

Porque ela, claramente, *não* valia a pena.

Estava na ponta da língua dela dizer a outra parte, aquilo que estava fermentando dentro dela havia alguns dias.

Eu estou me apaixonando por você.

Mas ela não o manipularia com aquilo. Não assim. Então, trancou as palavras dentro do que sobrou do coração.

— Tudo bem. — Sua voz estava frágil, e ela sentia que estava prestes a quebrar em mil pedaços.

Ele deu a ela um olhar doloroso.

— Eu tenho que fazer isso, Michelle.

— E nós, Gabe?

— Não sei o que te dizer. Minha vida é em Los Angeles. Você sabia disso.

— Então você vai fingir que nada aconteceu?

— Michelle, o que quer que estejamos fazendo aqui, brincando de casinha, não é a vida real. Minha vida real está desmoronando e eu tenho que ir consertar.

Não importava que ela tivesse se aberto para ele mais do que jamais se abrira com qualquer outra pessoa. Não importava que eles funcionavam bem juntos. Não importava que ela o amasse.

Ela o amara antes — não assim, mas o amara — e ele ainda assim tinha ido embora. E, de acordo com o próprio Gabe, ele também a queria naquela época e partira mesmo assim. Afastara-se *por causa* dos sentimentos por ela.

Era alguma surpresa que ele estivesse fazendo a mesma coisa de novo?

Por mais que Michelle quisesse desejar o contrário, sabia que, quando Gabe partisse, não teria mais notícias dele. Já era. Ela podia discutir ou gritar com ele como antes ou podia se despedir e aceitar a verdade.

Deixe que seja real.

Mas não era real. Ele tinha acabado de confirmar.

Ele estava partindo, e eles tinham acabado.

— Boa sorte — disse ela.

Afinal, o que mais havia a dizer?

Ela soubera que aquilo estava por vir. Desde o início, Gabe tinha deixado claro que ia voltar. Era o coração idiota dela que torcia para que ele pudesse mudar de ideia. Ou que, mesmo se ele fosse embora, o fizesse docemente, com a garantia de que voltaria.

Só que não era para ser. Ele a estava abandonando. Outra vez.

Era o que Michelle sempre suspeitara. O amor era para as outras pessoas. E ela estava destinada a ficar sozinha.

Se nem Gabe achava que valia a pena ficar por ela, quem acharia?

Ele se virou e se dirigiu para as escadas. Na metade do caminho, parou. Fechou e abriu as mãos. Então ele deu meia-volta e andou até ela, batendo os pés. A expressão dele estava feroz e faminta, e ela já estava avançando quando ele a pegou pela cintura e a puxou para um beijo.

Michelle jogou um braço em torno dos ombros dele e subiu na ponta dos pés, grudando o corpo ao dele, mergulhando na sensação. Gabe a segurou forte e ela derramou tudo o que sentia por ele no beijo. Era puro calor, a intensidade arrancando lamentos e gemidos da garganta enquanto emaranhavam a língua e mordiam a boca. Era uma guerra feroz e silenciosa de todas as coisas que eles tinham e não tinham dito.

Era um adeus.

Como ela tinha feito naquele mesmo porão tantos anos antes, Michelle alcançou o cós da calça dele, puxando o elástico em movimentos desesperados. Antes que pudesse libertá-lo, ele agarrou as coxas dela e a levantou, carregando-a até a escrivaninha. Depositou-a sobre a superfície e empurrou o notebook e os cadernos para o lado. Ela nem se importou com o estojo caindo no chão, a coleção de canetas coloridas espalhando-se pelo tapete bege. A urgência era o único fator.

Eles se separaram por tempo suficiente para Michelle se apoiar nos braços, levantando o quadril para que Gabe pudesse puxar o short e a calcinha pelas pernas dela. Ele puxou a própria calça e a cueca até o meio da coxa enquanto ela se apressava para encontrar uma camisinha na carteira da Mulher-Maravilha. Ela rasgou o invólucro e agarrou a base do membro dele, segurando-o enquanto desenrolava o preservativo no comprimento duro. Gabe sibilou de prazer, revirando os olhos, mas ele não disse uma palavra e ela também não.

Não havia mais nada a dizer. Só havia aquilo.

Gabe encaixou os braços sob os joelhos dela, angulando o quadril de Michelle. Sua boca encontrou novamente a dela num beijo ardente, e ela estendeu a mão para guiá-lo. Ela estava molhada, mas não o suficiente, e foi sua vez de sibilar enquanto ele a abria. Ela se arrastou para a frente o máximo que podia, incitando-o, e ele moveu o quadril para a frente e para trás até entrar por completo.

A partir daí, ele deu o ritmo de uma foda dura e rápida.

Cara a cara, sem nada entre eles, Michelle mal conseguia pensar. Tudo nele dominava seus sentidos, o tamanho, o calor, o som da respiração forte e o cheiro limpo de sabonete. Ela aceitou tudo o que ele dava, decidida a memorizar todos os detalhes. Ela o beijou com tanta força que a boca ficou machucada, mas não se importou. Ela precisava tirar o máximo possível dele antes que ele fosse embora.

Gabe estava de olhos fechados, como ela estivera na primeira vez que transaram, e ela não podia culpá-lo. Isso lhe deu a oportunidade de estudar o rosto dele, memorizar o vinco entre as sobrancelhas escuras, a forma como apertava a mandíbula e entreabria a boca, revelando um lampejo de dentes brancos cerrados.

Por fim, as sensações se tornaram demais, e ela também fechou os olhos. Michelle parou de pensar e simplesmente se deixou sentir. Daquele ângulo, o pau dele esfregava tanto o clitóris dela quanto as paredes internas da maneira mais deliciosa. Michelle gemeu enquanto ele se mexia dentro dela, e as sensações se intensificaram. Ela apertou as coxas ao redor dele, o corpo tomado por tensão.

Puta que pariu, ela nunca havia estado tão perto de um orgasmo penetrativo antes. Ela encolheu os dedos dos pés contra a bunda dele, e jogou a cabeça para trás, se entregando. Ele pegou a deixa dela e plantou beijos por todo o pescoço dela, passando a língua pela pele sensível enquanto acelerava, estocando mais fundo e forte.

O clímax a atingiu rápido, repentino e devastador. Ela gritou, cravando as unhas nos ombros dele enquanto tremia e se desfazia. Um segundo depois, ele gemeu e encostou a testa na dela com força, o corpo se sacudindo ao gozar.

E tudo acabou.

Os formigamentos ainda a atravessavam, mas ele tinha parado de se mexer. O coração dela batia como se fosse saltar do peito e segui-lo até a Califórnia.

Gabe finalmente abriu os olhos e a encarou. Sua expressão era melancólica, mas ele levantou uma mão e afastou os cabelos que haviam caído no rosto dela durante as estocadas vigorosas. Então, pegou a caixa de lenços de papel e congelou. Michelle olhou de relance para ver para o que ele estava olhando. Quando Gabe empurrou tudo para o lado, um bloco amarelo tinha se deslocado de baixo da pilha de cadernos.

E, nela, sua lista de prós e contras.

Com um suspiro pesado, Gabe saiu de dentro dela e se afastou, pegando um punhado de lenços de papel da caixa sobre a mesa. Ele se limpou com os lenços e levantou a calça antes de entrar no banheiro e fechar a porta. Um momento depois, ela ouviu água correndo na pia.

Michelle soltou uma exalação longa e trêmula e escorregou para baixo, tentando não pensar no fato de que tinha acabado de colocar a bunda nua na escrivaninha do pai. Graças a Deus, seus pais tinham saído de manhã cedo para ir à praia.

Ela recuperou a calcinha e o short e os vestiu. Poderia sair do porão enquanto ele estava no banheiro. Bastava trancar--se em um dos banheiros do andar de cima e esperar ele ir embora. Mas não facilitaria as coisas para ele.

Além disso, queria olhá-lo uma última vez.

Michelle reviveu os últimos minutos em sua mente enquanto esperava e tentava não chorar. Ela nunca havia se sentido assim com ninguém antes, e sabia que ninguém no futuro chegaria nem perto. Gabe era especial. Ele era dela.

Mas não era para ser, e ela tinha que aceitar aquele fato.

Ainda estava encostada à mesa, de braços cruzados, quando Gabe saiu do banheiro alguns minutos depois. Ele fez uma pausa quando a viu, como se talvez esperasse que ela tivesse partido, mas cruzou o tapete e, com os movimentos mais suaves, pegou o rosto dela nas mãos e deu um beijo leve na testa dela.

O coração de Michelle se torceu em um nó enquanto ela o via ir embora. Uma sensação pesada e definitiva recaiu sobre ela.

Era verdadeiramente o fim.

Sem uma palavra, e sem olhar para trás, Gabe subiu as escadas e desapareceu de vista.

Michelle esperou até ouvir a porta acima das escadas se fechar. Então, com dedos trêmulos, puxou o celular e mandou uma mensagem para o grupo das Primas Poderosas.

> **Michelle:** Ele está indo embora.

A resposta de Ava veio um segundo depois.

> **Ava:** Estou indo.

No segundo andar, Gabe tomou um banho rápido e guardou os últimos pertences.

Ele não havia planejado transar com Michelle, mas, merda, não havia conseguido se afastar dela sem pelo menos um último beijo. E, quando ela o procurara, ele cedera ao impulso de estar com ela.

Uma última vez.

Por mais que ele tivesse se preparado para aquele momento, ter que deixá-la novamente ainda o estava destruindo. Ele havia achado que a segunda vez doeria menos do que a primeira, mas, na verdade, era pior. Por mais próximos que fossem quando jovens, não era nada comparado ao quanto tinham se conectado profundamente durante aquela última semana. Afastar-se dela lá embaixo fora como morrer um pouco.

Era tentador partir imediatamente e ir direto para o aeroporto, evitando assim mais uma despedida desconfortável. Mas ele se lembrou das palavras de Michelle alguns dias antes, na frente do salão da *quinceañera*.

Ainda dá tempo, sabe?

De quê?

De fugir.

Isso é coisa sua. Não minha.

Ela estava certa. Sua inclinação natural era fugir de situações emocionalmente desconfortáveis, para se proteger, evitando qualquer coisa que o fizesse sentir demais.

Assim como era coisa dela fazer piada, usando o humor para dissipar a tensão e mudar de assunto. Ambos tinham seus mecanismos.

Mas Gabe havia dito aos pais que passaria lá, e ele não tinha coragem de furar com eles.

Levantando a mala e a bolsa do notebook, ele desceu a escada e saiu pela porta dos fundos dos Amato. Não viu Michelle ao sair e ignorou a sensação de mal-estar que já vinha da saudade dela. Lá fora, atravessou os quintais — conectados através de uma abertura na cerca — e foi até a porta da cozinha da mãe. Ao entrar, Gabe sentiu um nó no estômago, notando a semelhança com os velhos tempos, quando era criança e corria para lá e para cá entre as duas casas.

Aquela nem era mais sua casa. Ele provavelmente deveria ter batido. Mas a mãe o olhou da pia e o cumprimentou com um grande sorriso, então ele soube que estava tudo bem.

A cozinha estava quente, e Gabe foi imediatamente atingido por um cheiro doce e familiar. Ele farejou o ar, tomado de assalto pelas lembranças da infância, e ficou com água na boca.

— *Mami*, você está fazendo *pan dulce*?

— *Sí.* Eu fiz *mini conchas*. Você amava.

Depois de Gabe beijar sua bochecha com muito carinho, ela levantou o pano de prato que cobria uma cesta cheia de pãezinhos redondos.

Caramba, fazia anos que Gabe não comia *concha*. O pão doce mexicano havia sido um alimento básico de sua infância, mas, apesar de tanto tempo morando em Los Angeles, ele não havia frequentado nenhuma padaria mexicana. Não quando controlava tão de perto o consumo de açúcar. Gabe inspirou fundo, o cheiro de pão doce aliviando parte do estresse. Era difícil sentir que o mundo estava acabando quando se estava cercado de docinhos frescos.

— *Toma uno* — convidou a mãe, então Gabe pegou um da cesta e deu uma mordida.

— *Ay dios mío* — murmurou ele enquanto a doçura explodia em sua língua.

Era tão delicioso quanto ele se lembrava, embora mais doce do que se acostumara a comer.

— *¿Te gusta?* — perguntou a mãe.

— *Sí, mami.* Está perfeito.

Ela fez um gesto em direção a uma bandeja com três canecas enormes de *café con leche*. Gabe levantou uma e engoliu a mordida de *concha* com o café doce e leitoso.

Gabe ouviu passos na escada e, um momento depois, o pai entrou na cozinha. Para a surpresa de Gabe, o pai o abraçou antes de pegar uma *concha* na cesta.

— Vamos nos sentar na sala de estar? — perguntou Norma, mas Gabe balançou a cabeça.

— Eu não posso ficar — admitiu, e notou a maneira como a boca de seu pai se apertou. — Tem uma emergência na academia e eu tenho que resolver.

A mãe torceu as mãos.

— Quando você vai voltar?

— Eu... não sei quanto tempo vai demorar.

Ele estivera prestes a dizer que não sabia, mas não poderia fazer aquilo com eles de novo.

Durante todos aqueles anos, pensara que a porta estivesse fechada. Mas estava aberta outra vez. Ou talvez sempre estivesse, e fosse ele quem se recusara a entrar.

A mãe acenou com a cabeça, como se para dizer que aquela resposta teria que servir.

— Ainda temos que conversar — disse o pai suavemente.

— Eu sei. Vamos conversar.

Era o melhor que ele podia oferecer no momento.

— *Pues, hasta luego.* — Esteban lhe deu um tapinha no ombro. — Até a próxima.

Haveria uma próxima vez. Gabe não sabia quando, mas a resposta não era "nunca", como seria apenas uma semana antes. Por enquanto, ele tinha que fechar um capítulo da vida antes mesmo de poder pensar em começar o seguinte.

— Você deveria dar algumas *conchas* para a família de Michelle — sugeriu Gabe quando a mãe embalou uma para ele em um recipiente plástico.

— Você não vai voltar lá? — perguntou ela.

— Não, eu... — *Não posso.* — Não vou.

Esteban o olhou com desconfiança, mas não disse nada. Norma olhou para a mala junto à porta da cozinha.

— Ah. *Sí*, vou levar. Não vá perder seu voo.

— Quer que eu te leve? — ofereceu Esteban, mas Gabe fez que não rápido.

Depois do que havia acabado de acontecer com Michelle, ele não suportaria outro adeus prolongado e emocionalmente carregado com alguém com quem tinha anos de história.

— *Está bien.* Eu pego um táxi.

Gabe deu um beijo de despedida na mãe, um abraço rápido no pai e saiu para a calçada para pedir um carro para levá-lo ao aeroporto.

Quando o SUV apareceu na calçada, Gabe se virou para um último vislumbre das casas onde havia passado a maior parte do tempo dos 6 aos 18 anos de idade.

Quando ele chegara uma semana antes, a sensação de voltar para casa o havia assustado.

Ele não tinha mais medo do sentimento. Não quando o futuro tinha se tornado muito mais assustador do que o passado.

Pegando o celular, Gabe tirou uma foto rápida das casas. Então entrou no carro e começou a viagem de volta para sua vida real.

Capítulo 23

Pela janela da sala de estar, Michelle viu Gabe entrar em um carro e sair. Ele não voltou para dizer adeus.

Algumas coisas nunca mudam, ela pensou com amargura.

Depois de limpar o banheiro, Michelle voltou à escrivaninha para limpar e endireitar todas as coisas que ela e Gabe haviam desalojado durante a transa frenética. Recolheu todas as canetas do chão, fechou e empilhou os cadernos e reposicionou o notebook no meio da mesa.

A lista de prós e contras foi rasgada e jogada pela descarga, para nunca mais ser mencionada.

Mexendo no *touch pad* para acordar o notebook, ela se sentou e copiou todos os arquivos relacionados com a campanha Agility para a pasta compartilhada, depois os passou do notebook para um pen drive, que jogou na gaveta de seu pai.

Antes que pudesse mudar de ideia, emitiu a nota para a Agility. E acrescentou uma taxa de cancelamento de vinte por cento.

Tinha acabado de enviar o e-mail quando ouviu a voz de Ava chamando por ela.

— Aqui embaixo — gritou Michelle.

Ela fechou o notebook e subiu.

Ava estava na cozinha tirando latas de grão de bico de uma sacola de lona. Quatro garrafas de vinho já estavam dispostas no balcão.

— Jasmine está a caminho — relatou Ava, montando o processador de alimentos. — Tem trânsito, então pode demorar um pouco para ela vir do Brooklyn até aqui.

Michelle subiu em um dos bancos em frente à bancada. Ela não se sentava neles com frequência, porque suas pernas mal eram compridas o suficiente para descansar os pés nos apoios, mas ela queria o conforto e a familiaridade de observar Ava na cozinha.

Ava conectou o processador na tomada, pegou o saca-rolhas e abriu uma garrafa de tinto. Ela tirou três taças do armário, despejou vinho em duas e empurrou um pela bancada para Michelle.

— Aqui. Podemos esperar Jasmine chegar para conversar, se você quiser.

— Valeu. Eu não quero passar por isso duas vezes.

Michelle levantou a taça e tomou um gole.

— Ah, tinha um pacote para você na porta.

Ava entregou a Michelle um tubo de papelão.

Michelle o pegou e deu uma olhada na etiqueta.

— Uau, chegou bem rápido.

— O que é isso?

Michelle não queria dizer. Mas estava tentando mudar, tentando se abrir para as primas. Mesmo que elas vissem como ela era uma tonta sentimental.

— Logo depois de nos formarmos, fiz para Gabe uma colagem fotográfica de nós dois. Uma lembrança, já que eu iria à faculdade. — Ela virou o tubo nas mãos, mas não o abriu. — Este fim de semana, tive a ideia de fazer uma nova, usando as fotos que tiramos aqui, para substituir aquela.

Que ideia idiota e ridícula. Ela tinha feito a colagem no celular durante a volta da *quinceañera* e encomendado na hora. Não esperava que chegasse tão rápido, mas ali estava. E Gabe já tinha ido embora.

Michelle passou o tubo para Ava.

— Joga fora.

— Eu quero ver.

Michelle balançou a cabeça.

— Eu não. Só joga fora.

Ava suspirou, mas deixou o tubo na cesta de recicláveis debaixo da pia. Então ligou a música e abriu as latas de grão de bico para fazer homus do zero.

Quando Jasmine chegou, Ava já tinha arranjado todo um banquete enquanto Michelle bebia vinho e cantava K-pop, sentada ao balcão. A mesa de centro estava repleta de homus, chips de pão árabe, vegetais fatiados e cubos de queixo. E, é claro, vinho.

Michelle encontrou Jasmine na porta com uma taça de vinho cheia. Jasmine tirou as sandálias, pegou o vinho e envolveu Michelle em um abraço apertado de lado.

— Para com isso — murmurou Michelle. — Eu ainda não estou pronta para chorar.

— Então é melhor começarmos.

Jasmine bebericou da taça e foi para a sala de estar.

As três sentaram-se no chão ao redor da mesa de centro e começaram a comer.

— Então, ele foi embora? — perguntou Jasmine, o tom hesitante, como se estivesse preocupada em trazer à tona o assunto de Gabe.

Mas era por isso que elas estavam ali, não era? Mais uma vez, ele a havia deixado, e as Primas Poderosas estavam juntando os pedaços.

— Ele foi para o aeroporto bem antes de Ava chegar aqui.

Michelle rodou a haste da taça de vinho, a pressão de tudo o que ela estava segurando aumentando no peito.

— E aí? — perguntou Ava. — Ele disse alguma coisa?

— Ele disse que talvez fosse vender a empresa.

Ava e Jasmine se entreolharam.

— A academia? — questionou Jasmine. — Ele vai vender a academia? Por quê?

Michelle deu de ombros.

— Ele não quis falar sobre o assunto. Só disse que tinha que lidar com isso sozinho e que ia embora.

A voz da Ava era gentil.

— Ele disse quando ia voltar?

— Não. Ele não vai voltar.

Aquilo doía mais do que a partida.

Ava agarrou o braço de Michelle.

— Michelle — disse ela calmamente. — Pare de lutar contra isso. Só fale com a gente.

O sofrimento ameaçou esmagá-la. O impulso imediato de Michelle era esmagá-lo e trancá-lo para que pudesse tocar a vida normalmente.

Mas onde aquilo a tinha levado antes?

— Eu nem sei como — admitiu Michelle com uma voz sofrida.

Qual era o mal de desabafar? Por que era tão difícil deixar que as primas a vissem?

— Você está com medo que a gente a julgue? — perguntou Jasmine.

— Logicamente, eu sei que vocês não vão me julgar. — Michelle suspirou. — E sei que vocês já passaram por coisa pior. Em comparação, isto não é nada.

Ava estava divorciada, e a última separação de Jasmine havia se tornado notícia nacional. Parecia bobagem Michelle chorar para elas sobre a partida de Gabe.

— É importante para você — murmurou Ava, e aquele reconhecimento silencioso quebrou a barreira da necessidade de Michelle de se conter.

— Dói — sussurrou ela, olhando para o vinho. — Muito. Eu disse a mim mesma que já estive nesta situação com ele antes, que saberia lidar com isso quando ele partisse, especialmente porque eu sabia que ia acontecer.

— Desta vez é diferente — disse Jasmine, estendendo a mão e acariciando as costas de Michelle. É claro que Jasmine entendia.

— Eu não contava com me aproximar tanto dele. — Michelle vacilou, e finalmente se soltou. — Com me apaixonar por ele.

Porque ela havia se apaixonado por ele. Não pelo garoto que conhecera, mas pelo homem que ele se tornara. Ela o *amava*.

Era muito pior.

— Eu pedi para ele ficar — admitiu Michelle, com a voz rouca, e a pressão no peito e na garganta finalmente subiu e se transformou em lágrimas. — Eu não pedi da última vez. Mas, desta vez, eu pedi.

— E o que ele disse? — quis saber Ava.

A resposta de Michelle veio com um soluço.

— Ele disse que o que a gente tinha não era real.

As primas lhe passaram os lenços de papel e a abraçaram enquanto ela chorava, e, embora Michelle quisesse mais do que tudo declarar que estava bem e que elas deveriam parar de se preocupar, deixou que a confortassem.

Porque ela não estava bem. Estava devastada, e parecia que nunca mais se recuperaria. Mas Jasmine e Ava tinham se recuperado. E estavam ali com ela, apoiando-a. No mínimo, Michelle tinha as primas. E elas a ajudariam a superar aquilo.

Após uma escala em Denver e dois voos atrasados, Gabe desabou quando chegou ao apartamento em Venice. Ele estava tão cansado que nem conseguia desfrutar da sensação de estar de volta à própria cama.

Pelo lado positivo, estava tão cansado que não tinha energia para pensar sobre a ausência de Michelle. Se pensasse, não teria conseguido dormir de jeito nenhum. Após apenas três noites, ele já tinha se acostumado a adormecer com as curvas suaves dela encostadas nele.

Na manhã seguinte, ele se arrastou para tomar banho e se vestir e parou em um Starbucks a caminho da nova casa de Fabian em Brentwood.

Por algum milagre, havia muito pouco trânsito e Gabe chegou rapidamente à casa de Fabian. Ele tocou a campainha com uma bandeja de café quente e uma caixa de doces.

A irmã de Fabian, Shirelle, deixou Gabe entrar, cumprimentando-o calorosamente e tirando a caixa de suas mãos. Gabe a seguiu até a cozinha, onde toda a família Charles estava reunida ao redor da comprida mesa de jantar retangular.

— Café! — exclamou a esposa de Fabian, Iris, quando viu Gabe.

Iris, uma mulher negra baixinha com cabelo chanel escuro, levantou-se da mesa e caminhou dura até a bancada. Gabe lembrou que ela tinha feito uma cesariana apenas alguns dias antes.

— Você deveria estar... caminhando?

Ele se sentiu estranho ao perguntar aquilo à esposa do amigo, mas ele era um profissional de saúde. Ela claramente se mexia como se sentisse dor, e seus olhos normalmente brilhantes estavam embaçados.

— Eu estou bem, mas você é um amor pela preocupação. Deixe isso aqui, Gabe. Fabian, pegue leite e açúcar.

Gabe pousou a bandeja e passou-lhe um dos copos de papel. Ela aceitou com um sorriso de gratidão.

— Obrigada, Gabe. Nenhum de nós teve tempo de passar um café. Como você pode imaginar, as coisas têm sido um pouco agitadas por aqui.

— Aposto que sim. Cadê os bebês?

Iris apontou para o tablet apoiado na bancada, cuja tela estava dividida, mostrando vídeos de dois montinhos nos berços.

— Dormindo — disse ela. — Os dois ao mesmo tempo. Graças a Deus.

Gabe enchia copos enquanto Fabian pegava leite desnatado, leite de aveia, creme de leite e uma variedade de adoçantes. Enquanto Fabian distribuía xícaras para a esposa e a irmã, Gabe perguntou aos pais de Fabian como eles tomavam café e lhes passou as bebidas, e ainda prometeu à sra. Charles que a ajudaria com prazer na reabilitação depois que a perna estivesse curada. Então ele e Fabian serviram e adoçaram o próprio café.

— Você salvou nossa vida — disse Fabian, tomando o primeiro gole da própria xícara. — Obrigado por pensar nisso.

— Achei que a cafeína cairia bem.

Gabe bebeu um gole grande do café, com uma dose caprichada de leite de aveia e uma pitada de açúcar mascavo. O sabor era perfeito.

Os olhos cansados de Fabian ficaram afiados.

— Desde quando você bebe café?

— Desde que fiquei com pessoas que tratam *café con leche* como um estilo de vida — murmurou Gabe.

Um guincho veio dos alto-falantes do tablet. Na tela, um dos montinhos começou a se mover.

Fabian e Iris se mexeram, mas Shirelle fez um gesto para eles ficarem ali.

— Eu cuido dela — disse. — Relaxem.

Com uma careta de dor, Iris afundou de volta na cadeira. Ela deu a Gabe e Fabian um olhar significativo.

— Podem ir — disse ela. — Está tudo bem. Vocês dois têm coisas a discutir.

Fabian pegou um croissant da caixa e fez um gesto para Gabe.

— Vem. Vamos conversar no escritório.

O escritório de Fabian ficava nos fundos da casa, no primeiro andar. Algumas listras de tinta tinham sido pintadas nas paredes como teste, mas, segundo a última notícia que Gabe tinha, Fabian ainda não havia decidido que tonalidade particular de bege queria. O ventilador de teto ainda estava na caixa, e os novos arquivos de Fabian estavam vazios, com as gavetas abertas e caixas de papelão apoiadas em cima deles. Um tapete enrolado estava encostado no canto, e itens de colecionador de beisebol estavam emoldurados e recostados na parede sob a janela. A escrivaninha era novinha em folha, mas igual à escrivaninha de Fabian na academia: coberta de pilhas de papel e post-its, com uma foto emoldurada do casamento no único espaço livre.

A escrivaninha de Gabe em casa ficava no canto da sala de estar e não tinha quase nada. Estando na casa de Fabian assim, cercado por sua família, era difícil não compará-la ao próprio apartamento frio e com poucos móveis.

Especialmente depois de visitar sua casa de infância e o apartamento de Michelle. Ela também morava sozinha, mas seu apartamento era vibrante e cheio de vida.

Talvez Gabe comprasse uma planta.

Fabian sentou-se atrás da escrivaninha e Gabe sentou-se em uma das poltronas de couro, de frente para ele. Eles ficaram quietos por um momento, antes de Fabian dizer:

— Então, vamos mesmo fazer isso.

Gabe deu de ombros.

— Que escolha temos?

— Sempre há uma escolha, Gabe. — Fabian apoiou o queixo na mão. — Se você quiser manter o negócio, eu posso te ajudar a dar um jeito. Não precisa ir tudo para Powell.

— Você já tem problemas suficientes — protestou Gabe.

— Este é o caminho mais fácil e mais limpo.

E, além disso, por que não vender? Se Gabe tivesse que contrair empréstimos ou encontrar outros investidores para poder comprar a parte de Fabian, o que garantiria que ele não se encontraria na mesma posição novamente mais para a frente? E sem um acordo tão bom como Powell estava oferecendo.

— Não quero que você faça isso só por minha causa — argumentou Fabian. — Eu quero que você também queira.

Gabe estendeu as mãos.

— O que você quer que eu diga? Que quero vender? Não quero. Mas esta é uma oportunidade boa demais para deixar passar, e não vou arrastá-la se você precisar seguir em frente.

E a ideia de dirigir o negócio sem Fabian era aterrorizante. Eles tinham sido uma equipe desde o início. Ele nunca teria o mesmo vínculo com Powell.

Fabian fez uma careta.

— Este era o seu sonho. Não quero te fazer desistir dele.

— Você não está fazendo. — Gabe pensou sobre a apresentação de Michelle. — E, de qualquer forma, estou começando a perceber que o que a academia é agora… não é o que eu imaginava.

Fabian acenou com a cabeça, parecendo desconfortável.

— Cheguei a pensar nisso. Mas tudo parecia estar dando certo, então achei que estava tudo bem. E cara… Não quero que você pense que estou falando disso para te influenciar ou qualquer coisa assim, mas você estava me parecendo meio…

— Meio o quê? Fala logo.

Fabian deu de ombros.

— Infeliz pra caralho. Há pelo menos um ano. Definitivamente desde que você assumiu mais tarefas administrativas.

Gabe apoiou as mãos sobre a barriga e recostou-se na cadeira.

— Eu odeio calendários — admitiu. — E e-mails. E reuniões.

Fabian deu uma gargalhada.

— Eu sei. Você deixou isso bem óbvio.

Mas Gabe também odiava a ideia de desistir, de jogar fora tudo pelo que ele havia trabalhado e ficar sem nada.

Bem, dinheiro. Ele teria o dinheiro.

Mas nunca tinha sido uma questão de dinheiro. Tinha sido uma questão de construir algo com o nome dele. De criar um espaço onde pudesse ajudar as pessoas com as próprias mãos.

Não que o dinheiro não fosse importante. Ele se lembrava da maneira como seus pais haviam lutado e economizado quando os quatro moravam em um pequeno apartamento de dois quartos. Seu pai ficara tão orgulhoso de poder comprar a casa onde moravam.

Naquela época, Gabe tinha 6 anos de idade e havia batido o pé. Ele não queria se mudar, então insistia que ficaria no antigo apartamento. Seu pai havia dado a lição que ele repetiria várias vezes ao longo dos anos.

Você precisa da família. Ninguém sobrevive sozinho.

Gabe tinha partido aos 18 anos para provar que ele estava errado. Para provar que seria capaz de viver sem sua família. Ali na casa de Fabian, cercado pelos pais, a irmã, a esposa e os dois bebês dele, era difícil não ver a verdade das palavras do pai. Gabe ainda tinha certeza de que não queria ser pai, e não estava convencido sobre a instituição do casamento. Mas companhia? Alguém para estar ao seu lado? O apoio de uma comunidade, fosse da família biológica ou dos amigos? Ele estava começando a ver o valor dessas coisas.

Estava prestes a tomar a maior e mais difícil decisão de sua vida adulta e não tinha ninguém com quem conversar. Havia Fabian, mas Fabian era parte da decisão. Gabe imaginou que ele tivesse debatido longamente com Iris, que, além de ser sua esposa, era uma grande advogada de Hollywood.

Ele provavelmente também havia conversado sobre o assunto com os pais, e talvez até com a irmã mais nova.

Caramba, Michelle tinha quase implorado a Gabe para falar sobre o assunto com ela, e ele a tinha excluído. Não quisera admitir seus fracassos, suas dúvidas. Não quisera falar em voz alta, mostrar a ela aquele lado dele.

Michelle, que enxergava ele e seus negócios mais claramente do que ele mesmo. Ela tinha ido direto ao coração da Agility. E mesmo assim ele não a havia deixado participar, insistindo que tinha que escolher sozinho.

Mas estava se enganando. Tinha trocado o pai por Powell, deixando alguém passar por cima dele e questionar suas decisões. Enquanto Powell estivesse envolvido, a Agility nunca seria verdadeiramente de Gabe.

Quando Gabe era mais jovem e a loja do pai estava falindo, Esteban havia se recusado a reconhecer o inevitável, certo de que, se todos apenas trabalhassem com mais afinco, a coisa iria se resolver. Seu impulso tinha sufocado os sonhos de Gabe, até que o único recurso tinha sido partir. Gabe havia tentado falar com os pais sobre o futuro, e eles o isolaram. Precisavam dele na loja, disseram. A família trabalhava em conjunto. Ninguém conseguia fazer aquilo sozinho.

Ele estivera determinado a provar que estavam errados. E veja aonde tinha chegado…

— Como foi em Nova York? — perguntou Fabian, entrando em seus pensamentos. — Com seu pai e sua garota.

Gabe balançou a cabeça.

— Ela não é minha garota.

As palavras não soaram bem. Uma parte de Michelle pertencia a ele, assim como uma parte dele sempre pertenceria a ela. Não de uma forma possessiva estranha, mas pelas experiências de vida entrelaçadas. Doze anos de lembranças de infância eram muita coisa. E Gabe tivera uma semana que lhe mostrara como poderia ter sido a vida se as coisas tivessem sido diferentes. Se ele não tivesse feito as escolhas que fizera.

Mas as coisas não eram diferentes. Eles tinham suas próprias vidas, longe um do outro, e a dele estava tão desordenada que ele não podia conceber arrastar Michelle para o meio da confusão.

— Não é sua garota, é? — Fabian levantou uma sobrancelha. — Não foi o que pareceu naquele vídeo.

Gabe arregalou os olhos para ele.

— Que vídeo?

— Eu caí num buraco negro do Instagram uma noite no hospital. Estava tentando me distrair, sabe? Enfim, vi um vídeo de vocês dois dançando. Aqui, eu salvei e queria enviar para você com alguma gracinha, mas esqueci.

— Dançando?

Fabian puxou o celular, e Gabe se levantou para olhar por trás do amigo, que ia percorrendo inúmeras fotos de bebês embrulhadinhos.

— São os gêmeos? — perguntou Gabe.

— Sim, eles não são perfeitos?

Fabian abriu uma foto dos gêmeos imediatamente após o nascimento, coisa que Gabe não precisava ver, mas ele apenas disse:

— Eles são lindos. Mal posso esperar para vê-los quando estiverem acordados.

— Já vou avisando que Iris vai te chamar para ser padrinho.

— É sério? — Gabe se endireitou, atônito pela honra que lhe estavam conferindo. — Eu… sim. Claro que eu aceito.

Espera, o que você quer dizer com isso, exatamente? O meu padrinho, por exemplo, teria sido meu guardião legal se algo acontecesse com meus pais.

Fabian franziu o cenho para o celular enquanto continuava passando as fotos.

— Não assim... nossas famílias lutariam pela guarda, e eu sei que você não quer filhos. É mais uma pessoa especial, tipo um tio.

A conversa havia tomado um rumo completamente inesperado e Gabe não sabia como acompanhá-lo.

— Ótimo. Quer dizer, sim, eu ficaria feliz em ser *tío* deles.

— Vê se finge surpresa quando Iris falar sobre isso. Ah, aqui está.

Com um tom triunfal, Fabian ergueu o celular e deu play. Um vídeo trêmulo mostrou Gabe dançando *bachata* com Michelle, os corpos colados e o quadris balançando e roçando de uma forma inapropriada até mesmo para uma festa de aniversário de família latina.

Gabe agarrou o celular e assistiu ao vídeo de novo. E de novo. E mais uma vez.

Merda, não era de se admirar que as famílias tivessem sido tão insuportáveis no churrasco. Ele poderia muito bem ter ficado de joelhos e a pedido em casamento no meio da pista de dança. Aquela dança era uma *declaração*.

Ele viu de novo. Caralho, eles ficavam tão bonitos juntos. Eles eram tão *bons* juntos. Michelle o via de uma maneira que ninguém jamais vira ou provavelmente veria.

O peito dele doía por estar longe dela. Mas Gabe tinha um negócio para vender, e os próximos passos para descobrir.

Que diabo faria com o resto da vida?

— Tem certeza de que ela não é sua garota? — perguntou Fabian suavemente.

Gabe encaminhou o vídeo para o próprio celular.

— Tenho certeza.

— Bom, você que sabe. — Fabian pegou o celular de volta. — Agora, falando da academia...

Com um suspiro pesado, Gabe levantou as mãos.

— Foda-se. Vamos vender.

O amigo lhe deu um olhar longo, depois acenou com a cabeça.

— Tudo bem, eu acredito em você.

— Acredita em mim? No quê?

— Que você quer vender. Você não achou que eu fosse te deixar vender a menos que realmente quisesse, né?

— Eu... Eu não sei. — Gabe estreitou os olhos. — Por que você acredita em mim agora?

— Porque acho que você finalmente está começando a perceber que a academia não é a única coisa de valor em sua vida. Espera, eles estão aqui em algum lugar. — Fabian pegou alguns papéis, encontrou a pasta que procurava e a mostrou. — Aqui está.

— O que é isso?

— Os documentos que detalham a venda.

Gabe engoliu em seco.

— Isso está indo mais rápido do que eu esperava.

— Você viu minha cozinha? Tem sete pessoas na minha casa, e eu sou o único que pode trabalhar neste momento. Pedi ao advogado para cuidar disso assim que Powell me enviou um e-mail, só por precaução. Estava só esperando você decidir se estava dentro ou fora. — Fabian ficou de pé e entregou a pasta a Gabe. — Pegue isto. Leia tudo. Ligue para mim ou para o advogado com qualquer pergunta ou qualquer coisa que você queira acrescentar ou retirar. Só vamos fazer isso se você estiver de acordo e, se não estiver, voltaremos à estaca zero. Combinado?

— Combinado.

— Legal. Agora, vou te apresentar aos meus filhos.

E, de repente, a coisa estava rolando.

Treze anos atrás

Transcrição do chat do Windows Messenger

Destino celestial: Sessão de Planejamento do Episódio 12

Michelle:
   Tá bom, eles escaparam, mas, antes de irem, têm que recuperar o MacGuffin para a rainha Seravida e destruir.

Gabe:
   Ando pensando nisso...

Michelle:
   Ah, é?

Gabe:
   E se essa coisa que a rainha quer que eles destruam for outra? E se ela tiver uma intenção secreta esse tempo todo e estiver usando Zack?

Michelle:
   Mds, que reviravolta. Ela mentiu pro próprio filho?

Gabe:
   Ela já mentiu pra ele quando fingiu a própria morte e deixou ele se virar sozinho.

Michelle:
   Coitado do Zack. Isso vai acabar com ele. O pai dele está usando ele para ter poder, e a mãe está usando para... o quê, exatamente?

Gabe:

Zack e Riva apareceram no fim de *Além das estrelas* com aquele dispositivo que removeria os poderes de todo mundo, para equilibrar o jogo e trazer estabilidade à galáxia. E se for o MacGuffin que a rainha mandou eles destruírem?

Michelle:

Então, neste episódio, eles descobrem que não é o que eles achavam que fosse.

Gabe:

E aí vão confrontar a mãe de Zack.

Michelle:

Depois de esconder o dispositivo, porque podem precisar dele depois.

Gabe:

Isso. E Zack desiste da missão.

Michelle:

Mas ainda tem coisas a serem feitas.

Gabe:

Não tem importância. Ele foi traído e usado. Achou que tinha uma razão maior para sua vida e seus pais serem horríveis, mas não tem. Algumas pessoas só são horríveis.

Michelle:

É uma perspectiva meio pessimista.

Gabe:

O poder corrompe. E Zack não quer mais saber das jogadas de poder da família. Para ele, acabou.

Capítulo 24

No dia seguinte, Michelle acordou ligeiramente de ressaca na sala de artesanato da mãe. Ava e Jasmine haviam dormido lá, e todas dividiram a cama no que Michelle passara a ver como "quarto do Gabe".

Que idiotice. Era o quarto de hóspedes. Ele tinha sido um hóspede, ficado no quarto de hóspedes e ido embora. Ainda era apenas o quarto de hóspedes.

Jezebel estava largada no ombro de Michelle como uma boá de plumas, emitindo roncos suaves de gatinho. Como Michelle queria chorar, apertou o rosto no pelo de Jezebel. A gata ronronou, se esticou e rolou. Ela subiu na barriga de Michelle e começou a amassá-la.

O peito de Michelle chacoalhou com uma gargalhada enquanto ela se afastava.

— Jez, isso faz cócegas.

A gata se enroscou no lençol quente e fechou os olhos, ainda ronronando.

Michelle fez carinho nas orelhas dela.

— Pelo menos eu ainda tenho você, *mamita*.

Apesar de se sentir um pouco instável, saiu da cama. Após uma passada no banheiro, obrigou-se a descer.

Ava e Jasmine já estavam na cozinha. No segundo em que Michelle entrou no cômodo, Ava se levantou de onde ela e Jasmine estavam sentadas à mesa tomando café.

— Vou fazer um chá — disse Ava. — Senta.

Michelle afundou na cadeira ao lado de Jasmine e gemeu.

— Parece que eu fui atropelada por um ônibus.

Jasmine passou a caneca para ela.

— Tome um pouco. Isso vai ajudar.

— Obrigada. — Michelle tomou um gole e fechou os olhos, saboreando o café preto e amargo. Estava forte, do jeito que Jasmine gostava. Ela passou a caneca de volta. — Vocês me deixaram dormir até tarde.

— Achamos que você precisava — explicou Jasmine. — Seu pai está lá embaixo jogando videogame e sua mãe foi às compras com minha mãe.

— Alguma notícia de Gabe? — perguntou Ava.

Michelle balançou a cabeça. Não esperava ter notícias dele. Ele tinha voltado à sua vida na Califórnia, e ela suspeitava que ele ia fazer o que fosse preciso para fingir que não havia pessoas em Nova York que o amavam.

No entanto, ela tinha tido notícias do empreiteiro, que havia mandado uma mensagem para dizer que o banheiro estava pronto.

Michelle batucou com os dedos na mesa.

— Hoje vou voltar para o meu apartamento.

Ava a olhou da bancada, a preocupação evidente no rosto.

— Vai?

— Relaxa, Ava. Vou ficar bem.

Ela não estava bem, mas ia ficar. Sempre ficava.

Michelle agradeceu às primas e as mandou embora. Empacotou tudo o que tinha levado, persuadiu Jezebel a entrar na caixa de transporte e esperou a mãe chegar em casa para se despedir dos pais. Ela havia dito a eles na noite anterior que Gabe tinha tido uma emergência de trabalho e voltado para a Califórnia, depois fizera o melhor que pudera para desviar das perguntas da mãe. O pai, ainda bem, devia ter notado que havia algo errado, porque mudara de assunto.

Finalmente, não havia nada a fazer a não ser partir. O pai a ajudou a levar tudo até o carro e conseguiu que Jezebel se instalasse. A gata estava miando, então Dominic passou-lhe um petisco pela porta de arame. Michelle terminou de arrumar as sacolas de compras no porta-malas e o fechou.

— Está tudo bem, Michie? — perguntou o pai.

Ela suspirou. O pai era muito mais perspicaz do que deixava transparecer.

— Não, papai. Mas vai ficar.

Ele lhe deu um grande abraço e um beijo na cabeça.

— Avise se você quiser que eu...

— Pai, não seja um estereótipo — advertiu ela.

— O quê? Eu ia dizer: "Avise se você quiser que eu deixe críticas ruins no Yelp sobre a academia dele".

Aquilo a fez rir, o que ela imaginava ter sido a intenção dele.

— A gente janta semana que vem.

Ele deu um tapinha no ombro dela e voltou para dentro de casa.

Michelle abriu a porta do motorista e deslizou para trás do volante. Antes de ligar o carro, ela ficou olhando por um tempo para a casa dos pais de Gabe. Parte dela sentiu que deveria ir se despedir de Norma e Esteban. Mas, se entrasse, começaria a chorar, e Norma provavelmente começaria a chorar também, e aí seria apenas uma grande confusão.

Michelle não sabia como Gabe havia deixado as coisas com os pais, não sabia o que havia dito sobre ela e, sinceramente, não queria saber.

Só queria ir para casa.

Depois de colocar a *playlist* de grupos femininos de K-pop, ela pegou a estrada. Ela tinha saído antes da hora de pico, então chegou a Hell's Kitchen em menos de quarenta e cinco minutos. Foram necessárias algumas voltas pelo quarteirão para encontrar uma vaga perto do prédio, e enfim começou o processo de levar tudo para dentro.

Ela subiu Jezebel primeiro e a deixou na caixa de transporte com a porta do apartamento aberta enquanto voltava para o carro. Jezebel já estava miando sem parar quando Michelle pegou a última sacola de compras. Jezebel era normalmente uma gatinha tranquila, mas não gostava de ser deixada sozinha na caixa por muito tempo.

— Relaxa, Jez — murmurou Michelle enquanto trancava a porta do apartamento. — Eu liguei o ar-condicionado para você, não foi?

Jezebel miou uma resposta.

Michelle se curvou para a caixa e soltou a fera. Jezebel saltou e iniciou um curioso percurso pelo apartamento, cheirando tudo.

Michelle ficou de pé por um minuto, só a observando.

— Somos só nós duas outra vez, Jez.

Depois pendurou as chaves no gancho e tirou os tênis.

Ela tinha recuperado sua vida, tal como era antes. Nada de ficar na casa dos pais. Nada de projetos de marketing.

Nada de Gabe.

Michelle se sentia trêmula, como se até as entranhas estivessem tremendo, e não tinha nada a ver com o vinho que havia consumido na noite anterior. Como queria desabar e chorar na cama, ela se obrigou a trabalhar. Havia compras para guardar, plantas para regar, uma gata para alimentar.

E, se entrasse no quarto, seria inundada por lembranças dele. Do adorável strip-tease. De transar contra o papel de parede da floresta.

Por que tudo é dez vezes melhor com você?

Dane-se. Ela dormiria no sofá.

Gabe sentou-se, lendo os documentos que iam tirar a empresa dele. Dava para ver que eram as etapas preliminares. Havia espaço para suas próprias negociações e pedidos. E Fabian já havia incluído muitas das coisas que Gabe teria pedido — por exemplo, poder usar alguma forma da palavra *"agility"* no futuro, já que eles a haviam escolhido por causa da semelhança com Aguilar.

Como proprietários originais, eles teriam acesso vitalício à academia de Santa Monica e a qualquer filial da cidade de Nova York que fosse aberta, mas, como Powell planejava franquear o nome, não lhes seria concedida a adesão em locais de propriedade de outras pessoas.

E assim por diante. Uma quantidade incrível de pequenos detalhes, todos os quais se esperava que Gabe considerasse.

Junto a isso, havia a culpa por ignorar as operações diárias na academia. Fabian a havia deixado nas mãos capazes de Charisse, mas Gabe se sentia mal por ter ficado fora por mais dias do que planejava, e, quando finalmente voltara, estava sentado em casa, planejando vendê-la.

Gabe fez algumas anotações sobre que tipo de pacotes de rescisão seriam dados aos funcionários que optassem por sair. Ele queria que todos fossem bem cuidados, os que partissem e os que escolhessem ficar. O bom tratamento dos funcionários era uma questão em que ele tinha sido inflexível como proprietário, e não queria que aquilo acabasse.

Quando sentiu que ia ficar vesgo se lesse mais uma cláusula, ele deixou os documentos de lado e se esticou no sofá. Talvez fosse o cansaço do fuso horário, ou quem sabe os treinos menos intensos que tinha feito no Bronx, mas seu corpo estava pesado e preguiçoso. Da mesma forma, seu cérebro estava entediado e distraído, os pensamentos se batendo de lá para cá sem senso de direção.

Gabe tinha mantido o celular no silencioso e, quando verificou a hora, viu que tinha perdido uma ligação dos pais e algumas mensagens da irmã. Ele olhou as notificações por um momento e desligou o telefone sem abrir as mensagens. Embora não pudesse mais evitar a família para sempre, não conseguiria lidar com eles naquele momento. Eles perguntariam sobre o que estava acontecendo com o negócio, ou pior, com Michelle. Ele não queria contar sobre a venda da academia e não sabia o que dizer sobre Mich.

Se Fabian não tivesse mandado um e-mail para ela, eles nunca teriam se encontrado. Gabe teria continuado com sua vida, sem nunca saber como as coisas poderiam ser boas com Michelle.

Sem nunca saber como poderia facilmente se apaixonar por ela de novo.

Ele agora tinha lembranças específicas de todas as coisas com as quais sonhara um dia e dissera a si mesmo que eram simplesmente os devaneios de uma paixonite juvenil. A maneira como ela suspirava o nome dele. A respiração que mudava quando ela adormecia. O fato de ela faxinar quando estava estressada e o jeito que tomava chá. Junto a inúmeros outros pequenos detalhes que ele não conhecia, apesar de meia vida de amizade.

Ele não podia acreditar que a tinha envolvido na expansão, apenas para desistir depois de todo o trabalho duro dela. Também se sentia culpado por aquilo. Era uma vergonha, e acrescentava mais uma camada ao sentimento de fracasso.

Tantas horas, tantos dias, tantos *anos* de sua vida haviam sido dedicados à academia. Quem era Gabriel sem isso?

Ele ainda não sabia a resposta e, até descobrir, também não estava apto a pensar nos passos seguintes com Michelle.

Vender a academia era uma perda, como uma morte. Como se alguém próximo a ele tivesse falecido, ou um pedaço dele estivesse morrendo. Ia levar tempo para se acostumar com a vida sem a Agility.

Gabe ainda tinha um diploma em fisioterapia, sim. Tinha a experiência de dirigir o próprio negócio. Essas coisas não podiam ser tiradas dele. No entanto, trabalhar para outra pessoa parecia um degrau abaixo de onde ele havia estado. Seria capaz, mas não se sentiria tão realizado.

Ele pegou uma das muitas folhas de papel à sua frente e a abaixou de novo. Já sabia que ia vender. E, embora ainda tivesse mais algumas dúvidas e negociações para resolver, precisava de uma pausa.

Puxando o notebook pelo sofá, Gabe o abriu e passou o mouse pelo ícone de e-mail, por hábito.

Não, ele também não queria fazer aquilo.

Olhando ao redor do apartamento, não havia uma única coisa que *quisesse* fazer.

Ele ainda não queria ligar para os pais ou a irmã. Não queria falar com Fabian. Não queria ficar preso ao interminável ciclo das redes sociais. Não queria ver TV nem fazer exercícios. O que as outras pessoas faziam com o tempo livre? Ele não estava acostumado àquilo.

Gabe se agachou para ver os títulos da pequena pilha de livros na prateleira acima da escrivaninha. Ele não guardava muitos exemplares físicos de livros à mão — parte da missão de reduzir a desordem — e não havia nada em específico que quisesse ler. Além disso, suspeitava que, se ficasse ali parado, lendo ou assistindo à ScreenFlix, se sentiria culpado por perder tempo.

Mas, honestamente, quando fora a última vez que ele tivera tempo a perder? Antes de ir ao Bronx, seu único tempo de pausa era o treino, que fazia na academia de um amigo porque precisava de um tempo da própria academia.

Gabe pensou nas horas que ele e Michelle haviam passado andando pelo zoológico do Bronx, fazendo festinha para Jezebel de manhã — e fazendo festinha para Michelle à noite. No tempo que passara com Michelle, ele tinha estado totalmente presente e no momento; para variar, não tinha pensado em trabalho.

A não ser quando tinham colaborado na campanha da Agility. E, naqueles momentos, tinha ficado esquivo, porque o que ela lhe mostrava sobre sua intenção para a academia não correspondia ao que ele tinha.

Ele pensou na noite que haviam passado em Hudson Valley. Tinha sido uma das mais deslumbrantes e reveladoras de sua vida. Por uma noite, havia saboreado tudo o que podia ter com Michelle.

E era o que queria. Só não sabia como conseguir aquilo. Não sabia como encaixá-la na vida que tinha, e aquela vida estava se desmoronando. Gabe não tinha nada a oferecer. Sua noção de valor próprio vinha da academia, e sem ela… ele não valia nada.

Lembranças da cama enorme em que haviam dormido o lembraram do capítulo de *Destino celestial* do "único saco de dormir", aquele que Michelle havia mencionado quando estavam deitados juntos. Já que o notebook estava aberto, Gabe iniciou uma busca pelos arquivos de treze anos antes. Eles tinham que estar em algum lugar — ele não os teria apagado —, mas não os procurava havia anos e não se lembrava de jeito nenhum do nome dado.

Depois de alguns minutos de busca frustrada, ele os encontrou em uma pasta intitulada "História G e M". O Gabe do passado certamente não queria facilitar a busca do Gabe do futuro. Ele copiou a pasta para a área de trabalho e renomeou-a para "Destino celestial", que era como devia tê-la chamado em primeiro lugar. Lá dentro, havia cópias salvas de cada capítulo, juntamente com conversas coladas do MSN, detalhando o processo de elaboração de cada "episódio", como eles os chamavam. Ele até salvara *prints* dos comentários dos leitores.

Gabe abriu o primeiro capítulo e leu o título e o termo de responsabilidade, que o atingiu com uma onda de nostalgia.

Destino celestial: uma fanfic da temporada 2 de *Além das estrelas*
Episódio 1
Por BxGamer15 e ChelleBlockTango

Disclaimer: não temos os direitos de *Além das estrelas*, somos só dois fãs putos por finalmente termos colocado latinos no espaaaaaço, mas eles serem cancelados na primeira temporada.

Ele o tinha escrito com base em outros *disclaimers* de fanfic que havia lido na época. No fundo, no fundo, temia que o estúdio que fez *Além das estrelas* os processasse.

Lembrou-se do dia em que ele e Michelle tinham decidido escrever aquilo. Como ele estava cheio de esperança e possibilidades. Como eles tinham se aproximado com aquela atividade cheia de piadas internas, compartilhadas só entre os dois.

Só que eles nunca haviam escrito o final. Era mais uma situação inacabada.

O olhar de Gabe percorreu a tela até as primeiras linhas.

Zack estava trabalhando na cantina do Porto de Gardaron quando alguém que ele não reconhecia entrou.

Gabe sorriu pela primeira vez desde o telefonema de Fabian no dia anterior e se acomodou para ler.

Destino celestial: uma fanfic da temporada 2 de *Além das estrelas*

Episódio 1

Por BxGamer15 e ChelleBlockTango

Disclaimer: não temos os direitos de *Além das estrelas*, somos só dois fãs putos por finalmente termos colocado latinos no espaaaaaço, mas eles serem cancelados na primeira temporada.

Zack estava trabalhando na cantina do Porto de Gardaron quando alguém que ele não reconhecia entrou.

Isso não era incomum. O planeta Gardaron era um pequeno posto avançado na Orla Exterior, mas todos que desembarcavam ali passavam pelo porto. Zack estava acostumado a gente desconhecida na cantina. Na verdade, era uma das razões de ele ter ido para lá. Era fácil desaparecer no Porto de Gardaron.

Portanto, não era estranho que Zack não reconhecesse aquela pessoa. O que era estranho era que ele sentia que deveria.

Ele continuou limpando o bar, observando pelo canto do olho a pessoa se aproximando. Havia algo na altura dela, na maneira como caminhava, que lhe suscitava a memória, mas ele não sabia por quê. Então esperou que chegasse ao bar antes de levantar a cabeça.

— O que você vai querer? — perguntou ele.

A pessoa usava uma viseira escura escondendo os olhos e uma máscara de pano cobrindo o nariz e a boca. A cabeça estava envolta em um lenço. Ele pensou que talvez fosse humana, mas não tinha certeza. Tudo o que Zack sabia era que seus instintos estavam em alerta máximo.

— Um refrigerante com Vika — respondeu a pessoa, com uma voz ligeiramente abafada.

Seus ouvidos estavam pregando uma peça ou ele reconhecia a voz? Zack apenas acenou com a cabeça e foi até a outra ponta do bar para pegar um copo gelado. Enquanto fazia isso, largou discretamente a bolsa de viagem em uma caixa que precisava ser levada para o depósito. Em seguida, despejou refrigerante cítrico e uma dose de licor de Vika no copo e o passou para o estranho conhecido.

— Alguma ideia de quanto tempo os mecânicos Gardarian levam? — perguntou a pessoa. — Os mais próximos do porto.

— Não demoram muito — respondeu Zack. — Mas é melhor verificar todos os diagnósticos antes de decolar. Eles são notórios por deixar as coisas inacabadas.

— Eu sei tudo sobre coisas inacabadas — murmurou a pessoa, e jogou alguns créditos no bar.

Eram moedas de Salazarin. Aquilo, mais a cicatriz nas costas da mão dela — ele notou que era uma mulher —, disse a Zack tudo o que ele precisava saber. Ele pegou os créditos, jogou-os na caixa registradora. Ignorando o grupo de comerciantes remírios tentando chamar sua atenção na ponta do bar, Zack pegou a caixa do depósito, contendo a mala de viagem, e foi para a sala dos fundos.

Assim que perdeu o bar de vista, ele abandonou o caixote, colocou a mochila e vestiu a própria máscara. A qualidade do ar naquele planeta não era boa, e a máscara ainda ajudava a disfarçar sua identidade. Puxando o capuz para cobrir o cabelo, que deixara crescer enquanto se escondia, ele escapuliu pela porta dos fundos e saiu correndo.

Na metade da viela atrás da cantina, um tiro de atordoamento atingiu a parede ao lado da cabeça dele e ele desviou o trajeto para o lado. Uma olhada rápida para trás lhe disse o que já suspeitava: ela o estava seguindo.

— Pare de fugir! — gritou ela.

— Prefiro pular no Volcanor — murmurou ele por baixo da máscara, e correu mais rápido.

Se ele conseguisse chegar ao centro principal do porto, poderia pegar uma carona na próxima nave — qualquer nave saindo do planeta. E então encontraria um outro lugar para se esconder.

Uma pena, mesmo. Ele estava finalmente se acostumando com Gardaron.

Estava quase lá quando alguém virou uma esquina e se chocou com ele como um trichifre desenfreado, jogando-o no chão. Eles caíram em um emaranhado de membros e Zack, embora maior e habilmente treinado pelos melhores soldados do exército de Salazarin, logo se viu com a cara esmagada no chão poeirento e um atordoador enfiado no pescoço.

Sua agressora falou:

— Eu poderia atordoar você, mas depois teria que arrastar seu traseiro pesado de volta à minha nave e preferiria não fazer isso.

Zack sugou uma respiração, a máscara grudada em seu rosto.

— Eu sabia que seria você.

Ela hesitou antes de perguntar suavemente:

— Como?

Parte de mim sempre esteve esperando por você, pensou. Mas não foi o que disse. Em vez disso, endureceu a voz:

— Diga ao meu pai que eu nunca mais vou voltar.

— Eu diria, mas foi sua mãe quem me contratou.

— Minha mãe? — Choque misturado a medo, traição e algo próximo da felicidade. Sem dar atenção ao atordoador, Zack virou para encarar sua velha amiga. — Ela está viva?

Ela empurrou a viseira para cima na testa, revelando os olhos de cor âmbar que teriam denunciado sua identidade imediatamente. Cabelos escuros eram visíveis nas têmporas e, apesar da máscara, o cérebro dele preencheu os detalhes restantes do rosto que conhecia tão bem. Uma boca que era feita para gargalhar e sorrir, um nariz que empinava quando ele estava sendo escroto, apesar de seu status mais elevado.

— Riva... — sussurrou, alcançando-a.

Uma sacudida de eletricidade o rasgou, embaralhando seus pensamentos e roubando sua consciência.

Ela o atordoara.

Capítulo 25

Michelle fez o que sempre fazia depois de uma turbulência emocional: flertou com o *burnout*.

Havia trabalho a ser feito para clientes regulares, e algumas outras consultas haviam chegado enquanto ela estava com Gabe. Ela aceitou tudo e sobrecarregou a agenda, o que lhe deu a desculpa perfeita para recusar os convites das primas que tentavam fazê-la sair do apartamento.

Infelizmente, daquela vez, o trabalho não estava adiantando. Designs de layout simples e gráficos de redes sociais não estavam proporcionando o tipo de desafio de que ela precisava para parar de pensar em Gabe. Preenchiam as horas, mas não os pensamentos dela.

Não só isso, como Michelle também estava triste de abrir mão do projeto da Agility. Ela tinha gostado de trabalhar nele, exercitando os músculos que não usava desde que deixara o emprego. Embora tivesse frilas o suficiente para pagar as contas e se manter ocupada, ela se agarrava a projetos mais simples, que não exigiam uma tonelada de contribuições ou criatividade, na maioria das vezes apenas mexendo em textos e imagens na tela. Já havia algum tempo desde que tinha liderado um projeto, fazendo toda a pesquisa e ideia, formulando um plano, e ela tinha sentido falta daquilo. Também estava ansiosa pelo *rebranding* e tinha preparado um pacote inteiro para Gabe levar de volta para a equipe.

Michelle havia começado a redigir pelo menos vinte e-mails para ele, e o dobro das mensagens de texto, mas tinha apagado todas antes de enviá-las. O quarto ainda estava fora dos limites, então estava dormindo no sofá desde que voltara para casa. Era razoável, mas o travesseiro havia caído no chão na noite anterior e ela não havia notado, então tinha acordado com um torcicolo terrível. A ioga havia ajudado um pouco, mas não o suficiente, especialmente porque ela havia passado tempo demais sentada à mesa. Estava pensando em instalar uma escrivaninha de pé — ou melhor, pedir ao pai que a instalasse —, mas tinha doze abas do navegador abertas com diferentes opções e ainda não conseguira encomendar uma.

Em resumo, estava tudo uma bagunça.

Michelle estava enviando arquivos de imagem finais para Jamilette, uma cliente habitual que era proprietária de um salão de cabeleireiro dominicano no norte da cidade, quando um e-mail de Rocky Lim chegou.

Seu coração bateu duas vezes mais rápido quando ela viu o nome e por um segundo teve certeza de que o Rocky a estava contatando em nome de Gabe. Mas o assunto era "Projeto de marketing", então era improvável.

Mesmo assim, sentiu um aperto na garganta quando clicou no e-mail.

Depois de passar os olhos pelos detalhes, relaxou. Rocky tinha ficado impressionado com ela após a reunião e estava querendo saber se o aceitaria como cliente para ajudá-lo a lançar um perfume masculino.

Michelle anotou ideias no caderno enquanto lia o e-mail novamente, a cabeça já a mil. Abrindo uma nova aba do navegador, ela deu uma olhada rápida em outras campanhas de fragrâncias para ver quais se destacavam e quais eram *blé*. Ela olhou o site do Rocky, lendo sua biografia e seus créditos, e depois verificou o Instagram dele. Rocky tinha muitos seguidores e uma tonelada de fotos de anúncios para outras marcas e publicações. Fazia sentido lançar seu próprio produto.

Duas horas depois, estava vendo tudo embaçado e percebeu que não tinha se levantado para comer, beber água ou ir ao banheiro durante aquele tempo. Olhando para o caderno, folheou as anotações e esboços que havia feito e ficou espantada ao ver que havia preenchido seis páginas.

Uau. Ela nem sentira o tempo passar. Sua mente tinha estado totalmente engajada na pesquisa e no *brainstorming* de um projeto para o qual ela ainda nem estava oficialmente contratada.

Michelle mandou uma resposta rápida a Rocky, comunicando sua disponibilidade para que marcassem uma reunião. Aí, fechou seu notebook e se levantou para se alongar, sentindo-se melhor do que se sentira em dias.

Enquanto cuidava das necessidades básicas — usando seu novo banheiro, bebendo um grande copo de água e comendo o que restava do sanduíche de *shawarma* de frango da noite anterior —, ela pensou em como tinha reagido de forma diferente ao e-mail de Rocky, em comparação aos trabalhos usuais. Rocky estava pedindo o mesmo tipo de trabalho que ela tinha feito para Gabe, e Michelle não podia mais ignorar o quanto gostara de trabalhar no projeto de Gabe e o quanto se sentia muito mais realizada quando estava usando as partes criativas do cérebro.

A verdade é que ela não se contentaria em fazer projetos básicos de design para o resto da vida. Queria se envolver com um projeto, das etapas iniciais até os passos finais. Queria deixar impressões digitais em todo o projeto e ter a liberdade de tomar decisões, em vez do trabalho burocrático de design que andava fazendo.

Quando voltou à mesa, ela abriu o editor do próprio site. Por impulso, mudou o texto na página "Serviços", expandindo-o para incluir projetos de posicionamento de marca e marketing e aumentou os preços. Em seguida, registrou um novo nome de domínio e uma empresa LLC, reescreveu sua biografia, redesenhou o layout do site e esboçou um novo logotipo.

No final do dia, a Soluções Criativas Jezebel estava no ar.

Michelle deu uma olhada no horário. Merda, ela tinha que se apressar. Mas havia mais uma coisa a fazer.

Ela redigiu um e-mail rápido para todos os seus clientes, notificando-os de que estava voltando ao jogo de marketing e posicionamento de marca e incluindo um link para nova página de "Serviços". Por fim, ofereceu um desconto de 15% para aqueles que a contratassem no primeiro mês.

Depois de enviar o e-mail, ela se recostou na cadeira e olhou para a tela.

Tinha feito aquilo mesmo. Depois de quase dois anos no limbo como freelancer, havia dado o passo para iniciar oficialmente o próprio negócio e voltar ao trabalho que adorava fazer.

E era tudo graças a Gabe.

Além da companhia dele, Michelle tinha gostado do trabalho. Fizera ela sentir-se mais honesta do que havia muito tempo, e não apenas porque Gabe estava lá, lembrando-a de quem ela fora. Era algo que clientes como Jamilette a haviam implorado para fazer, mas ela havia resistido, guardando parte de si porque a lembrava da traição de Nathaniel e trazia à tona o medo de ter outro *burnout*.

Mas quem estava realmente castigando? Não era Nathaniel, que provavelmente nunca nem sequer pensava nela.

Não eram seus antigos chefes, que não davam a mínima para o equilíbrio entre o trabalho e a vida pessoal dela.

Era só a própria Michelle.

E não estava na hora de parar com isso?

Soluções Criativas Jezebel era o primeiro passo. O passo seguinte estava logo atrás de uma porta no final do corredor.

Também estava na hora de ela parar de dormir no sofá.

Sim, o quarto a fazia lembrar de Gabe. Sim, doía que ele tivesse ido embora. Sim, ela tinha pedido para ele ficar, e ele não ficara.

Mas ela havia pedido o que queria, pelo menos. Não havia deixado a raiva levar a melhor, fazendo-a dizer coisas das quais se arrependeria. Por mais que lhe custasse pensar nele, Michelle não se arrependia de ter se aberto. Aqueles dias com ele haviam sido os mais emocionalmente gratificantes de sua vida. Ela se permitira ser vulnerável. Ser vista. Pedir o que queria. Quantas pessoas passavam a vida sem nunca sentir aquilo?

Ela já havia sido uma dessas pessoas. E, agora que sentira, sempre saberia.

Ela merecia mais. E sobreviveria, o que quer que acontecesse.

Depois de uma chuveirada, Michelle fez uma limpeza rápida no apartamento antes da chegada de Ava, para que não parecesse a casa de alguém sofrendo por um coração partido.

Quando Michelle cancelara o jantar com os pais, a mãe dela havia mandado uma mensagem para Ava, acionando o radar das Primas Poderosas. Capricorniana que só ela, Ava tinha mandado uma mensagem firme, dizendo só "Estou indo aí fazer jantar para você". Jasmine estava em Los Angeles para uma coletiva de imprensa, senão também apareceria na porta da Michelle na mesma noite.

Quando Ava chegou, Michelle tinha servido aperitivos leves e vinho na mesa de centro e guardado no armário toda a roupa de cama que usara no sofá. Ninguém precisava saber daquela parte.

Elas se sentaram no sofá com Jezebel entre elas, e Michelle mostrou à prima o novo site.

— Está incrível, Mich — exclamou Ava. — Você fez tudo isso hoje?

Michelle confirmou com a cabeça.

— Aquele e-mail de Rocky acendeu um fogo dentro de mim. É isso que eu queria mesmo fazer esse tempo todo.

Ela só tivera medo de agir. Aquele tempo todo, estivera fazendo algo em que era *boa*, em vez de algo em que era *ótima*.

Ava clicou na página "Sobre" e, embora Michelle a tivesse escrito, ela leu sua nova biografia por cima do ombro de Ava.

Localizada no quintal do Theater District de Nova York, a Soluções Criativas Jezebel traz drama, animação e esplendor para as estratégias e os visuais de nossos clientes. Fundada por Michelle Amato, uma premiada consultora de marketing e posicionamento de marca, oferece soluções de campanha inovadoras para clientes corporativos e pequenas empresas, para ajudá-los a transformar ideias em realidade e sonhos em sucesso.

Quando Ava acabou de ler, ela passou o notebook de volta para Michelle e pegou a bolsa.

— Acho que é o momento certo para te dar isto — disse Ava, puxando um tubo de papelão.

Michelle pegou o tubo e examinou a etiqueta.

— É a colagem. Eu te disse para jogar fora.

O sorriso de Ava era presunçoso.

— E eu não joguei. Porque sabia que, em algum momento, você estaria pronta para ver. Acho que você está pronta agora.

Resmungando, Michelle usou a faca de queijo para cortar a fita adesiva na ponta do tubo. Abrindo-a, ela enfiou a mão lá dentro e puxou cuidadosamente a folha enrolada de papel fotográfico. Seu coração se encolheu quando ela olhou, mas um sorriso repuxou a boca.

Ela tinha compilado fotos de si mesma e de Gabe — da visita ao zoológico, do dia passado em Manhattan, das compras e da *quinceañera* —, combinando-as com algumas fotos antigas de infância e da adolescência. Havia uma foto de Halloween do ano em que Gabe tinha se vestido de Jedi e Michelle, de vampira. Outra da festa do aniversário de 13 anos de Michelle, quando eles tinham ido à Jones Beach. Gabe de uniforme de beisebol e Michelle em uma peça de teatro escolar, os dois sentados nos degraus de casa e brincando nos balanços do quintal, no primeiro dia do ensino fundamental e na formatura.

Na parte de baixo, em negrito, lia-se:

Parte de mim sempre estará esperando por você.

— O que você quer fazer com ela? — perguntou Ava.

Michelle não respondeu. Em vez disso, pegou o celular e enviou uma mensagem.

Michelle: Preciso do endereço dele.

Capítulo 26

Gabe releu a página que acabara de escrever. Será que tinha retomado bem os fios da história? Ele não saberia dizer. Seus olhos estavam vermelhos, e ele nem se lembrava da última vez que havia comido. Ou tomado um banho.

Ele tinha passado a semana trabalhando na fanfic, desde que assinara os documentos que entregavam a academia a Powell. Dali em diante, tudo dependia dos departamentos jurídico e financeiro, e Gabe de repente se viu em posse de muito dinheiro e muito tempo livre.

Nunca tendo estado naquela posição, não sabia o que fazer. Então se voltou para a única coisa que lhe havia trazido alegria durante aquele período tão sombrio: *Destino celestial*.

Era um pouco ridículo como tinha ficado feliz ao reler a fanfic. A leitura o animara, o levara de volta a uma época e a um lugar em que as possibilidades pareciam infinitas, em que ele cedia a caprichos criativos e controlava o destino de personagens que havia passado a adorar. E, acima de tudo, o lembrava de Michelle. Das decisões da história que tinham tomado juntos. Dos desenhos que ela tinha feito dos personagens — alguns dos quais ainda estavam salvos no computador.

Das horas de conversa sobre *Além das estrelas* e teorias sobre o que poderia ter acontecido nos bastidores do reino espacial para dar vida às páginas da história compartilhada.

Era uma época mais simples, e as lembranças lhe trouxeram uma satisfação e um otimismo que nunca teria previsto.

Ele amava mesmo aquela história boba.

Relê-la era uma viagem. Para começar, ele tinha alguns tiques de escrita que o faziam sorrir e balançar a cabeça, como a tendência a usar demais as expressões *de repente* e *deu de ombros*. Algumas coisas ele nem se lembrava de escrever, e perdeu a conta de quantas vezes murmurou "Quem escreveu isso?".

Mas a maior surpresa era... ele mesmo. Havia se inserido no personagem de Zack de forma extremamente óbvia e, portanto, ler a história era como abrir uma cápsula do tempo e encontrar o Gabe adolescente.

Zack Salazar, um príncipe espacial latino com poderes telecinéticos e grandes problemas familiares, relutava em confiar e duvidava constantemente de si e dos outros. Ele passava por períodos de extrema cautela antes de atirar tudo para o ar em gestos impulsivos alimentados pelas emoções. E era perdidamente apaixonado pela personagem de Michelle, Riva.

Riva, da forma como Gabe a havia escrito, era ousada e inteligente, corajosa e bonita, e descolada demais para Zack. Era, em essência, como Gabe sempre tinha visto Michelle.

Foi enquanto lia o nono episódio, aquele em que Zack e Riva se beijavam, que Gabe tinha percebido a verdade. Michelle era o amor da vida dele, e sempre seria.

O que significava que, de novo, ele havia jogado fora algo com que a maioria das pessoas só sonhava.

Depois de terminar a leitura de *Destino celestial*, ele tinha se recomposto para vender o negócio. Passo a passo, Gabe trabalhara com Fabian, Powell e uma equipe de advogados. Tinha corrido bem. Eles haviam dado a notícia aos funcionários e aos clientes da academia. Pouco tempo depois, Rocky Lim havia enviado uma mensagem dizendo que lamentava ver Gabe deixar a Agility, mas esperava contratá-lo para sessões individuais se Gabe topasse. Gabe dissera que estava aberto à ideia, mas precisava pensar sobre o assunto. Nos dias seguintes, acabara recebendo uma série de mensagens semelhantes de outros clientes, famosos e anônimos.

Se quisesse, a fase seguinte de seus negócios estava lá. Mas, no momento, ainda precisava aceitar o encerramento daquele capítulo da vida. Precisava se permitir lamentar a perda, mesmo que soubesse que era a melhor decisão para todos. A coisa que ele mais amava o tinha sufocado. E, embora nunca tivesse pensado em terminar daquele jeito, ele estava livre. Só precisava descobrir o que fazer com a liberdade.

A primeira coisa que havia feito fora colar *Destino celestial* em um novo documento. Depois, começara a revisar desde o início, consertando erros de digitação e frases desajeitadas, preenchendo detalhes e reforçando tramas que haviam ficado inacabadas. Era um trabalho difícil, exigindo habilidades que ele não usava tinha um milhão de anos. Ele saía para longas corridas na praia quando precisava pensar em um problema de trama, algo que não tinha tempo de fazer havia muito tempo. O ato repetitivo e metódico de correr dava ao seu cérebro o espaço para a solução de problemas e, no processo, ele repassava as experiências das semanas anteriores.

Nova York.

Michelle.

Os pais.

Powell.

Por dentro, Gabe sentia que estava curando uma ferida que nem sabia que tinha.

E então começara a escrever os últimos capítulos de *Destino celestial*.

Naquela época, ele e Michelle haviam discutido como terminaria, e ele ainda tinha algumas anotações das conversas. Mas, depois de ler tudo, tivera algumas ideias novas com as quais o Gabe de 18 anos nunca poderia ter sonhado.

O Gabe adolescente sentira que o mundo inteiro, ou pelo menos os pais, estava contra ele. Que precisava lutar sozinho para conseguir o que queria. Que tinha que acabar com os opositores antes que eles o afogassem em dúvidas.

Ele não percebia que tinha interiorizado aquela dúvida e a tomado para si, levando-a para onde quer que fosse, permitindo que dominasse sua vida.

Aquilo sim era uma reviravolta.

Não estava na hora de ele *realmente* começar a acreditar em si?

O som de alguém batendo na porta arrancou Gabe do devaneio. Ele olhou em volta como se estivesse saindo de um transe. Havia canecas na escrivaninha, pratos na mesa de centro e tênis de corrida empilhados perto da porta. O apartamento normalmente impecável estava, pelos seus padrões, uma bagunça. E, como ele estava em casa, tinha desmarcado a faxineira que vinha uma vez por semana.

A batida continuava. Quem poderia ser? Ele olhou para a tela do notebook — três da tarde, em uma quarta-feira. E o apartamento tinha interfone.

— Quem é? — gritou Gabe.

— Você precisa assinar o recebimento de uma entrega — disse uma voz abafada do corredor.

Ah, pelo amor de… Tá bom. Gabe nem conseguia imaginar o que havia encomendado, mas os dias anteriores haviam sido um borrão.

— Já vou — gritou de volta.

Resmungando, Gabe engoliu o resto de café frio na caneca mais recente — o hábito da cafeína estava de volta à toda — e passou uma mão pelo cabelo. Ele não o havia penteado, então as ondas estavam desenfreadas, e não fazia a barba desde… cacete, desde que havia voltado do Bronx. Estava só de bermuda esportiva, então pegou uma regata do braço do sofá e a vestiu, arrastando os pés até a porta, de meias e *chanclas.*

Abriu a porta e congelou.

Seus pais sorriam para ele do corredor.

— Surpresa! — gritou a mãe, jogando os braços para cima.

— Ah. — Gabe piscou para eles. Ele estava certamente surpreso. — Hã, entrem.

A mãe pegou o rosto dele nas mãos e beijou-o na bochecha, depois enrugou o nariz.

— Gabriel, *¿qué pasó?*

Seu pai lhe deu um abraço de lado na entrada.

— *¿Estabas durmiendo?* — perguntou.

— Não, eu não estava dormindo, estava… — *escrevendo fanfic* — trabalhando. No computador.

Ele fechou a porta e, em um estupor sem palavras, viu a mãe deixar a mala perto da porta da cozinha e começar a pegar pratos sujos pela casa. Quando viu todos os copos na mesa, ela parou e murmurou:

— *Qué sucio.*

Gabe encolheu os ombros. Era o tipo de coisa que o teria feito ficar de castigo quando era criança.

— O que... o que vocês vieram fazer aqui? — perguntou ele, já que nenhum deles havia explicado por que estavam na Califórnia, no *apartamento dele*.

— Viemos te visitar — disse seu pai, como se fosse perfeitamente óbvio e natural. — Temos coisas para conversar, e você estava demorando demais.

— Como...

— Nikki nos deu o endereço, e seu amigo Fabian nos pegou no aeroporto. Ele nos deu as chaves do prédio, mas não queríamos só invadir.

Sua mãe deu à pilha de pratos na mão um olhar significativo, enquanto ignorava completamente o fato de que eles *tinham* invadido e fingido estar fazendo uma entrega.

— *¿Dónde está el baño?* — perguntou seu pai.

Gabe apontou para o corredor, e se encolheu quando se lembrou das roupas de corrida dos três dias anteriores que largara no chão, junto ao chuveiro.

— Meu apartamento normalmente é muito limpo — disse Gabe à mãe, seguindo-a e pegando outros itens que estavam fora do lugar. — Eu andei... ocupado.

— Com a emergência da academia? — perguntou ela, enchendo a máquina de lavar louça.

— Isso, foi... isso.

Enquanto a mãe limpava a cozinha, Gabe foi para o quarto e pegou uma roupa de cama limpa do armário. Ele não sabia mais o que fazer. Os pais estavam no apartamento dele pela primeira vez, e é claro que era a única vez em que o lugar estava uma bagunça. Mas, como ele não ia mandar os dois embora ou ficarem em um hotel, a única coisa a fazer era arrumar a cama para eles. Seu pai chegou um momento depois e, sem dizer uma palavra, o ajudou a trocar os lençóis e as fronhas.

Ao esticar o edredom de volta na cama, Esteban fez uma careta e esfregou o ombro esquerdo como se estivesse com dor. Gabe estreitou os olhos.

— O que foi?

O pai dele fez um aceno para dizer que não era nada.

— *Es nada*. Só estou ficando velho.

As palavras dele tinham um traço de humor, mas os cantos da boca estavam repuxados.

Gabe sabia identificar dor, mas deixou para lá. Por enquanto. Então, voltou para a sala de estar para pegar as malas dos pais. Em seguida, entrou no banheiro e pegou todas as roupas sujas antes que a mãe pudesse vê-las. Enquanto estava lá, também trocou as toalhas de mão e limpou a pia.

Na cozinha, ele encontrou a mãe cozinhando frango em uma panela.

— O que você está fazendo?

— O jantar — respondeu ela, como se fosse óbvio. — Para nós, já é de noite.

E, claro, o pai já estava colocando a mesa — o que era tarefa de Gabe quando ele era jovem.

A cena era tão… normal. De alguma forma, parecia natural que os pais estivessem em seu espaço, embora nunca tivessem estado ali antes e mal se falassem havia uma década. Eles haviam aparecido na porta da casa de Gabe em Los Angeles e retomado de onde tinham parado.

Não, não de onde tinham parado. Era muito melhor do que antigamente.

Durante todo aquele tempo, Gabe sentira que não tinha nada sem a academia, porque a vida que construíra estava se desmoronando. Mas talvez não fosse verdade.

Muitos anos antes, ele cortara os pais de sua vida para se salvar. E, embora acreditasse firmemente na defesa de limites saudáveis contra pessoas tóxicas, mesmo se fossem parentes de sangue, ele reconhecia que também tinha feito aquilo para magoá-los. Mas, ao fazê-lo, machucara a si mesmo. Ele havia se distanciado da família, mas nunca abrira mão da raiva, da dor, da busca por validação. Durante todo aquele tempo, carregara aquilo consigo. Não estava na hora de largar aquela merda?

Talvez fosse a ferida que estava cicatrizando.

Nem todos tinham aquele tipo de segunda chance. Algumas famílias começavam disfuncionais e continuavam disfuncionais. Mas, desde que encontrara o pai no corredor de camisinhas, Gabe se perguntava se os pais haviam mudado o suficiente para que ele lhes desse outra chance.

Se *ele* tinha mudado o suficiente para lhes dar uma segunda chance.

Esteban foi para o quarto e voltou segurando uma garrafa de *sauvignon blanc*.

Gabe olhou fixamente.

— Você trouxe isso de Nova York?

Seu pai lhe deu um olhar suave.

— Não, foi presente do seu amigo quando pegou a gente.

Fabian era realmente o melhor amigo que um cara poderia pedir. Ele devia saber que Gabe não tinha álcool em casa, então lhes presenteara com uma garrafa. Gabe podia imaginar os pais chegando ao aeroporto, tendo vindo de tão longe e sem saber que tipo de recepção teriam, e o quanto deveria ter significado para eles Fabian não só buscá-los, mas levar um presente.

— *Gabriel, ¿dónde están los vasos de vino?* — chamou sua mãe da cozinha.

Gabe não tinha vinho, mas tinha algumas taças, sobras do namoro com Olivia, a obcecada por viagens de finais de semana. Ele apontou para o armário correto, e sua mãe acenou para o marido alcançar as taças, que estavam em uma prateleira alta. Esteban pegou as taças, depois assobiou de dor e sacudiu o braço de volta para baixo.

— *Coño* — murmurou, esfregando o ombro esquerdo.

— Você tem que lembrar de alcançar com a mão direita — lembrou Norma.

— Não consigo. Sou canhoto.

— Papi, por que não me deixa cuidar do seu ombro? — ofereceu Gabe, indo para a cozinha e tirando ele mesmo as taças de vinho. — Não tem motivo para viver com dor se não for preciso.

— Eu não quero incomodar — insistiu Esteban.

Desde quando? O homem havia incomodado Gabe durante os primeiros dezoito anos de vida e tinha acabado de aparecer sem ser convidado à sua porta. Mas eles estavam se dando bem, então Gabe não comentou.

— Por favor, pai. Isso é literalmente o que faço todos os dias. Deixa eu te ajudar.

Não era bem verdade. Antigamente, fisioterapia era o que Gabe fazia todos os dias. Antes de sua agenda ser consumida por telefonemas, e-mails e reuniões, e era exatamente por isso que ele tinha vendido a academia. Mesmo assim, sabia o que fazer.

— Você deveria deixar ele te ajudar — disse Norma, abrindo o vinho. — Nunca se recusa atendimento médico gratuito.

Esteban suspirou, mas finalmente falou:

— Certo, você pode tentar.

— Vamos lá — disse Gabe. — Vou colocar uma compressa quente em você enquanto preparo minha maca.

Gabe instruiu o pai a se sentar no sofá, e foi para a cozinha para colocar uma bolsa térmica no micro-ondas por vinte segundos.

— Faça um bom trabalho, está bem, *mi hijo*? — pediu a mãe, disfarçada pelo zumbido do micro-ondas.

Gabe absorveu as palavras, capaz de ler nas entrelinhas. Ela não estava dizendo aquilo porque não acreditava nele, mas porque sabia que ele estava preocupado com a reação do pai. Ela não estava dizendo para ele fazer uma boa sessão de fisioterapia, mas para ter uma boa interação com seu pai.

A mãe dele sempre tinha sido assim? Dizendo uma coisa e querendo dizer outra por trás? Por que ele de repente via aquilo tão claramente?

Porque agora você é adulto, seu cérebro respondeu.

Antes de ir embora aos 18 anos, Gabe ainda via os pais pelos olhos de uma criança, interpretando as ações deles apenas em relação a si mesmo. Ele ainda não havia aprendido a vê-los como pessoas de verdade. E agora havia estado fora tanto tempo que era como ver imagens duplas deles: os pais de que se lembrava e as pessoas — mais velhas — que tinham se tornado. Ele foi forçado a confrontar a verdade de que eles eram humanos plenamente formados, para além de seus papéis como *mami* e *papi*.

Não só isso, todos eles tinham mudado durante o tempo separados. Seus pais pareciam muito mais calmos do que ele lembrava, e Gabe se viu melhor em administrar as próprias reações emocionais. Não ficava irritado como antes.

— Pode deixar, *mami* — disse.

O micro-ondas apitou e ele removeu a bolsa quente.

E se preparou mentalmente para estar sozinho com o pai pela primeira vez em anos.

DEPOIS DE MOLDAR a compressa no ombro do pai, Gabe tirou a maca de tratamento portátil do armário do corredor e a levou para o quarto. Havia um espaço justinho junto às janelas para montá-la.

Fazia muito tempo que ele não usava aquela coisa, que não trabalhava em alguém em casa. Quando abriu a maca e a preparou, percebeu que havia sentido falta do aspecto mão na massa da fisioterapia. Ele vinha trabalhando no lado empresarial havia anos, gerenciando outros fisioterapeutas e treinadores. E, claro, assistentes cuidavam das macas da Agility. Gabe nem se lembrava da última vez que tinha precisado desinfetar e limpar uma maca de tratamento. Ele pegou um travesseiro da cama e chamou o pai para o quarto.

— Deite de costas aqui — instruiu Gabe, colocando o travesseiro em uma das extremidades da mesa acolchoada.

— Preciso tirar a camisa?

— Só se você quiser.

Esteban hesitou, depois desabotoou a camisa xadrez e a pendurou na maçaneta da porta do armário. Ele se sentou na mesa e pareceu testar sua robustez antes de se esticar de costas.

Gabe sempre soubera que se parecia com o pai, mas era estranho ter um vislumbre de como seria dali a trinta anos.

Esteban ainda estava em forma, mas seus pelos do peito haviam ficado grisalhos e sua pele havia mudado. Seus ombros se curvavam mais do que antes. Gabe notou as pequenas mudanças com o olhar de um fisioterapeuta: a curva da coluna, o ângulo do pescoço, a inclinação da pélvis, o inchaço nas mãos. Gabe teria apostado todo o seu negócio — se ainda o tivesse — que seu pai tinha mais dores do que apenas a do ombro, mas é claro que Esteban nunca admitiria.

Bem, Gabe começaria onde pudesse, com a dor que seu pai não podia esconder ou ignorar. Depois disso... bem, eles veriam. Ele pôs creme nas mãos e começou a trabalhar.

— O ombro é composto por três ossos — explicou Gabe enquanto explorava a área com as mãos. — Juntos, eles formam uma articulação esférica.

Os anos de treinamento vieram à tona enquanto ele apalpava a articulação, mexendo gentilmente o braço do pai para ver o alcance do movimento. Ele fazia perguntas em voz baixa enquanto trabalhava.

— Isso dói? Você consegue mexer assim?

E anotava mentalmente as respostas de seu pai.

Após avaliar a situação, Gabe passou a uma combinação de terapia manual e mobilização de tecidos moles, manipulando os músculos e tendões para liberar a tensão.

Como sempre, Gabe entrou no fluxo enquanto trabalhava, deixando a mente vagar enquanto os dedos e as mãos encontravam as conexões fisiológicas no ombro de um paciente e as encorajava a relaxar.

Mas não era um paciente qualquer. Era seu pai. Em sua cabeça, a história complicada se fundiu com o momento presente, a consciência do corpo do pai, a capacidade de visualizar o que estava acontecendo sob a pele pelo toque e pelos anos de estudo. Gabe encontrou os pontos de dor e dedicou a própria energia para soltá-los, o que fazia o processo parecer mágico, mas na verdade se tratava apenas de usar os próprios movimentos para ajudar outra pessoa a se mexer melhor. Era aquilo que o atraíra para a fisioterapia tantos anos antes, enquanto se recuperava da lesão no joelho. Gabe tinha ficado fascinado pela forma como o médico esportivo havia explicado as conexões no corpo e como liberar dor e tensão, assim como pelo quanto ele se sentia e se mexia melhor após o que havia inicialmente chamado de "sessões de tortura". Como era possível que enfiar os dedos em uma articulação aliviasse o inchaço? Ele estivera determinado a descobrir, e por isso mudara o curso de sua vida.

A interseção de dor e movimento, a beleza absoluta do funcionamento interno do corpo humano, a capacidade de ajudar as pessoas através do toque tinham colocado Gabe naquele caminho.

— Ai — resmungou o pai.

Gabe reprimiu um sorriso.

— Dói?

— Você sabe que dói.

Gabe sorriu.

— Desculpa. Vai ajudar a longo prazo, eu prometo.

Ele explicou o que estava fazendo enquanto trabalhava, suspeitando que o fluxo constante de conversa unilateral deixaria o pai à vontade. Alguns clientes preferiam o silêncio enquanto trabalhavam, outros conversavam sem parar para se distrair da dor ou porque estavam preocupados ou solitários.

Então Gabe conversou, deixando lacunas no fluxo de palavras para o caso de o pai querer responder. E, por fim, ele respondeu.

— Quantas horas você já dedicou a isto? — perguntou Esteban.

Gabe soltou uma expiração enquanto tentava pensar em uma resposta.

— Ah, não sei. Milhares, provavelmente.

— *¿Verdad?*

Era imaginação dele ou o pai parecia impressionado?

— No início, eu estava tentando aprender tudo o mais rápido que podia, para passar pelo treinamento em tempo recorde. Fazia o máximo de sessões que conseguia em um dia, em qualquer pessoa que me deixasse.

— É porque você sabe trabalhar duro — comentou Esteban. — Ai, *carajo* — acrescentou.

— Desculpa.

Gabe repetiu as palavras do pai na cabeça. *Você sabe trabalhar duro.* Pareceu um elogio. Antigamente, Gabe as teria tomado como uma provocação, como se devesse sua ética de trabalho ao pai. Mas… talvez ele devesse, mesmo.

Todas aquelas horas que Gabe tinha passado na loja, estocando prateleiras, expondo os produtos, preparando depósitos bancários e fazendo o inventário. As intermináveis tarefas, além dos deveres de casa e do treino de beisebol, haviam ensinado Gabe a concentrar sua atenção e administrar seu tempo, e o haviam preparado para dirigir seu próprio negócio quando chegara a hora.

Ou talvez Esteban também estivesse apenas reconhecendo que Gabe era um trabalhador árduo. Ele havia dado duro tanto naquela época como desde então. Talvez seu pai visse isso, sempre tivesse visto.

Antigamente, Esteban não o teria dito em voz alta, então talvez fosse um progresso.

Enquanto Gabe trabalhava na tensão que o pai trazia no corpo, ele pensava na responsabilidade que Esteban tinha carregado. E na preocupação. Desde que Gabe passara a se preocupar com a sobrinha e o sobrinho, com os pais e a saúde deles, ele reconhecia como a preocupação devia ter sido a companheira constante do pai naqueles anos.

Havia muita coisa pela qual podia culpar o homem, mas tinha que admitir que o pai o havia preparado bem para a vida adulta. Ele tinha forçado Gabe a sentar-se ao seu lado e aprender a administrar as finanças da loja, o que deixara Gabe mais do que confortável para pagar contas e fazer a folha de pagamento do próprio negócio.

Os pensamentos de Gabe vagaram para aqueles primeiros anos de trabalho com fisioterapia, e veio uma pontada de um sentimento antigo — a satisfação depois de trabalhar em um paciente que lhe dissera o quanto se sentia melhor enquanto ele anotava o progresso na ficha. Olhou para a pele marrom- -clara do ombro de seu pai, apenas um tom mais escuro que suas próprias mãos, e lembrou.

Era por isso que ele tinha começado. Para Gabe, aquele sempre tinha sido o propósito.

Fazer o trabalho prático, ajudar as pessoas uma de cada vez. Ele abrira a academia para poder ajudar mais gente do jeito dele, ajudá-las a viver livres da dor para estarem mais presentes e mais felizes no próprio corpo.

Mas no caminho tinha começado a passar mais tempo no escritório do que na maca de tratamento. As necessidades de um negócio em crescimento o haviam distanciado do trabalho físico. Não era de se admirar que ele tivesse estado tão infeliz e exausto.

A Agility tinha chegado ao radar das celebridades, levando a mais sucesso, mas a academia não era para elas. A Academia Agility não tinha sido planejada pensando em celebridades, mas em pessoas reais com corpos e dores reais, para ajudá-las a aumentar a mobilidade, diminuir a dor e melhorar a qualidade de vida.

Até a localização da academia havia sido ideia de Powell. Estabelecê-la em Santa Monica significava que eles teriam certo tipo de clientela. E, embora Gabe fosse grato a celebridades como Rocky Lim, que tinham colocado a Agility no mapa, elas tinham acesso a todos os tipos de ajuda corporal adicional a que as pessoas normais não tinham. E, assim que as celebridades começavam a frequentar um lugar, o lugar mudava.

Merda. *Ele* tinha mudado.

Gabe não era treinador de celebridades. Ele era fisioterapeuta. Um prestador de serviços de saúde. Não um personal das estrelas.

Agora, sem ter que carregar o peso da Agility e do que ela havia se tornado, Gabe tinha a oportunidade de mudar de rumo. Só precisava ser corajoso o suficiente para ir em frente.

Quando ele girou o braço do pai, observando o alcance do movimento, Esteban se voltou para Gabe e o mirou.

— *Tengo una pregunta* — disse Esteban, e Gabe sabia qual questionamento estava por vir. — *¿Por qué?*

Esse "por quê?" só poderia se referir a uma coisa, mas Gabe perguntou mesmo assim.

— Por que o quê?

— Por que você não voltou? Até agora.

— Pensei que fosse o único jeito — disse Gabe em voz baixa.

Não era o que ele queria dizer. Não era o seu típico pensamento defensivo. Talvez tivesse se livrado daquilo.

— O único jeito de quê? — perguntou o pai.

— De crescer.

Um longo momento se passou antes de Esteban falar novamente, mudando para o espanhol.

— Fui duro com você — admitiu. — Eu achava que sabia o que era melhor, e não sabia... não sabia como prepará-lo para a vida. Foi assim que seu avô me criou.

Esteban raramente falava do próprio pai. Ele havia morrido bem antes do nascimento de Gabe, quando Esteban era adolescente, no México.

Gabe olhou para o corpo do pai, para as pequenas cicatrizes, os sinais de idade. A vida tinha sido dura para aquele homem. Como pai, como chefe de família, como dono de um pequeno negócio, como imigrante. Gabe tinha apenas uma dessas responsabilidades e sentia como se estivesse se afogando na maior parte do tempo. Era assim que seu pai havia se sentido? Devia ser, com dois filhos pequenos em casa, uma esposa, uma loja, funcionários e clientes. Teria sido impossível satisfazer cem por cento suas necessidades e expectativas.

— Eu falei com sua mãe — continuou Esteban. — Deveríamos ter levado em conta o que você queria, deveríamos ter deixado você fazer suas próprias escolhas, seguir seus próprios sonhos. Agora percebemos que havia outras maneiras. Mas naquela época? Nós não sabíamos. *Lo siento, mi hijo.*

Era isso. A coisa que Gabe queria desde sempre. O reconhecimento e o pedido de desculpas do pai.

Mas não o curou tanto quanto ele imaginara. Não houve nenhum sentimento de satisfação instantânea, nenhum bálsamo de validação aplicado à sua alma. Ele queria mostrar que o pai estava errado. Bem, missão cumprida.

E daí?

Gabe ainda havia perdido quase uma década com o pai devido à sua raiva e incapacidade, ou falta de vontade, de entender o outro lado. Era verdade que talvez Gabe tivesse precisado da distância para tomar responsabilidade por suas escolhas e crescer. O afastamento significava que não podia culpar ninguém a não ser ele mesmo por suas dúvidas ou seus fracassos.

Sim, houvera tensão durante sua infância. Vozes levantadas e demasiada responsabilidade. Mas Gabe tinha vinte e poucos anos, tecnicamente um adulto, quando decidira que o afastamento total era a única opção.

E talvez ele estivesse errado.

— Por que você estava com raiva o tempo todo quando eu te visitava? — perguntou ele em voz baixa.

Esteban suspirou.

— Eu estava triste e preocupado, e não sabia como demonstrar. Nikki chama de *masculinidade tóxica*.

Gabe decidiu não comentar essa parte.

— Você estava preocupado comigo?

— Claro. Você estava a cinco mil quilômetros de distância, sozinho e mal sabia lavar roupa.

Era verdade. Mas Gabe sabia trabalhar duro. Graças ao pai.

Durante todo aquele tempo, pensara que o pai não ligava, que sua família provavelmente nem tinha pensado nele enquanto ele estava distante. Mas era besteira. Ele ainda pensava neles o tempo todo, mesmo quando não estavam se falando. A presença deles em sua vida, em sua memória, nunca havia desaparecido. Claro que devia ter sido a mesma coisa para eles.

Gabe tentou imaginar ter um filho. Claro, ele desejaria que o filho trabalhasse duro e conhecesse o valor das próprias habilidades, mas também que tivesse uma vida mais fácil do que a dele. Ele finalmente via que seria um equilíbrio difícil de conseguir. Transmitir seus valores essenciais — no caso de seu pai, o trabalho duro e a importância da família — enquanto ainda o preparava para a vida no mundo real.

Seus pais haviam desafiado o que Gabe dissera que queria fazer, e ele havia entendido que isso significava que não achavam que ele fosse capaz. Mas por que teriam lhe confiado tanto se não acreditassem nele? Eles *queriam* que ele ficasse. Por causa da loja, sim, mas, se a loja era um símbolo de conexão familiar, não era apenas para mantê-lo como mão de obra barata. E, se ele realmente tivesse tido tanta confiança em suas escolhas quanto alegava ter, não teria importado se duvidavam dele ou não.

E se fosse Gabe quem duvidava de si mesmo esse tempo todo?

Pensou na última transcrição de conversa sobre *Destino celestial* que ele havia salvado. Mesmo que Michelle não soubesse o que Gabe estava planejando naquela época, ela praticamente lhe dissera que seu modo de pensar era falho. Naquela época, Gabe não tinha sido capaz de ver.

— Agora eu entendo melhor — disse Gabe lentamente. — Eu... sinto muito ter ficado longe por tanto tempo. Não vou fazer isso de novo.

— Que bom — respondeu Esteban, como se fosse assim tão fácil.

Talvez fosse.

Gabe pegou a toalha e limpou o creme do ombro do pai.

— Prontinho — disse ele. — Pode sentar quando estiver pronto. E a gente coloca gelo em você depois do jantar.

Esteban passou as pernas pela lateral da mesa e se sentou. Ele mexeu o braço experimentalmente. Suas sobrancelhas dispararam de surpresa.

— Melhor? — perguntou Gabe.

— *Sí. Se siente mejor*. — Também havia surpresa no tom de seu pai.

— Vou te mostrar alguns exercícios para continuar melhorando — disse Gabe. — E vou te dar umas bolas de massagem, um tapete e um rolo de espuma.

O pai o olhou de lado.

— É o quê de massagem?

Gabe reprimiu uma risada.

— São tipo bolas de tênis — explicou ele. — Você massageia os músculos com elas.

— Hum. — Esteban ainda parecia cético, mas ficou de pé. Então, para o choque total de Gabe, ele lhe deu um abraço e disse: — *Gracias, mi hijo*.

Diferente do pedido de desculpas, o agradecimento foi como uma explosão de calor no peito de Gabe. Era aquilo que ele estava esperando todo esse tempo? Sentir que o pai o valorizava? Que gostava dele por quem ele era?

Talvez Esteban não soubesse como demonstrar. E talvez Gabe estivesse envolvido demais nos próprios medos de inadequação e impotência para ver os sinais claramente.

— Tranquilo, pai.

Esteban vestiu a camisa, um pouco mais facilmente do que a havia tirado.

Gabe dobrou e guardou a maca. Quando voltou para a cozinha, seu pai estava despejando vinho em taças enquanto a mãe terminava a comida. Gabe a ajudou a levar tudo para a mesa. Ela tinha cozinhado um prato de frango com legumes com o que quer que tinha na geladeira e parecia de dar água na boca. Mas havia algo familiar no aroma...

Gabe olhou para a bancada e viu um recipiente facilmente reconhecível.

— Mami, você viajou cinco mil quilômetros até a Califórnia com aquela marinada?

— Eu sabia que você não ia ter os temperos certos — disse Norma na defensiva. — Agora, vamos comer.

Todos se sentaram e atacaram.

Gabe estava apenas na metade da primeira taça de vinho quando o pai pousou o garfo e uniu os dedos.

— Temos mais coisa para pôr em dia — disse ele. — Por onde você quer começar?

Antes, Gabe teria reagido defensivamente à pergunta, vendo-a como um comando. No entanto, ele apenas pousou o garfo e engoliu o frango com um pouco de vinho.

— Vamos começar pela academia.

Ele começou no início, contando a história principalmente em espanhol, para que o pai pudesse pegar toda a nuance, mas mudando para o inglês quando não sabia traduzir uma palavra ou expressão.

Sua mãe queria saber mais sobre a Agility, então Gabe puxou o celular e mostrou a ela o site e a conta no Instagram. Ela percorreu o *feed*, fazendo exclamações sobre a decoração e as fotos de Gabe, mas Gabe sentia o olhar atento de seu pai.

— *¿Y qué es el problema?* — interrompeu Esteban.

Seus braços estavam cruzados em uma pose que o filho conhecia bem. Ele ia começar uma inquisição, embora isso não assustasse Gabe como antigamente.

— Por que você acha que há um problema? — perguntou Norma em alarme, levantando o olhar do celular.

Esteban gesticulou para Gabe com o queixo.

— *Míralo.*

Norma olhou para Gabe e apertou a boca em solidariedade.

— *Sí, yo lo veo.*

Gabe lutou contra a vontade de tocar o rosto ou olhar em um espelho. O quê? O que eles viam?

Então ele se lembrou do estado do cabelo e da barba crescida, e de como o apartamento estava quando chegaram. Era bastante claro o que eles viam.

— *Dime qué está pasando* — pediu o pai, indo direto ao ponto. — *¿Qué fue la emergencia?*

Tinham acabado os rodeios.

— Eu vendi — soltou Gabe, e se preparou para a decepção deles, para o sentimento de fracasso e desgraça.

Só que não veio.

— Está bem. — Esteban acenou com a cabeça. — *¿Por qué?*

O tom dele era razoável. Ele só estava perguntando por quê. Mas, com a sabedoria da idade, Gabe sabia que aquela simples pergunta o teria feito surtar quando era mais jovem. Teria ficado na defensiva, sentindo que o pai o estava acusando de alguma coisa. Porém, ele via que Esteban estava apenas pedindo mais detalhes.

Então, ele deu.

— Tem a ver com a verdadeira razão pela qual eu estava em Nova York — começou.

— Não era por causa de Michelle? — perguntou a mãe, e aquilo, Gabe sabia, iria chateá-los mais do que as notícias sobre a academia, à qual eles não tinham nenhum apego.

— Bom, mais ou menos. Mas não assim.

Ele lhes contou sobre o acordo de investimento e a expansão, sobre Fabian mandar um e-mail para Michelle, e Michelle insistir que Gabe viesse ficar com ela para trabalhar no projeto. O que significava que ele também tinha que admitir que nunca tinha tido a intenção de ir ao Bronx e que tinha ficado dias se escondendo na casa ao lado antes de ser pego.

Sua mãe parecia escandalizada, mas Gabe estava bastante seguro de que a tosse súbita do pai escondia risos.

— Você foi para Nova York para trabalhar com Michelle? — esclareceu a mãe.

— *Sí.*

Norma levantou as mãos em descrença.

— *¡Pero las camisinhas!*

Gabe esfregou os olhos.

— *Mami*, por favor, não fale mais sobre isso.

— *Pero no entiendo*. Por que você precisava delas se estava apenas trabalhando?

Esteban pigarreou e murmurou:

— *No creo que solo estuvieran trabajando.*

Ele estava certo, eles não tinham estado só trabalhando, mas Gabe ainda estava relutante em admitir isso a seus pais.

— Mas você *está* namorando Michelle — disse a mãe, com esperança na voz. — Certo?

— Ah… — Como diabos ele responderia a isso? — Não exatamente.

— Não exatamente? — repetiu Norma, a voz passando para a categoria estridente. — *¿Qué es eso?* Algo para os *jovenes* tipo "se pegar" ou "amizade colorida"?

Gabe se engasgou com o vinho.

— *Mami!*

— Você acha que eu não sei essas coisas? Eu tenho "ScreenFlix and Chill".

— Ah, meu Deus — murmurou Gabe, incapaz de acreditar em como seus pais estavam à vontade para discutir aquele assunto com ele.

Quando ele era adolescente, as únicas vezes que haviam mencionado sexo tinham sido para avisar "Não a engravide!" sempre que ele tinha uma namorada.

E aquilo, mais do que tudo, mostrava a Gabe o quanto seus pais haviam mudado. Não sabia como tinha acontecido nem por quê. Talvez fosse porque ele tinha partido, talvez fosse porque eles eram mais velhos. Ou talvez, sem o estresse dos empregos e dos filhos, tendo finalmente atingido o nível de conforto do Sonho Americano pelo qual haviam trabalhado tanto, eles tivessem conseguido relaxar.

De qualquer forma, *aquelas* eram pessoas com as quais ele poderia ser uma família.

— Eu não fui a Nova York para namorar — contou finalmente Gabe. — Fui trabalhar com Michelle na campanha de lançamento da nova filial. Nós... Não sei como chamar o que estávamos fazendo. Mas, quando te vi — se dirigiu ao pai —, eu ainda não queria falar da academia.

— Então você pôs a culpa nela — completou o pai, balançando a cabeça. — Você fez ela fingir tudo isso — acenou com uma mão, englobando os acontecimentos que tinham acontecido — para evitar conversar com a gente, *comigo*, sobre o porquê de estar realmente lá.

— Eu... — Gabe abriu a boca para contestar, mas o pai tinha razão. Ele tinha arrastado Michelle para aquele fingimento em vez de agir como um adulto e enfrentar o pai com a verdade. — Isso — concluiu, porque Esteban havia acertado em cheio.

Exceto por uma coisa. Eles não estavam fingindo.

Esteban parecia triste, mas acenou com a cabeça.

— *Yo entiendo*.

— O que você sente por ela? — interrompeu Norma. — Porque eu sei que antigamente você...

— A mesma coisa — murmurou Gabe. — Eu sinto por Michelle a mesma coisa que eu sentia...

Ele parou, porque não, não era verdade. O que quer que tivesse sentido por ela na adolescência não chegava nem aos pés do que o que passara a sentir.

— Não, na verdade. Eu sinto... mais. Muito mais.

— Você deveria dizer a ela — disse o pai de forma decidida. — Agora volte para a história de vender a academia.

Gabe explicou como a oferta de Powell coincidiu com as mudanças na vida de Fabian, deixando Gabe na posição de comprar a parte dele ou de trabalhar com um conselho de investidores. Por isso, ele decidiu vender.

— É difícil administrar um negócio sozinho — disse seu pai, falando por experiência própria. — Você fez a escolha certa.

— *Sí, mi hijo*. — A mãe dele acenou com a cabeça. — E isso significa que você construiu algo realmente valioso, se esse tal de Power queria.

— Powell — corrigiu Gabe, depois deu uma gargalhada. — Se bem que *Power* é bem adequado, já que ele tinha todo o poder.

— E o trabalho que Michelle estava fazendo? — quis saber Esteban.

— Ainda está comigo — admitiu Gabe. — E nós a pagamos. Mas eu fui embora de repente e não expliquei tudo para ela.

— Você deveria explicar — aconselhou Norma num tom suave.

— Estou trabalhando nisso — disse Gabe. — Era o que eu estava fazendo quando vocês chegaram.

O pai dele bateu com os nós dos dedos na mesa como um martelo.

— Certo, *mi hijo*. Você consertou as coisas com a academia. Você consertou as coisas com a gente. Agora você conserta as coisas com a Michelle.

Um sorriso puxou os lábios de Gabe.

— Vou consertar, pai. Não se preocupe.

— Sentimos tantas saudades, *mi hijo* — disse sua mãe, piscando para segurar as lágrimas.

Gabe engoliu em seco e contou-lhes a verdade.

— Eu também senti saudades de vocês.

Algo se aliviou no rosto de seus pais, como se aquelas palavras fossem suficientes. E talvez fossem, para começar. Mas elas tinham que ser apoiadas por ações.

E, apesar da confiança na voz, Gabe *estava* preocupado. Ele já havia abandonado Michelle duas vezes. Será que ela lhe daria uma terceira chance?

Ele só podia torcer que suas palavras para ela fossem suficientes e que tivesse a coragem de seguir em frente com seus planos. Porque, mais uma vez, ele ia precisar da ajuda dela.

E não apenas dela. Da família dele também. Seus dias de tentar fazer tudo sozinho tinham acabado.

Treze anos atrás

Transcrição do chat do Windows Messenger

Destino celestial: Sessão de Planejamento do Episódio 13

Michelle:
Acho que Zack não devia ir embora.

Gabe:
Por que não?

Michelle:
Ele devia ficar com Riva, mesmo que seja difícil. Juntos, eles podem melhorar as coisas.

Gabe:
Não, Riva devia ir embora com ele. Eles podem abrir mão de tudo relacionado à vida antiga deles e ter mais aventuras pela galáxia na terceira temporada.

Michelle:
Mas Riva não vai querer ir embora. Não combina com ela. Ela é uma caçadora de recompensas fodona, lembra? Ela nunca desiste.

Gabe:
Mesmo se for uma causa perdida?

Michelle:
Nunca.

Gabe:
Bom, talvez ela devesse.

Michelle:
Ela não faria isso.

Gabe:
Preciso ir. Meu pai está gritando comigo sobre a loja.

Michelle:
Mas pensa nisso, tá?

Capítulo 27

—Pronto — disse Gabe, admirado. — Está feito.

Sua mãe olhou do balcão da cozinha, onde estava empacotando uma caixa de *conchas* caseiras — um presente de agradecimento para a família de Fabian, para acompanhar a montanha de fraldas, brinquedos e roupas que ela havia comprado para os gêmeos. Gabe havia explicado em termos inequívocos que nunca teria filhos, então ela devia aproveitar para fazer compras para seus afilhados enquanto tinha a chance.

Ela o tinha levado a sério e voltado com um monte de sacolas de compras.

— O que está feito? — perguntou ela.

— *Destino celestial*. Finalmente acabei.

Sua mãe só suspirou. Os pais de Gabe não entenderam como terminar "el fanfique" ia reconquistar Michelle, mas o encorajaram a fazer o que ele achava que fosse funcionar.

— Flores são sempre uma boa ideia — resmungou seu pai enquanto empurrava as malas até a porta do apartamento.

Ele tinha consentido em mais tratamentos para o ombro e joelho, que nem chegara a contar a Norma que estava doendo.

A mãe tinha ficado encantada ao descobrir que Gabe também sabia fazer massagens nas costas e no pescoço, e exigiu que ele também trabalhasse nela. Os tratamentos regulares de fisioterapia lhes tinham dado novo ânimo, mas talvez fossem também o sol da Califórnia e a reconciliação com o filho. Gabe havia evitado o pior da fumaça do incêndio no norte enquanto estava em Nova York, e os céus estavam limpos de novo — fora a névoa de sempre — quando ele voltara.

— Se isto não funcionar, as flores não vão adiantar. Estamos falando de Michelle.

Gabe salvou o arquivo e abriu um novo e-mail.

Para: Michelle Amato
De: Gabriel Aguilar
Assunto: *Destino celestial*

Fim.
Com amor,
Gabe

Antes que pudesse se dissuadir, ele anexou o documento e clicou *enviar*. Um segundo depois, a notificação "Mensagem enviada" apareceu. Não tinha como voltar atrás.

Gabe recostou-se na cadeira de trabalho, inundado de satisfação e exaustão. Entre a vontade de terminar a história e o tempo passado com seus pais, fazia duas noites que mal dormia. Mas, finalmente, cerca de dezesseis anos de trabalho estavam concluídos. *Destino celestial* sempre fora sua maneira de mostrar a Michelle o que ela significava para ele. Talvez ele tivesse sido muito sutil na época, mas não mais.

Só esperava que não fosse tarde.

— Vou levar as malas para o carro — avisou seu pai da porta, e Gabe se levantou.

— Espera, eu te ajudo.

Gabe se levantou e sentiu uma série de estalos nas articulações. Ele tinha passado muito tempo sentado ao longo da semana. Mas não podia permitir que seu pai machucasse o ombro novamente antes de ir embora.

Na porta aberta, Esteban ajoelhou-se e pegou algo.

— *Tienes un* pacote — disse ele a Gabe, entregando um tubo de papelão.

— Você encomendou um cartaz? — perguntou a mãe, vindo com a caixa de *conchas*.

— Acho que não — murmurou Gabe. E, então ele viu a etiqueta, e seu coração deu um salto. — É de Michelle.

Sua mãe ficou na ponta dos pés.

— *¡Ábrelo, zángano!*

Gabe deu a ela um olhar magoado.

— Mami, não me chame de *zángano*.

O pai dele apareceu com uma faca de cozinha.

— Aqui, abra.

Gabe pegou a faca, cortou a fita adesiva e soltou a tampa de plástico na ponta do tubo. Ele passou a faca e a tampa para o pai e enfiou os dedos para puxar um pedaço de papel enrolado.

Segurando o tubo debaixo do braço, Gabe desenrolou o papel. Um enorme sorriso se abriu em seu rosto quando ele percebeu o que era.

Michelle tinha feito para ele outra colagem, um lembrete físico da amizade deles — exatamente como aquela que ela lhe tinha dado após a formatura da escola. Assim como a história que Gabe lhe enviara mostrava o que ela significava para ele, aquilo lhe mostrava claramente o que ele significava para ela. Havia fotos recentes e lembranças mais antigas, todas misturadas para lhe mostrar o que ele já sabia.

Ele a amava. Sempre a amara e sempre a amaria.

E havia as palavras rabiscadas no final, uma citação do episódio final de *Além das estrelas*.

Parte de mim sempre estará esperando por você.

A esperança animou seu coração. Talvez não fosse tarde.

— Preciso de um banho — anunciou ele, pulando em movimento.

Sua mãe o ajudou a fazer as malas e seu pai ajudou a arrumar o apartamento e a embalar os perecíveis da geladeira, que Norma tinha deixado lotada. Gabe comprou uma passagem para o mesmo voo em que os pais estavam e ligou para Fabian no viva-voz enquanto se vestia.

— Eu preciso de um grande favor — disse ele quando Fabian atendeu o telefone.

— Qualquer coisa, cara. Só pedir.

Quando Fabian chegou, Gabe e os pais carregaram o carro com a bagagem e todos os presentes para a família de Fabian. Eles também estavam lhe dando todas as comidas da casa de Gabe, já que Gabe não sabia quando voltaria. Fabian tirou imediatamente uma *concha* da caixa e a mordiscou enquanto os levava ao aeroporto.

— *Señora* Aguilar, estas são as melhores *conchas* que eu já comi — murmurou Fabian com a boca cheia de *pan dulce*.

A mãe de Gabe ficou toda cheia de si.

— Pode me chamar de Norma. E não se esqueça de me mandar fotos de *tus bebés*.

No aeroporto, eles tiraram a bagagem e Fabian despediu-se de Esteban e Norma. Depois ele se voltou para Gabe.

— Você consegue — disse ele, apertando a mão de Gabe. — Não se segure.

— Não mais — concordou Gabe, puxando Fabian para um rápido abraço de lado.

E então ele e seus pais correram pelo aeroporto para pegar o voo a tempo.

Destino celestial: uma fanfic da temporada 2 de *Além das estrelas*

Episódio 13

Por BxGamer15

PARA CHELLEBLOCKTANGO

~~Zack voltou ao Porto de Gardaron.~~

Zack voou para longe do planeta Salazarin e se preparou para ligar a hipervelocidade. Mas, enquanto os dedos pairavam sobre o painel de controle da nave, ele fez uma pausa.

O que galáxias ele estava fazendo? Voltando a sua vida sem futuro, trabalhando como barman em uma cidade portuária? Abandonando Riva, a única pessoa que o via não como um salvador ou herdeiro do trono do pai, mas como alguém de carne e osso, depois de finalmente se reconectar com ela depois de todos aqueles anos? Virando as costas para todo o trabalho que precisava ser feito?

Não dava para escolher sua família, mas dava para escolher como jogar as cartas que lhe eram dadas.

E daí que se seu pai fosse um monstro e sua mãe uma mentirosa manipuladora? Zack não tinha acabado como nenhum deles, graças às tias e aos tios e graças à amizade de Riva, a base forte de uma vida marcada pelo caos.

No entanto, ali estava ele, optando por desistir e provando ser pior que o rei e a rainha. Ele era um covarde, fugindo de suas responsabilidades, deixando sua bagunça para que outras pessoas a limpassem porque não podia se dar ao trabalho de enfrentar de onde vinha e o que poderia significar sobre ele. Ele estava enamorado demais com a própria dor para deixá-la de lado e ver o que realmente estava diante dele.

Riva.

Seu povo, que contava com ele.

E os poucos que tinham ficado para trás para moderar os piores impulsos do rei.

Era hora de botar as cartas na mesa, para o bem e para o mal.

Zack ligou a IA de navegação.

— Estabeleça uma rota para o Complexo Salazar.

— Tem certeza? — perguntou o computador. — Você acabou de sair de lá.

— Tenho cem por cento de certeza.

— Bem, se você tem certeza de que está certo...

Com a nave em piloto automático, Zack pegou o Dispositivo MacGuffin e foi para a sala de máquinas. Ficou olhando para o cubo por um longo tempo. Parecia tão inofensivo. Quem diria que teria tanto poder?

Ele segurou o cubo na palma da mão e apertou os olhos. Então, usando a telecinesia, o atirou no núcleo do reator do motor.

Zack aterrissou a nave exatamente onde havia decolado.

— Desligue tudo — disse à IA. — Eu não vou a lugar nenhum por um tempo.

— Muito bem, Vossa Alteza.

Zack fez uma pausa. A IA não se referia a ele por seu título havia anos e, se o tivesse feito, ele teria corrigido. Mas naquele momento?

Encaixava de uma maneira que nunca tinha se encaixado antes. Não era indesejado, mas também não era merecido.

Não, era mais como um objetivo a se ter em mente. Aspirar a merecer. Provar-se digno.

Zack encontrou Riva no grande salão, estudando um holomapa com um de seus tios.

Quando ele se aproximou, Riva olhou para ele com uma mescla de apreensão e esperança em seus olhos âmbar. Seu tio olhou para os dois e foi embora, afirmando que havia deixado o pairador ligado.

— Cadê? — perguntou ela.

— Acabou — disse Zack. — Foi destruído. Você tinha razão. É perigoso demais para existir. Ninguém deveria controlar algo assim. Nem mesmo eu.

— Então você... voltou para me dizer isso?

Ele balançou a cabeça.

— Não. Eu voltei para governar. Com uma condição.

O canto da boca dela se entortou.

— E qual é?

— Eu gostaria que você governasse comigo. — Ele pegou a mão dela. — Minha conexão com você sempre foi a melhor parte de mim. Se vou fazer isto, e fazer bem, preciso de você, Riva.

— Precisa, mesmo. Mas você ficou muito tempo longe — disse ela. — Como sei que não vai partir outra vez?

— Você não sabe — respondeu ele, com sinceridade. — Não posso garantir que não terei vontade de fugir novamente, mas posso prometer que lhe direi quando me sentir assim e por quê. Espero que você me dê outra oportunidade e que me ame mesmo quando esses sentimentos surgirem. Eu sei que é pedir muito.

— E é. Felizmente para você, sou uma caçadora de recompensas experiente. Se você tentar ir embora de novo, vou te encontrar, seu canalha. — Sua voz suavizou, e a expressão em seus olhos foi de dor. — Mas, por favor, não me obrigue.

— Não vou fazer isso. — Ele abraçou a cintura dela e a olhou profundamente nos olhos. — Eu te amo e lamento ter levado tanto tempo para descobrir onde tenho que estar e quem devo ser.

— Acostumei-me a isso — sussurrou ela. — Como eu disse, parte de mim sempre esteve esperando por você.

— Não precisa esperar mais — prometeu.

E então ele a beijou.

Capítulo 28

Michelle estava preparando espetinhos de legumes na cozinha dos pais quando alguém bateu na porta dos fundos. Estranho, já que estava destrancada, e tinha gente entrando e saindo sem parar. Eles estavam fazendo um churrasco para o aniversário de 7 anos de seu sobrinho Henry. A família combinada Rodriguez-Amato era tão grande que a tradição era fazer festas de aniversário em casa para a família, seguidas por uma festa menor "para amigos" em outro dia.

— Está aberta — gritou Michelle, e continuou espetando pedaços de abobrinha.

Como a porta não se abriu, sua mãe falou, de onde estava mexendo um enorme pote de *arroz con gandules* no fogão:

— Vá abrir. Pode ser a Ava carregando um monte de coisas.

Michelle foi abrir a porta, mas não era Ava.

Era Gabe.

Michelle sugou uma inspiração, o coração batendo forte, e não conseguiu conter o sorriso que se espalhou pelo rosto.

— É você — disse, meio maravilhada.

— Eu voltei — respondeu ele, e havia algo de decisivo em sua voz, como se, daquela vez, ele estivesse de volta para sempre.

Michelle teria dito a si mesma que era apenas um desejo se não tivesse recebido um e-mail dele na véspera, assinado *Com amor, Gabe.*

E se não tivesse lido a história que ele anexara ao e-mail. Mas ela *tinha* lido e pensado nela o dia todo.

Parte de mim sempre estará esperando por você.

Ela estava esperando, sabendo com certeza que, daquela vez, ele voltaria por ela.

E ali estava ele. Segurando um tubo de papelão familiar.

A porta do porão se abriu e Ava entrou na cozinha, seu olhar saltando como uma bola de pingue-pongue de Michelle, para Gabe, para Valentina, para os espetinhos.

— Podem subir — disse Ava rapidamente a Michelle. — Eu cuido dos legumes.

Michelle disse um "obrigada" sem som, pegou a mão de Gabe e o levou, passando por sua mãe e prima, escada acima até a sala de artesanato, onde felizmente fazia silêncio. O resto da família estava comendo no quintal ou jogando videogames no porão.

— Eu li — disse Michelle no segundo em que eles se sentaram na beira da cama.

— Tudo?

— Tudo. — Seu coração apertou, e lágrimas brotaram de seus olhos. — Você sempre tentou me dizer. Perdão por não ter visto.

— Você não foi a única — disse ele, abrindo o tubo.

Para surpresa dela, ele tirou não um, mas dois papéis enrolados. Um era a colagem impressa profissionalmente que ela lhe havia enviado, mas o outro era mais delicado, as bordas amareladas pelo tempo e pela cola velha. Ele desenrolou, e Michelle viu com um susto que era a primeira colagem que ela fizera para ele, a partir de fotos que recortara e colara em papel-cartão. Adesivos de espuma gorduchos formavam "ME-LHORES AMIGOS" na parte inferior, em letras coloridas.

Michelle pegou a primeira colagem, abrindo-a cuidadosamente no colo. Gabe fez o mesmo com a nova, e eles olharam para as duas, lado a lado.

MELHORES AMIGOS

Parte de mim estará sempre esperando por você.

— É Amizade 2.0 — murmurou ele, referindo-se à lista dela.

— É — disse ela suavemente, a clareza com que ele via sua intenção sufocando o peito dela. — É, sim.

— Isto foi feito com amor — disse Gabe, tocando o canto da velha colagem, aquela que os mostrava entre os 6 e 18 anos de idade. — Eu vi a parte dos "melhores amigos", mas não vi tudo o mais que tinha nela. Eu estava muito envolvido em minha própria história de amor não correspondida. E então, quando finalmente nós... Pensei que era tarde, porque eu já estava indo embora.

Ele olhou para ela, e ela viu o amor ali, mas também o medo.

— É tarde, Mich?

Ela engoliu em seco, baixando o olhar para a nova colagem. *Parte de mim sempre estará esperando por você.* Ele precisava mesmo perguntar?

— Tarde para quê?

Depois que ele tinha ido embora daquele jeito, ela não facilitaria sua vida. Mesmo que a história que ele tinha enviado tivesse destruído ela e a montado de novo. Ele deixou os papéis de lado e pegou as mãos dela.

— Para eu te amar — respondeu suavemente. — Sinto como se estivesse esperando há uma eternidade para te dizer que...

— Eu te amo — desabafou ela, e sorriu diante do olhar de surpresa dele.

— Eu estava tentando falar primeiro — protestou ele.

— Perdeu. Você demorou muito. Agora me beija, seu nerd cara de pastel.

Michelle se aproximou, e o primeiro toque da língua dele abriu as comportas dos sentimentos dela. Ela tivera tanto medo de nunca mais sentir aquilo. Nunca mais tocá-lo ou prová-lo. Então derramou todo o medo, todo o amor, no beijo. Eles estavam ofegando e se apalpando quando finalmente pararam para respirar.

— Você me deixou outra vez — sussurrou ela junto àqueles lábios tão, tão macios.

— Perdão. Foi a última vez. Prometo.

Gabe colou a testa à dela, como tinha feito quando eles discutiram na porta naquela primeira manhã. Parecia fazer tanto tempo... Tanta coisa havia mudado desde então.

Exceto os sentimentos dela por ele. Ela ainda o desejava. Ainda o amava. Ainda não queria que ele a deixasse.

Ele deslizou os dedos mágicos para o pescoço dela, massageando gentilmente a nuca e liberando a tensão que carregava ali.

— Eu fui idiota. Pensei que tinha que passar por isso sozinho.

— Não precisa, Gabe. Você só tem que ficar sozinho se quiser.

O que era algo que ela também tinha descoberto sobre si mesma.

— Agora eu sei. — Ele passou o polegar pela curva da bochecha dela. — Estava com medo de ser tarde demais. De ter feito merda demais. Até que recebi sua colagem.

— Quando você recebeu?

— Ontem. Logo depois que eu te enviei a fanfic.

Ela sorriu.

— Você colocou seu coração em um e-mail, e eu coloquei o meu em um tubo de papelão.

Ele acenou com a cabeça.

— Obrigado por esperar que eu resolvesse minhas merdas. Desculpa por ter demorado tanto.

Ela deu de ombros.

— Eu também tinha minhas próprias merdas para resolver.

— Também tem outra coisa em que preciso da sua ajuda.

— O quê?

— Você me fez perceber muitas coisas sobre mim e meus negócios. Seu conceito era perfeito, mas para o que eu originalmente pretendia que fosse a academia. Mas isso me escapou. Eu não estava fazendo o que me propus a fazer. Sua apresentação me ajudou a decidir vender. Não, espera, não foi bem assim. Eu decidi vender porque finalmente percebi que meu pai estava certo e eu não conseguia fazer isso sozinho. Mas você me ajudou a perceber que era a escolha certa para mim.

Ele puxou o celular e mostrou-lhe alguns anúncios de imóveis — no Bronx.

Ela olhou para ele, chocada.

— Você vai ficar?

— Vou. Pelo menos, a maior parte do tempo. Eu ainda preciso voltar à Califórnia alguns dias por mês para trabalhar com os clientes que querem ficar comigo.

Michelle atirou os braços ao redor do pescoço dele e o abraçou com força.

Ele ia voltar. Ia ficar. Era tudo o que ela queria.

— Eu comecei um negócio — murmurou ela.

Com delicadeza, Gabe a afastou.

— Você fez o quê?

— O projeto Agility me levou perceber que eu estava me fazendo pequena de propósito e só machucando a mim mesma. Estou voltando ao trabalho que adoro fazer, mas nos meus próprios termos. — Ela abriu o site no celular para mostrar a ele. — Já estou com a agenda cheia pelos próximos três meses.

— Droga, eu queria te contratar para me ajudar a lançar uma clínica de fisioterapia. Agora nem sei se posso te pagar.

— *Talvez* eu te dê um desconto amigável desta vez. Se você for bom. O que acha de cinza-carvão e de madeira clara para um esquema de cores?

Ele deu um cheirinho no pescoço de Michelle, que encontrou a coragem de trazer à tona algo que estava em sua mente.

— E se… você ficar comigo?

Ele levantou a cabeça e estreitou os olhos para ela.

— Aqui na casa dos seus pais?

Ela riu.

— Não, desta vez não. Eu estava pensando nisso antes, quando achei que você ia ter a academia aqui. Talvez, quando você estiver na cidade, possa ficar no meu apartamento. E, já que trabalho em casa, talvez eu possa às vezes ir com você para a Califórnia e ficar no seu apartamento. Poderíamos tentar uma situação de morar juntos na ponte aérea. É pouco convencional, mas acho que poderia funcionar para nós. No mínimo, vamos acumular uma tonelada de milhas enquanto tentamos.

Gabe sorriu para ela, que passou a ponta do dedo pela covinha dele.

— Acho que uma situação pouco convencional é perfeita para nós.

Ele se inclinou para beijá-la novamente, mas ela congelou ao som de um rangido. Ficando de pé num salto, Michelle abriu a porta com tudo. E viu os pais dos dois, Monica, Ava, sua sobrinha mais velha e a mãe de Gabe, todos aglomerados no corredor com uma expressão de culpa.

— Eu te disse para não pisar no chão que range — disse Mônica, repreendendo Phoebe, sua filha.

— Ele consertou tudo? — perguntou Norma em um sussurro fingido. — *¿Con el fanfique?*

Valentina pareceu escandalizada.

— *¿Qué es un fanfique?* — perguntou, como se fosse uma espécie de tara imunda.

— É fanfic, vovó — corrigiu Phoebe, revirando os olhos.

Ela tinha 11 anos e amava contar aos adultos quando eles estavam errados. Michelle adorava aquela pirralhinha.

— Ele consertou, sim — informou Michelle. — Agora desçam. Todos vocês.

Ela esperou até eles descerem as escadas antes de fechar a porta e se voltar para Gabe.

Ele ainda estava sentado na beira da cama, cobrindo o rosto com as mãos. Seus ombros tremiam e, quando ela se aproximou, ele deixou cair as mãos e gargalhou. Ela se sentou ao seu lado e o abraçou enquanto ele ria. O som claro e alto, sem segurar nada, curou algo dentro dela.

Ele estava mesmo de volta. Gabe. O Gabe *dela*. Michelle o abraçou com força.

Enquanto os risos dele diminuíam, ele a pegou no colo e a segurou, pressionando o rosto no pescoço dela.

— Senti saudade disso — sussurrou ele. — Tudo isso.

Ela entendeu. Ele sentira saudade dela, de abraçá-la, mas também de estar ali, fazendo parte de uma família grande, bagunçada e intrometida. Uma família que se importava. Talvez as demonstrações nem sempre fossem claras, ou pudessem ser um tanto cansativas, mas era por amor.

— Eu te amo — sussurrou ela.

Ele levantou a cabeça e a beijou suavemente.

— Eu sempre te amei.

Ela sorriu.

— Eu sei.

Epílogo

Um ano depois

Gabe estava em frente à Clínica Aguilar na Williamsbridge Road, a apenas um quarteirão de onde antigamente ficava a papelaria de seu pai. Aquela rua guardava uma infinidade de lembranças, mas não eram ruins, e ele estava lá para criar novas.

Ao seu lado, Michelle segurou sua mão e olhou para a placa que havia projetado. Olhando-a, Gabe sentiu mais satisfação do que teria imaginado. Era seu nome, seu nome *completo*, não uma adaptação para apelar para uma suposta clientela mais ampla.

Não apenas isso, era o nome de seu pai. Os Aguilar estavam de volta, e tinham evoluído muito.

A mãe de Gabe cumprimentou os amigos, a família e os vizinhos que tinham aparecido para a festa de inauguração. Salsa tocava ao redor deles, cortesia do primo DJ de Michelle. Uma banda *mariachi* só de garotas estava de prontidão para se apresentar dali a meia hora, seguida de uma apresentação *pop-up* de uma trupe de teatro do Bronx. Eles tinham adaptado a ideia de Michelle ligada à "amplitude de movimento", que Gabe havia adorado, e havia muita expectativa para o evento. Trung estava participando, e Charisse e alguns dos outros ex-funcionários da Agility tinham ido de avião para apoiá-lo.

Esteban, no papel de gerente da clínica, passava panfletos com informações sobre as horas e os serviços, também projetados e escritos por Michelle.

No centro de tudo aquilo estava Ashton Suarez, famoso astro de novelas — e noivo de Jasmine —, que havia assinado um contrato como porta-voz da clínica. Depois de Gabe tratar as costas do pai de Ashton durante uma reunião familiar, Ashton se oferecera para ajudar a promover a clínica. Eles tinham combinado um pagamento simbólico — Ashton não queria aceitar nenhum valor mais alto, e Gabe não queria deixá-lo trabalhar de graça. Ashton tinha feito algumas pesquisas sobre fisioterapia para poder conversar com pessoas normais sobre o assunto, tanto em espanhol como em inglês.

Porque era para elas que a clínica servia. Pessoas comuns — não celebridades — que estavam sofrendo e precisavam de ajuda para melhorar sua mobilidade. Aquele sempre fora o objetivo de Gabe. E, embora ele houvesse se afastado disso por um tempo, com a ajuda da mente brilhante de Michelle tinha voltado ao caminho certo. Além disso, seu desvio lhe havia dado os recursos e a experiência para abrir aquele lugar. Ele obtivera a licença para atender em Nova York, contratara massagistas e fisioterapeutas locais e colocara o pai na gerência. Com Esteban supervisionando a administração da clínica, Gabe se sentia confortável em manter os clientes em Los Angeles. Ele ia para lá uma semana por mês para atendê-los, e o valor da hora particular era alto o suficiente para mais do que cobrir os custos.

O resto do tempo, ele morava com Michelle no apartamento dela. Temia que fosse achar apertado — os dois em um espaço tão pequeno — ou que eles se irritassem um com o outro. Mas não se irritaram. Como tudo o mais entre eles, criar uma nova vida juntos também tinha sido fácil.

Gabe sabia que era porque Michelle havia escolhido perdoá-lo por "ser um idiota absoluto", como ela havia dito. Em troca, Gabe fazia um esforço consciente para se abrir e falar com ela sobre o que estava pensando e sentindo. E, quando pequenos conflitos inevitavelmente surgiam, eles encontravam maneiras de conversar, que geralmente terminavam em risadas e um sexo incrível.

No final, nenhum dos dois precisava estar sozinho.

O negócio de Michelle também estava decolando. Às vezes ela ia com Gabe à Califórnia para se encontrar com seus próprios clientes, como Rocky Lim, que se tornara amigo íntimo deles. Às vezes, ela ficava em Nova York para trabalhar de casa ou passar tempo com seus pais, sobrinhas e sobrinhos.

Ambos tinham seus próprios negócios e eram donos dos próprios destinos. E esses destinos estavam entrelaçados.

— Você conseguiu — disse Michelle, apertando sua mão.

— Nós conseguimos. — Gabe se inclinou para beijá-la. — Eu não conseguiria ter feito isso sem você, meu bem. Nada disso.

A clínica, sim, mas também voltar para lá. Reencontrar-se com sua família. Voltar aos seus valores fundamentais, como ela os chamava.

Cuidado. Conexão. Comunidade.

Gabe sempre acreditara que era impossível voltar para casa.

Mas ele finalmente sabia que não era verdade. Sua casa era o que, onde e quem ele quisesse que fosse. Era em Los Angeles, com Fabian e sua bela família. Era no Bronx, com seus pais, os Amato e, por fim, a clínica.

Acima de tudo, a casa dele era onde Michelle estava. E, naquele momento, ela estava bem ali, segurando a mão dele.

Gabe levantou as mãos dela junto à sua boca e beijou seus dedos.

Ele estava em casa.

Agradecimentos

Obrigada por ler *Acho que é um adeus* e passar um tempo com Gabe, Michelle e suas famílias. Nasci e fui criada no Bronx, e foi um prazer trazer um pedaço dessa experiência para vocês.

Enquanto escrevo isto, ainda há muita coisa acontecendo no mundo. Espero que esteja feliz e saudável ao ler esta mensagem e que esta história lhe tenha trazido um pouco de alegria, o tenha feito sorrir ou rir, ou pelo menos lhe tenha dado alguns momentos de descanso de seus problemas.

Como sempre, preciso agradecer a minha agente, Sarah E. Younger. Não há palavras suficientes para descrever o quanto sou grata por tê-la comigo. (É por isso que envio *fanart* de *A múmia* para ela — para mostrar meu apreço.)

Também agradeço imensamente a minha editora, Elle Keck, que é sempre capaz de ver o potencial e a possibilidade em qualquer tipo de rascunho que eu entregue. Elle é uma verdadeira defensora minha e de meus personagens.

Agradecimentos adicionais vão para Kristin Dwyer, publicitária extraordinária, que consegue me manter organizada e calma durante o lançamento dos livros. (Não é uma proeza fácil!)

À incrível equipe da Avon e HarperCollins — a fantástica publicitária Rhina, a designer de capa Elsie, a equipe de produção (Jessica, Diahann, Marie, Pamela, Rachel), Kaitie, do marketing, e todos os outros que contribuíram —, obrigada a todos vocês por ajudar este livro a atingir todo o seu potencial.

Mais uma vez, meu artista de capa, Bo Feng Lin, criou pura magia. Estas capas são um sonho tornado realidade, e estou eternamente grata por ele ter concordado em ilustrá-las.

Escrever um livro não é fácil. Escrever um livro durante uma pandemia foi ainda *menos* fácil. Mas, embora eu tenha ficado isolada em meu apartamento quarto e sala com meu namorado como única companhia, nunca me senti verdadeiramente só. Sou muito grata por já fazer conversas regulares em vídeo com amigos escritores, pois o que antes era uma coisa semanal tornou-se uma atividade diária, permitindo que eu encontrasse companhia para escrever sempre que precisasse.

Com isso em mente, compartilho minha gratidão pelo meu grupo de trabalho RWchat (Robin, C.L., Kim), minha equipe de redação matinal (Adriana, Nisha, Tracey), todos os Rebelles na Ilha Rebelle e na Slogging Thread (obrigada a Susannah Erwin para informações sobre Los Angeles), as outras três das 4 Chicas (Priscilla, Mia, Sabrina), meus colegas escritores de romance de Nova York, os anfitriões do Heart Breathings Writing Sprints e o escritório no Zoom da Better Faster Academy. Também sou grata pelo grupo de mensagens Writers Room, os Zooms semirregulares Beer & Knitting e o Latinx Rom Retreat, bem como pelo meu próprio grupo de mensagens Primas of Power (Kathryn, Lisa, CarlyAnn, Tara, Stephanie, Laura — amo todas vocês!).

Também envio meus agradecimentos a uma equipe de pessoas que me deram apoio emocional enquanto eu trabalhava neste livro — Kate Brauning, Tonya R. Gonzalez, Becca Syme, e especialmente Lou, que me acompanhou em toda a minha jornada editorial até agora.

Sou especialmente grata aos leitores beta que leram uma cópia antecipada do livro, incluindo Ana Coqui, Robin Lovett, Evi Kline, e Adriana Herrera.

Agradeço a minhas amigas de infância, Annalissa, que ajudou com *Você me ganhou no olá* e compartilhou minha nostalgia, e Siobhan, por me acompanharem. Agradeço também à minha querida amiga Shanise, que forneceu detalhes sobre a carreira de Michelle e vídeos da minha linda afilhada enviando-me beijos.

Mãe, pai, Claudia, Howard — tenho muita sorte de ter todos vocês na minha vida.

E para Mike, que fica acordado até tarde comigo quando estou tentando cumprir um prazo e diz "Você consegue" pelo menos uma dúzia de vezes por dia. Obrigada por tudo. ♥

Finalmente, estendo minha gratidão a você, que me lê. Obrigada por pegar um de meus livros e dar-lhe uma oportunidade. Ser autora era meu maior sonho (além de ser "estrela de cinema"), e você me ajudou a torná-lo realidade. Sinto-me muito sortuda por poder compartilhar estas histórias e personagens com você. (Além disso, um alô especial aos meus assinantes de newsletter e aos leitores e resenhistas que me apoiam no Bookstagram! Obrigada!)

Este livro foi impresso pela Eskenazi, em 2022,
para a Harlequin. A fonte do miolo é Bembo
Book MT Std. O papel do miolo é pólen soft
$70g/m^2$ e o da capa é cartão $250g/m^2$.